欅《けやき》しぐれ

新装版

山本一力

朝日文庫

本書は二〇〇七年二月刊行の朝日文庫の新装版です。
（単行本は二〇〇四年四月、朝日新聞社刊）

目次

欅しぐれ

一

いきなり咳き込んだ太兵衛《たへえ》が、筆を手にしたまま紙のうえに突っ伏した。右手に握った筆が横に流れてしまい、隣の半紙を汚した。

詫びを言おうにも咳がひどく、折れた身体が起き上がらない。書きかけの紙に余計な墨を加えられた男は、筆を止めて太兵衛の鎮まるのを待っていた。

「まことにご無礼を……」

詫びを言いかけた太兵衛が、男が書いている文字を見て、あとの言葉を呑んだ。

天保《てんぽう》二（一八三一）年三月の昼下がり。

新大橋たもと、深川元町の柴山光斎《しばやまこうさい》筆道稽古場に、やわらかな陽が差し込んでいた。

途中で筆が止まった『永』の字に、光が当たっている。太筆の永字は撥《は》ねも力強い。

その端を、太兵衛が汚した。

言葉を呑み込んだまま、太兵衛は男の半紙に見入っていた。

「あんたの具合はどうだ。大層、苦しそうな咳だったが」

禿頭《とくとう》の男は野太い声だった。

紺縦縞のあわせを、襦袢《じゅばん》なしの素肌に着ていた。さらし巻きの胸が、崩して着た縦縞の襟元からのぞいている。見るからに、渡世人のような着付けだった。

「お気遣い、おそれいります」

太兵衛があたまを下げて礼を口にした。

「せっかくの書を汚してしまい、お詫びの言葉もございません」

「世辞はよしておこう。素人の稽古だ」

短い言葉で相手を抑えた男は、新しい半紙を調《とと》のえて筆を手にした。軽くあたまを下げて、太兵衛も稽古に戻った。

四半刻《しはんとき》（三十分）ほど過ぎたところで姿を見せた光斎は、さきに太兵衛に朱を入れた。

「きょうはこれにて」

「半刻にもなっていませんが」

太兵衛がいぶかしげな目を師匠に向けた。

「腕が動いていません」

光斎の物言いはきっぱりとしていた。

「本調子でないときは、無理に数を重ねても無駄でしょう」

「分かりました」

太兵衛は筆を置いた。隣の男は、まだ稽古を続けている。道具の始末を終えたあと、禿頭の男に軽くあたまを下げてから外に出た。

光斎の稽古場は、平屋のまわりを山茶花《さざんか》の生垣が囲っている。すっかり花の落ちた垣根の陽だまりから、小僧が駆け寄ってきた。

「先に帰りなさい」

小僧が目を見開いた。あるじの供が先に帰るなど、あり得ないことだからだ。

太兵衛は佐賀町の履物問屋、桔梗屋《ききょうや》の五代目当主である。草履《ぞうり》、雪駄《せった》、下駄に加えて、足袋と袋物も桔梗屋は扱っている。それゆえ、江戸市中の履物小売商と呉服屋のほとんどを得意先としていた。

番頭だけでも三人の大問屋である。いかにあるじの指図とはいえ、供の小僧が先に帰るわけにはいかない。

その場でぐずぐずしていたら、太兵衛がわずかに目元を険しくした。

「あたしがそう言っている。構わずに帰っていい」

「かしこまりました」

あるじに二度同じことを言われて、小僧も従う気になったようだ。

陽を浴びて、太兵衛の細縞結城紬《ゆうきつむぎ》が渋く輝いている。深川鼠《ふかがわねずみ》に染めさせた別誂《あつら》えで、共布《ともぎれ》の羽織を着ていた。

「急ぎの用が起きたときには、柳橋の吉川《よしかわ》に使いを寄越すようにと、番頭さんに伝えておきなさい」

太兵衛から駄賃をもらった小僧は、ぺこりと辞儀をしてから佐賀町に向けて駆け出した。

稽古場からまっすぐに通っている一本道の突き当りには、一軒の船宿がある。太兵衛は、稽古場が見通せる縁台に腰をおろした。

「桔梗屋さんではございませんか。そんなところにお掛けにならず、どうぞなかへ」

太兵衛を目にして、女将《おかみ》が飛び出してきた。

「ひとを待っているんだ、ここで結構」

女将の追従《ついしょう》笑いを、太兵衛は面倒くさそうに押しのけた。

「それよりも、ことによると柳橋まで舟を仕立ててもらうかもしれない」

言われた女将は、すぐさま干菓子と湯呑みを運んできた。『折本《おりもと》』と、屋号が描かれた信楽《しがらき》焼の湯呑みだ。旨《うま》そうに啜《すす》る太兵衛の頬に、やわらかな弥生《やよい》の川風が触れた。

桜のつぼみが膨らんでいる。

陽は桜の枝の向こうにあった。明るい光のなかで太兵衛が茶を飲み終えたころ、稽古場からひとが出てきた。

遠目にも見間違えようのない禿頭は、さきほどの男である。湯呑みを盆に戻し、ゆっくりした所作で太兵衛が立った。

男が近づいてくる。

顔がはっきりと見えたところで、太兵衛が会釈をした。

「さきほどはとんだ粗相をいたしました」

あいさつを聞いて、男が足を止めた。

太兵衛を見詰めた男は、ひと息おいてから口を開いた。

「咳は鎮まったらしいが」

「おかげさまで」

「生兵法《なまびょうほう》を言うわけじゃないが、いやな咳き込みに見えた。季節の変わり目だけに、用心にこしたことはない」

「明日にでも医者に診立ててもらいます」

太兵衛は相手の言い分を受け止めた。

「ところで、まことにぶしつけなおたずねを申しますが」

男は返事の代わりに太兵衛を強く見詰めた。

「このあとなにか、ご先約でもございましょうか」

「いや、なにもない」

返事を聞いて、太兵衛の目元がゆるんだ。

「いささか陽が高いようですが、てまえに一献、お付き合い願えませんか」

「付き合わせてもらおう」

ためらうことなく男が応じた。わずかな風が、船宿の幟《のぼり》を揺らしている。向き合ったふたりの目が、しっかりと絡み合っていた。

二

柳橋吉川の二階座敷は、大川（隅田川）に面して造られている。川風を招き入れようとして、障子窓が開かれていた。

太兵衛が男を招いた客間は、座に上下《かみしも》がつかぬように床の間がなかった。

「佐賀町で履物問屋を営んでおります、桔梗屋太兵衛と申します」

「そこまでで止《よ》したほうがいい」

男が、先付《さきづけ》の筍《たけのこ》含め煮から箸を放した。

「桔梗屋といえば、江戸でも指折りの問屋だ。あんたはおれの身なりを見て、なにも思うところはないのかね」

「堅気さんではないでしょうが、それがなにか差し障《さわ》りでもありますか」

「霊巌寺《れいがんじ》の猪之吉《いのきち》だ」

背丈が六尺（約百八十二センチ）を超えていそうな大男は、声も野太かった。

「大店《おおだな》のあるじが、賭場《とば》を仕切る貸元に軽々しく身元を明かすのはどうかと思うがね」

言われても、太兵衛は知らぬ顔で猪之吉に徳利を差し出した。猪之吉も酒を受けたが、相手を見る目つきに隙《すき》はなかった。

「ひとの目利きには、それなりの覚えがあります」

太兵衛も同じような目つきで猪之吉を見詰め返した。

「おのれの目で、そちら様の人柄を見定めさせていただいたうえのことです」

「買いかぶりが過ぎないか」

「いささかも」

渡世人に見詰められても、太兵衛の目は微動だにしなかった。

「旨味《うまみ》を見つけると、渡世人は相手の喉元《のどもと》に食らいつくぞ」

ふたりの目が絡み合っていたが、さきに太兵衛が目元をゆるめた。

「商人《あきんど》も同じことです」

笑みを浮かべたまま、太兵衛は盃を充たした。そしてぐいっと呑み干した。

「身代を大きくするには、ひとに胸を張れない指図もします。相手の弱みに食らいつくことにかけては、商人も渡世人も、さほどの違いはありません」

太兵衛がまた、盃を充たした。

「一献、受けてもらおう」

太兵衛は盃を干して相手の酒を受けた。注《つ》ぎおえた猪之吉が、初めて笑いを見せた。

「初見のおれにそこまであけすけに言うとは、大した肝《きも》だ」

「親分からお褒《ほ》めにあずかったと、受け取らせてもらいます」

「もちろん正味で言っている」

猪之吉が目の笑いを消していた。

「このさきは、猪之吉と呼んでくれ」

「それはなにより嬉しいことです。これからも、よろしくお付き合いを願います」

言ってから、太兵衛が軽く手を打った。

その合図を待ちかねていたかのようにふすまが開き、仲居が料理を運び込んできた。

ひと通りの膳が調ったところで、吉川の女将が顔を出した。

太兵衛の相客を見た女将は、ひと息おいてから口を開いた。桔梗屋のあるじが渡世人と向かい合っているのが、女将には解《げ》せなかったようだ。

「板場を急がせましたのですが、うまくお口にあいますかどうか」

「前触れもなしに来た、こちらがわるい」

太兵衛の物言いは、吉川の馴染《なじ》み客ならではのくだけたものだった。

「料理はともかく、今日はあたしの手が鳴らない限り、構ってくれないで結構だ」

「うけたまわりました」

ふたりに軽い会釈をした女将は、仲居を連れて座敷から下がった。

膳の料理も器も、ともにあざやかな彩りを見せている。太兵衛に気遣ったのか、分厚い鉢は深い桔梗色の笠間《かさま》焼だ。

焼物の色味が、千切り独活《うど》の白さを引き立てていた。

「相当に酔狂だな」

「なぜそんなことを」

「あんたはここの上得意だろう」

「落とすおカネでいえば、その通りです」

「なぜおれとあんたとが向かい合っているのかを、女将も仲居も知りたくてたまらない様子だった」

「それゆえに、下がらせました」

あとは無言の酌み交わしになった。

三月の八ツ（午後二時）下がりの陽が、斜めから差し込んでいる。ときおり大川から、川並《かわなみ》（筏《いかだ》乗り）の木遣《きやり》が流れてきた。

「猪之吉さんの筆には呑まれました」

「それでおれを誘ったのか」

「わけのひとつです」

また互いに黙り込んだ。

「賭場で遊んだことはあるかい」

口を開いたのは、手酌で一合徳利を空にした猪之吉だった。

「この歳まで折りがありませんでしたので」

「うちはこれだ」

懐手《ふところで》になった猪之吉が、一枚の花札を取り出した。

「博打《ばくち》の講釈をする気はないが、これで身代を潰《つぶ》す客もいる」

「ひと晩で、ですか」

「そんなのもいた。ひとつの勝負で、千両のやり取りもめずらしいことじゃない」

「千両と言えば切餅《きりもち》が四十。それだけ積み上げて賭ける度胸は、あたしにはありません」

「二十五両包みのままだと、あんたに限らず千両賭けられるやつはいない。だが駒札《こまふだ》にすれば話が変わる」

賭場を知らない太兵衛には、駒札がなんであるかが分からなかった。

「銭を札に取り替えて遊ぶのが賭場の定法だ。大きな駒札で一枚百両、十枚重ねて千両になる。切餅四十では腰がひけても、札の十枚なら銭の重さを忘れて賭けるという寸法だ」

「しかし猪之吉さん、それだけの遊びができるひとは大店の旦那衆でしょう。したたかな商人が、いくら定めごととはいえ木札と百両とを素直に取り替えますか」

盃を膳に戻した太兵衛が、猪之吉に突っ込んだ。猪之吉は相手の目を払い除《の》けようともしなかった。

「あんたが言う通り、駒は檜《ひのき》の木っ端だ。半端な拵《こしら》えでは、客も安心できないだろう」

猪之吉はふところから一枚の駒札を取り出して、太兵衛に手渡した。

「おれは一枚一枚、てめえの命を墨に溶かして書き上げる。そうして描いた百両の文字なら、客の喉元に食らいつく」

太兵衛が手にしている札には、金百両の文字が描かれていた。さきほど稽古場で見た、『永』の字と同じ力強さが感じられた。

「筆の気迫を養うために、光斎さんから手習いを受けてきたが、稽古は無駄にならなかったようだ」

猪之吉の口調が変わった。太兵衛は札から目を離して猪之吉を見た。

「考えもしなかったことだが、おれが書いた永の字が、あんたに噛《か》み付いたから、ここで向かい合っているんだろう」

猪之吉がまた目元を崩していた。

太兵衛は酒の代わりを求めて手を叩《たた》いた。その音に、川並の木遣が重なった。

「話は変わりますが、さきほどから気になっていることがあるのですが」

「なんだ」

「親分の右のたもとが膳にあたると、妙な音を立てたように聞こえました」

言われた猪之吉が、わずかに顔を赤くした。

「船宿の湯呑みが入っている」

すぐには、猪之吉の言ったことが呑み込めなかった。が、わるさを見つけられたこどものような猪之吉の照れ笑いを見ているうちに、太兵衛も同じような笑みを浮かべた。

仲居が新しい酒を運んできた。たもとから湯呑みを取り出した猪之吉は、徳利の酒を湯呑みに注いだ。

「賭場を行き交う銭は、小判も丁銀《ちょうぎん》も持ち主の命がまとわりついて、べったりと重たく粘っている」

猪之吉は湯呑みの酒を一気に呑み干した。顔つきが引き締まっていた。

「その粘りを腕ずくで引きちぎる。銭に残った客の思いを断ち切らないと、こっちが沈む羽目になる」

話している猪之吉からは、賭場を仕切る貸元ならではの凄味《すごみ》が漂い出ている。それを感じたらしく、太兵衛が戸惑い気味にわずかに膝《ひざ》を動かした。

「客の元に出ていった駒札を、おれは毎日、気合をこめて手元に呼び返している。賭場の仕切りは、命を削るのと同じだ」

言い終えた猪之吉は、凄味を帯びたままの目で太兵衛を見詰めた。

太兵衛には言葉がなかった。

商いが命がけだと言っても、それは言葉の喩《たと》えだ。猪之吉の話に含まれる、本当の命のやり取りの前では、半端な口は開けなかった。

「買っても二十文もしないような湯呑みをくすねることで、おれは息を抜いている」

さきほどの照れ笑いが猪之吉に戻っていた。張り詰めていた太兵衛が息を吐き出した。

「親分の賭場が、客に負けることはありませんか。たとえばツキの良いのが、大勝ちするようなことは」

「ときにはある」

「いかさまの指図はしませんか」

太兵衛は軽い調子で問いかけた。

ところが猪之吉の様子が激しく変わった。一気に顔が赤くなり、胸元が大きく膨れた。

「おれは陰では達磨《だるま》の猪之吉と呼ばれている。血が上ると、達磨のように膨れあがって抑えがきかなくなるからだ」

猪之吉の身体が、ぶわっと、あたかも達磨のように膨らんで見えた。

「初めて会ったあんたの言い草に、いちいち尖《とんが》って見せたら、おれの器量を笑われるだろうが……いかさま云々《うんぬん》は、おれが一番聞きたくない言葉だ。軽口と言うには度を越えている」

「思慮のないことを申しました」

射ぬくような視線から目を逸《そ》らさず、太兵衛はしっかり詫びを口にした。しかし、あたまは下げなかった。

猪之吉はそんな太兵衛を、腕組みをして睨《にら》みつけた。

ふたりは黙ったままだが、口の代わりに互いの目が話し合いを続けているようだった。

次第に猪之吉の目つきが穏やかになり、ついには腕組みを解いて湯呑みを手にした。

酒はすでに呑み干されていた。太兵衛が徳利を差し出し、猪之吉も受けた。

「手をついたり、あたまを下げたりしねえ分だけ、あんたの詫びが伝わってきた」

「……」

「これからは、五分の付き合いをさせてもらおう」

湯呑みを置いた猪之吉が、太兵衛の膳の徳利を取ると、ゆっくりと相手に差し出した。

三

いつになく暑い八月だった。

「慌てなくていい。もう一回、ことのあたまから話してみろ」

猪之吉が長火鉢の炭を掘り返した。

霊巌寺まわりには寺が多く、線香を嫌って蚊が寄りつかない。ところがこの夏は、どの家もやぶ蚊に悩まされていた。

晩夏の昼だというのに、長火鉢には炭火が熾《お》きている。白い灰をかぶり始めた火の上では、蚊遣り香がいぶされていた。

「始まりから、そいつは小判で十両の駒を買いやした。どう見ても手代《てだい》にしかめえねえ野郎が、いきなり十両だてやすから、あっしはすぐに兄いに話を通しやした」

賭場の手伝い役の金蔵《きんぞう》が、わきに座った代貸《だいがし》の顔を見ながら話を続けた。

「そしたら兄いがあごをしゃくられたんで、あっしは一両札五枚に二分《ぶ》札十枚をくっつけて野郎に渡しやした」

「今度はよく話が呑み込めた。その調子で先を続けろ」

「舌がくっついて話がしにくいもんで……水を飲ませてくだせえ」

親分に顚末《てんまつ》を聞かせることで、気が張っているのだろう。猪之吉がうなずくと、すぐさま金蔵に水が差し出された。

「十両もの札を、野郎は四半刻（三十分）も経たねえうちに、そっくり負けやがったんでさ」

「それでどうした」

「十両は、手代がどうこうできる銭とも思えねえんですが、野郎は涼しい顔であっしのところに寄って来やがったんでさ」

舌の回りがぎこちなくなって、金蔵はもう一度水を口にした。

「紙入れから、日本橋三井屋の為替切手を出しやがるてえと……」

金蔵が急に咳き込んだ。それを見て、代貸の与三郎《よさぶろう》があとの話を引き取った。

「佐賀町の桔梗屋が振出した切手で、受取人は橋場《はしば》の平田屋てえ周旋屋でした」

桔梗屋と聞いて、猪之吉の顔つきがわずかに動いた。それを見た与三郎が話をやめた。

「いいから続けろ」

猪之吉は目を光らせたまま、先を促した。

「あっしはすぐさま玄祥《げんしょう》さんところへ金蔵を走らせて、三井屋の印形帳《いんぎょう》を持ってこさせやした」

「玄祥が間違いないと請合ったのか」

「へい。印形も、切手に使ってる別誂えの漉《す》き紙も間違いはねえと」

「それがこの為替切手か」

代貸がうなずいた。

切手の額面は端数のない二百両である。桔梗屋太兵衛の振出しで、四角い印形が名前にかぶせて押してあった。

賭場の馴染み客には、切手でも駒札を回していた。客の素性次第では、猪之吉は上限をつけず青天井で受け入れた。ただし駒札は二分（二パーセント）引き、百両の切手で九十八両渡しが相場である。

遊びで受かった客は、帰りにおのれが持ち込んだ切手を請け出した。このときは額面通りの値で買戻しをした。

負けて帰った客の切手は、浚《さら》い屋の玄祥が買い取った。玄祥の割引料は二分で、賭場と同じである。江戸市中の本両替商に裏の伝手《つて》を持つ玄祥は、賭場から買い取る切手の割引で、月に二十両を下らぬ儲けを手にしていた。

月に二十両を儲けるには、千両の切手を割引く勘定である。猪之吉の賭場では、それだけの為替切手を毎月客から受け取っていた。

手代が持ち込んだ二百両の切手も、際立って高額ではなかった。それなのに与三郎と金蔵とは、猪之吉のまえで口をカラカラに乾かしながら話をしている。

賭場には馴染みのない桔梗屋の切手を、猪之吉に断わりなく受け取ったからだった。

「昨日《きのう》の日暮れめえから出かけられた親分の、行き先はだれも伺っておりやせんでしたから、つなぎのつけようがありやせんでした」

「四ツ（午後十時）には帰っていた」

与三郎の口を、猪之吉はきつい口調でさえぎった。それでも代貸は、怯《ひる》みもせずにあとを続けた。

「客が切手で駒を欲しいと言い出したのは、まだ宵のうちなんで……」

「それがどうした。いちいち、話をやめずに最後まで続けろ」

猪之吉の禿げ上がったあたまが、赤味を帯び始めている。座り直した与三郎は、あとの話を急いで続けた。

「玄祥さんも、切手には間違いはねえと請合いやしたし、客の十両の負けっぷりを見ていても、後腐れはなさそうにめえやした。それよりなにより、名の通った桔梗屋が振出した三井屋の切手なら、どう転んでも損はねえと思ったもんでやすから」

「思ったから、なんだ」

猪之吉の顔が真っ赤になっている。問われても、与三郎は返事ができなかった。

「思ったから、どうしたと言いてえんだ」

火箸《ひばし》を長火鉢に突き刺した猪之吉が、伝法な口調で言葉を吐き出した。身体が大きく膨らんでいる。

与三郎と金蔵の顔から血の気が失せた。

「おめえには賭場の仕切りをまかせたが、それにはきっちりと、取り違えようのない限りを付けてある。そうだろうが」

与三郎が黙ったままでうなずいた。

「切手で札を回す客を決めるのは、おれだ。どこのだれの切手だろうが、おめえがどうこうできることじゃねえ」

「へい……」

「賭場を走り回る銭に、てめえらが呑み込まれねえようにと決めたことだ。ほかのしくじりなら目をつぶってもいいが、銭にかかわる間違いは許せねえ」

猪之吉が若い者を呼びつけた。

あまり耳にしない怒鳴り声で呼びつけられて、張り番が飛んできた。

「まな板二枚と、出刃二本を持ってこい」

数を聞いて、金蔵がさらに顔を蒼《あお》くした。

与三郎は膝の手をこぶしに握って、代貸の器量を保っていた。

達磨になった猪之吉に震え上がったやっこは、廊下を鳴らしてまな板と出刃とを運んできた。

「あっしが、分をわきまえずに出過ぎやした」

肚《はら》をくった顔の与三郎が、猪之吉の目を見て詫びを口にした。

「親分に頼めることではありやせんが、なんとか聞いてくだせえ」

「言ってみろ」

「金蔵は、あっしの指図で玄祥さんを呼びに行っただけです。なんとか、こいつは勘弁してやってもらいてえんで」

「ならねえ」

「でしたら、あっしが二本詰めやす。それで勘弁してくだせえ」

やっこから受け取った手拭《てぬぐ》いを縦裂きにした与三郎は、左手の小指と薬指にきつく巻きつけた。金蔵はわきで震えているだけだ。

「失礼しやす」

出刃を手にした与三郎は、左手をまな板に載せると息を止めて歯を固く食いしばった。

次の動きに入ろうとした、そのとき。

猪之吉が、一文銭を与三郎の右肘《ひじ》に投げつけた。握っていた出刃が、代貸の手から抜け落ちた。

「今回だけだ。二度目はねえと、身体に覚えさせせろ」

与三郎と金蔵が大きな息を吐き出した。

「金蔵、直しを二本と猪口《ちょく》を三つもらってこい」

気が抜けたのと足の痺《しび》れとで、金蔵は中腰のままで部屋を出た。

「指が下地（しょうゆ）のような色に変わっている。手拭いを取って、血の巡りを戻してやれ」

肝の太さを売る代貸だが、猪之吉に言われるまで気づかないほどに、気を張り詰めていたようだ。きつく巻きつけた手拭いをほどき、指を揉《も》みほぐしているところへ酒が出てきた。

「この温気《うんき》だ、冷や酒がいいだろう」

焼酎《しょうちゅう》に味醂《みりん》をまぜた、直しを代貸と金蔵とに注いだ。

「切手の客は受かったのか」

問いかける猪之吉は、いつもの調子に戻っていた。

「いや……それが妙なんで……」

「妙とは、どういうことだ」

「駒を手にしたあとは見《けん》に回って、ほとんど遊んでねえんでさ」

「二百両の駒札を買ったというのにか」

与三郎が大きくうなずいた。

「てまえの十両の賭けっぷりが嘘みてえな遊びになりやして……たまに一両札を取った

り取られたりで、五ツ半（午後九時）過ぎには、野郎を連れてきた請人《うけにん》を残して、ひとりでけえりやした」

「札の戻しは」

「百九十五両と二分です」

「遊ばなかったも同然だな」

「あっしには、切手の両替が目当てだったように思えてなりやせん」

猪之吉が、腕組みをして目を閉じた。

与三郎、金蔵ともに分かるはずもなかったが、猪之吉は昨夜の太兵衛を思い返していた。

三月の出会い以来、太兵衛と猪之吉は毎月十日に吉川で盃を交わしていた。太兵衛が強く望んだことである。

「商いのからんだ酒ばかりでは、身体に応《こた》えます。ご迷惑でしょうが、月に一度だけ、ここでお付き合いください」

互いに交わることのない暮らしのふたりだ。きつい渡世を離れての酒は、猪之吉にも得難いものになった。

話し手はもっぱら太兵衛だった。仕入れで毎年訪ねる京・大坂の名所、寺、上方《かみがた》料理などの話を、猪之吉は面白そうに聞いた。

仔細をわきまえた吉川の女将は、大川に面した離れを用意し、呼ばれない限り近寄らなかった。吉川で落ち合うのは暮れ六ツ（午後六時）、帰り舟を仕立てるのが五ツ半だ。

女将に舟の支度ができたと言われて、名残惜しそうにするのは、いつも太兵衛だった。

ところが昨夜は太兵衛が遅れた。ひとえの黒紗を隙なく着こなしてはいたが、晩夏に襦袢を重ね着していた。

「咳が一段とひどいようだが」

「いささか悪寒《おかん》が走りまして」

「夏かぜかね」

「ここ何日か、うまく眠れません」

「だったら無理をして来ることはない。あんたが寝込んだりしたら、えらい騒動だ」

「こうして呑むのがなによりの薬です」

そう言いながらも太兵衛は、舟の支度ができたと聞かされたときには、猪之吉よりも先に座敷を出た。

「来月には様子も落ち着いていますから」

帰り際に残した太兵衛の言葉を、猪之吉は病のことを指したのだと、昨夜は思っていたのだが……。

「客の請人はだれだ」

「浜町河岸《はまちょうがし》の柳屋です」

猪之吉はふたたび目を閉じると、しばらく思案顔をつくっていた。

「金蔵」

「へい」

いきなり名指しをされて、金蔵の腰がびくっと浮いた。

「駕籠《かご》を仕立てて、柳屋をここに連れてこい。ことのほかまわりの目を気にする親爺《おやじ》だ、上物の駕籠を連れて行け」

猪之吉から一分金を数枚手渡された金蔵は、立ちあがるなり、廊下を駆け出した。

四

猪之吉の宿は、深川平野町である。

宿の前を仙台堀が流れており、亀久橋《かめひさばし》のたもとには小さな船着場があった。賭場を訪れる客の多くは、日本橋や浜町の大店《おおだな》のあるじ連中だ。船着場は、船で遊びにくる客のために賭場が普請したものである。

浜町河岸の鼈甲《べっこう》問屋柳屋庄之助《しょうのすけ》も、猪牙舟《ちょきぶね》で乗りつけてくる客のひとりだ。もっとも柳屋の場合は、自前の猪牙舟だった。

元禄三（一六九〇）年創業の柳屋は、江戸の鼈甲の三割を取り扱う老舗《しにせ》である。代々が庄之助を襲名しており、猪之吉の賭場で遊ぶ現当主は六代目である。

櫛《くし》、髪飾り、めがねなど、鼈甲細工の品はいずれも高値である。それゆえ儲けも大きく、賭場の遊びで五十両のカネを遣うこともめずらしくはなかった。

しかも博打は弱く、ほとんど賭場が勝った。初めて顔を出した文政十（一八二七）年の春から勘定すれば、足掛け五年のうちに、ざっと二千両を賭場に落とした上客である。

庄之助が博打に弱いのは、気性が見栄《みえ》っ張りであるがゆえだ。賭場の客にはめずらしいことだったが、庄之助はいつも女連れで遊びにきた。そしてそれなりの小遣いを渡して、女にも遊ばせた。

勝とうが負けようが、渡したカネは女の物だった。連れてくる女の多くは玄人《くろうと》だったが、このところの庄之助は、おのれが落籍《らくせき》をした柳橋の元芸者に入れ揚げていた。

与三郎の話だと、庄之助は昨夜もこの女連れだったようだ。それに加えて、桔梗屋の為替切手を遣った男を供にしていた。

猪之吉の賭場は、客の素性をうるさく吟味した。博打は表向き、天下のご法度《はっと》である。

客の口から賭場の存在がこぼれると、厄介ごとを引き起こしかねないからである。ゆえに滅多なことでは、客は新顔を伴ってくることをしなかった。

新顔を連れてきたときには、その者の素性の確かさを客に請負わせた。

猪之吉の賭場での遊びが長くて、仕来《しきた》りをわきまえているはずの庄之助が、なにゆえ手代のような者を引き連れてきたのか。

それが知りたくて、猪之吉は金蔵を差し向けた。駕籠を誂えさせたのは、柳屋への儀礼だった。

四ツ半（午前十一時）に平野町を飛び出した金蔵は、九ツ半（午後一時）過ぎに、客を伴って戻ってきた。

賭場に顔を出した庄之助は、猪之吉の居間ではなく、十二畳の客間に招き入れられた。賭場では最上客へのもてなし方である。猪之吉は、すでに客間で待っていた。

これほどの扱いを受けても、庄之助は不機嫌さを隠そうともせず、猪之吉と向かい合わせに座った。

「どうしたというんだ。こんな昼日中に、あたしを呼びつけたりして」

庄之助は、六代目を継いでまだ十年。今年の春に厄払いを済ませたばかりで、ひたいは脂ぎっている。その脂と、駕籠に揺られたときに浮いた汗とが入り混じっていた。

「呼びつけたのはわるかったが、柳屋さんの屋台骨にかかわる話だ。息巻いてないで、座ってくれ」

さらりと言われた「柳屋さんの屋台骨にかかわる話だ」。

凄みすらない口調が庄之助の喉元に食らいついた。

「どういうことだ、親分さん。うちの身代にかかわる話というのは」

「そうせっつかずに、まずは喉を湿してもらおう。話はそれからだ」

猪之吉の指図で、酒肴《しゅこう》が運ばれてきた。

まだ陽が高いことと、夏の暑さが残っていることを気遣ったのか、出てきたのは井戸水で冷やした直しだった。さきほど代貸と金蔵とに呑ませたものとは別口の、上物の柳蔭《やなぎかげ》である。あては、水をくぐらせた瓜《うり》の糠漬《ぬかづけ》に、削り節を散らした冷奴《ひややっこ》である。

膳の肴《さかな》を見て、庄之助がまたもや顔をしかめた。

「うまい物を食いなれた柳屋さんには不満だろうが、それなりに吟味したものだ。機嫌を直して箸をつけてくれ」

猪之吉が穏やかな口調で肴を勧めた。しかしおのれの盃を充たしたあとも、相手に徳利を差し出すことはしなかった。

猪之吉から注がれると思っていたらしい庄之助は、さらに目元を険しくして徳利を手にした。手酌で盃を充たしたあと、腹立ち顔を隠さぬまま、一気に呑み干した。

「うまい……」

いきなり顔つきが変わった。

「これはうまい酒だ」

「まだ幾らでも冷やしてある。遠慮なしにやってくれ」

猪之吉が徳利を差し出した。すっかり機嫌の直った顔で、庄之助は盃で受けた。立て続けで三杯あけてから、糠漬に箸をつけた。

「うまいっ。これはほんとうにうまい」

うまいを連発して、あっという間に小皿の瓜を平らげた。猪之吉の目配せを受けた若い者が、すかさず代わりを運んできた。

月に千両の儲けを出すとうわさされている柳屋の当主が、味醂の加わった直しと瓜の糠漬とで、あっさりと不機嫌さを引っ込めていた。

「庄之助さんがゆうべ連れてきた、手代風の男のことだが……」

新しい柳蔭が運ばれてきたところで、猪之吉が口を開いた。

「どうしてその男を、庄之助さんが連れてきたんだ?」

「どうしてって……桔梗屋さんとうちとは、商いで深いつながりがありますからね。連れて行って欲しいと頼まれたら、断わることもない」

なにがいけないんだと言わんばかりに、庄之助があごを突き出した。

「とても呑み込めない話だな」

猪之吉が迷いのない調子で言い切った。庄之助は膳に盃を戻して座り直した。

「あたしの話が偽りだとでも言う気ですか」

「合点がいかないと言ったまでだ」

「どこに合点がいかないんだ」

庄之助はひとから指図をされたり、異を唱えられたりすることには、なれていないようだ。猪之吉の言い分を聞いて、瓜を口にしたときの上機嫌が引っ込んでいた。

「おたくの手代が賭場に出入りしていると知ったら、庄之助さんはどうするかね」

「それは……」

痛いところを突かれて庄之助が口ごもった。

「しかも手代は、十両の駒札を買った」

「えっ……駒を買ったんですか」

庄之助の顔色が変わった。

猪之吉はその様子を黙って見詰めた。庄之助の背中が揺れて、腰をもぞもぞと動かした。

「あんた、女に言われてあの男を連れてきただろう」

庄之助は息を呑んだ。

「図星か」

猪之吉の目つきが厳しくなった。

「だとしたら、やはりあの女には気をつけたほうがいい」

「親分さんの言われることは、端折《はしょ》りが多くて呑み込めない。あたしに分かるように聞かせてください」

庄之助が口を尖《とが》らせた。しかし、猪之吉にすがるような目になっていた。

「ここに出入りする女は多くない。気になって素性を調べさせたら、幾つか危ないことが見えてきた」

女は柳橋の置屋田仲家の芸者で、源氏名を咲哉《さきや》といった。庄之助に囲われてからは、かおると、本名を名乗っていた。

歳は二十七で踊りと三味線に長《た》けた咲哉は座敷の受けがよく、何人ものひいき筋を持っていた。

庄之助がひかせられたのは、カネにあかしたからだと、落籍勝負に負けた旦那衆が陰口を叩いた。庄之助が払った百五十両の落籍料は、それほど破格に高いものだった。

咲哉を得た庄之助は、箱崎町に三十坪の平屋を普請し、下女ひとりをつけて囲った。

ところが咲哉には柳橋当時から間夫《まぶ》がおり、箱崎町に囲われたあとも、おもてで逢瀬《おうせ》を重ねていた。咲哉にたっぷり小遣いをもらっている下女は、見て見ぬふりを決め込んだ。

猪之吉は、間夫の素性もつかんでいた。

「庄之助さんには気の毒だが、あんたが囲った女の間夫は、橋場で裏店《うらだな》暮らしをしている半端者だ。女は月に三度、その男にゼニを渡している」

「それを知っていたなら、どうして早く教えてくれなかったんですか」

庄之助が食ってかかった。

「入れ揚げているのは、あんただ」

猪之吉が、ひとことで庄之助を抑えつけた。

「賭場には大事な客だが、あんたが好きでやっている女遊びの、ケツ拭きをする気はさらさらない。教えろというのは筋違いだろう」

とり立てて凄んだわけではないが、厳しい物言いをされて庄之助がおとなしくなった。

「ゆうべの手代は、連れて行くようにとあんたが女にせがまれたんだろうが」

「そうです」

庄之助は、いまいましげな顔で吐き捨てた。

「遠縁の甥《おい》っ子だといわれました。絵草子を書いているとかで、その役に立つから賭場のありさまを見たいといわれて……」

騙《だま》されたと知った庄之助が、目の両端を険しくしていた。

先の思案を巡らせている猪之吉は、黙ったまま客間の欄間《らんま》に目を泳がせていた。

五

天保二（一八三一）年、八月十四日。

猪之吉は深川平野町の宿で、ひとり思案を巡らせていた。

猪之吉の賭場は、住まいとは別である。

宿の裏手、霊巌寺《れいがんじ》の一隅に普請した庫裏《くり》風の平屋が賭場だ。貸元が暮らす宿とは別に、寺の敷地内に賭場を構えるのが、その貸元の格とされていたからだ。

霊巌寺の塀にはくぐり戸が設けられており、仙台堀の船着場まで小道でつながっている。

尾張町《おわりちょう》、日本橋、蔵前などから猪之吉の賭場にくる客の多くは、舟を使った。

猪之吉が思案を続けているのは、桔梗屋太兵衛振出しの、額面二百両の為替切手の一件である。

大店のあるじ連中は、賭場にくるときに小判を持参したりはしない。ひと晩で百両の遊びをしようとすれば、二十五両包みの切餅を四個持ち込むことになる。

身なりを気遣うあるじ連中は、小判の重みで羽織のたもとが垂れ下がるのを嫌った。さりとて、巾着《きんちゃく》などの袋物を手にしたりはしない。それらはお供の小僧か手代が、あるじに代わって持ち歩いた。

しかし賭場に遊ぶときに、供を連れてはこられない。

さまざまなやり取りを経て、賭場と客とが得心《とくしん》したのが為替切手の両替だった。

あるじ連中が持ち込む切手の額面は、あらかじめ書き込まれていた。印形も店で押してきた。白紙の切手と印形を、賭場に持ち込むような物騒なことは、したたかな商人はだれもしなかった。

切手で遊ぶ客は、賭場にもありがたかった。百両のカネを負けると、大店のあるじといえども顔色が変わった。しかし切手であれば、カネを遣っているという感覚が薄くなる。

しかも博打に使うのは、カネではなくて木の駒札である。

できる限り、カネを遣っていることを忘れさせたい賭場にとっては、切手で遊ぶ客は極上の客だった。

切手を駒札に替える口銭《こうせん》は、二分である。勝負に勝った客から取る、二割のテラ銭に比べれば十分の一だ。しかしなにしろカネの桁《けた》が大きい。

桔梗屋の手代を騙《かた》った男が両替したのは、一枚二百両の切手である。並の暮らしをする者には、生涯かかっても稼げない大金だが、猪之吉の賭場は受け取った。

賭場には、切手を割引く淩い屋の玄祥がうしろに控えていたからだ。

猪之吉は玄祥の手元から、桔梗屋の切手を引き上げていた。駒札をカネに替えたのは賭場であり、玄祥には実害が及んでいなかった。

だれが、どんな絵図を描いてやがるんでえ……。

猪之吉は胸のうちで怒りをたぎらせている。顔つきも言葉遣いも、荒事の先頭に立っていた代貸のころに戻っていた。

猪之吉が手にしている切手は、三井両替店の為替切手である。

日本橋駿河町《するがちょう》の三井両替店は、公儀勘定も取り扱う本両替の老舗だ。ここの為替切手は、ときには小判以上に信用された。それはとりもなおさず、三井に対する江戸町民の信頼だといえた。

三井両替店の創業者は、呉服小売りの大店越後屋《えちごや》と同じ三井高利《たかとし》である。

越後屋創業に遅れること十年目の天和《てんな》三（一六八三）年に、高利は越後屋江戸店の隣に両替店を創業した。

高利が越後屋を出店したのは、延宝《えんぽう》元（一六七三）年である。家紋は『丸に井げた三』で、これは三井両替店も同じだった。

伊勢商人が出自の高利は、越後屋で『店先《たなさき》売り』を始めて大当たりを取った。江戸の習慣にとらわれない、伊勢商人ならではの知恵である。

当時の呉服店では、『見世物商い《みせもの》』と『屋敷売り』が商い姿勢の基本だった。

あらかじめ手代が得意先の注文を聞き、そのあとで反物を持参するのが見世物商いだ。

また、手代が商品を得意先まで持参して売るのが屋敷売りである。

これらの支払いは、盆暮年二回の、節季《せっき》払いだ。それを高利は店先で販売する現金売りに改め、『現銀（金）掛値なし』とした。

節季払いには、買い物をした日から支払日までの『利息』が代金に加算されるのが普通である。現金払いとしたことで、その利息分を安くできた。しかも日銭が入り仕入れの元手も増えて、品揃えも豊富になった。

呉服の商いにおいて、高利はさらにふたつの知恵を示した。

ひとつは『即座に仕立てて納める』という、仕立ての安価請負いである。誂え着物にはなかなか手が出せなかった職人の女房までが、越後屋で求めたほどに評判を呼んだ。

もうひとつは『布の切り売り』である。

ほかの呉服店が一反区切りでしか売らなかった反物を、越後屋は客の求めに応じて切り売りした。

他の呉服老舗からはやっかまれたが、高利は客に支えられて商いを伸ばした。

その才覚をカネのやり取りに活《い》かして創業されたのが、三井両替店である。

両替店創業当時の幕府は、近畿以西の直轄領からの年貢米や重要産物を、大坂で売りさばいてカネを得ていた。

数十万両という桁違いのカネを、幕府は江戸まで『カネのまま』で運んでいた。厳重に警護して運んではいたが、人里離れた山中では盗賊の襲撃を受けたりもした。船による海上輸送もこころみた。ところが荒天に巻き込まれることもあり、難破もまれではなかった。

カネを運ぶことの苦労は、江戸の商人も同じだった。京・大坂で仕入れた商品代金を上方に送金するとき、商人は特別の飛脚などを仕立てて現金で送った。

しかし危ないことは、幕府公金輸送の比ではない。

公儀と商人とが、送金手段の行き詰まりを嘆いていたとき、高利は幕府に為替の仕組みを献策した。

ときの御側用人《おそばようにん》、下総国《しもうさ》関宿《せきやど》城主の牧野《まきの》成貞《なりさだ》が、高利の知恵に膝を打って後押しした。

高利は上方の豪商や両替商と談判を重ね、為替切手の仕組みを作り上げた。

その褒賞として、三井両替店は幕府の金銀御用達両替商の地位を得た。

ほかにも幕府公金を扱う本両替はあるが、三井両替店の信用度合いは別格である。

猪之吉が玄祥から引き上げた為替切手には、それほどの値打ちと、高い信頼の裏打ちがあった。

仙台堀からの八ツ（午後二時）過ぎの川風が、涼味とともに祭囃子《ばやし》も運んできた。囃子を耳にして、猪之吉が物思いを閉じた。

「おい」

小声だが、すぐに若い者が顔を出した。

「玄祥を呼んでこい」

「がってんでさ」

組の半纏《はんてん》を羽織った若い者は、返事をするなり廊下を駆けて飛び出した。

明日の十五日は富岡八幡宮の本祭である。

平野町は八幡宮の氏子だが、町内神輿《みこし》はまだ持っていない。しかし祭は町内神輿がなくても、深川全町のものである。

それは渡世人も同じだ。

猪之吉の手下の多くは、八幡宮宮元の神輿担ぎで出払っていた。猪之吉から強い指図をされてのことである。

「よその連中に、威勢で負けるんじゃねえ」

猪之吉は代貸のころから、神輿担ぎには組の若い者を出した。そしてひとり二両の、桁違いの小遣いを渡した。見栄を張り合ったとき、組の者に恥をかかせないためである。

稼業をわきまえている猪之吉は、祭寄進の名札を町内に張り出すことはさせなかった。

しかし代貸の与三郎に言いつけて、灘《なだ》の下《くだ》り酒四斗樽《しとだる》ひとつと、五両のカネを町内肝煎《きもいり》に届けさせた。

八幡宮大鳥居下の御酒所《みき》には、奉納者の札がない四斗樽が正面に飾られた。

「豪勢な酒じゃねえか。どこのだれなんでえ、こんな威勢をくれるのは」

他町の連中から訊かれても、御酒所の面々は答えなかった。答えないことで、下り酒奉納の主をだれもが探し当てようと躍起になる。

肝煎連中は口を閉じて、逆に猪之吉の名前を広めた。

桔梗屋太兵衛が店を構えている佐賀町は、見事な町内神輿を持っている。担ぎ手は、蔵で働く仲仕《なかし》衆だ。深川の力持ちとして、江戸中に名を知られている連中だ。

難儀を抱えて、祭どころではねえだろう。

手元の為替切手を見詰めつつ、猪之吉は太兵衛を案じた。

「来月には様子も落ち着いていますから」

四日前に酒を酌み交わしたとき、帰り際に太兵衛が口にした言葉である。

為替切手の一件を知るまで、太兵衛がわずらっている病の容態を言ったものだと思っていた。

あの日の太兵衛はいつもとは異なり、すぐにも帰りたそうな振舞いを見せた。

桔梗屋で、なにが起きてるんでえ……。

確かなことは分からずとも、太兵衛の容態のほどは相当にきついと猪之吉は察していた。そのうえ三井両替店の為替切手のことまでものしかかっていたとは。

三井の為替切手を持つには、常に五千両のカネを預けおく必要があると言われている。しかも預けたカネには、年に五分（五パーセント）の預け賃を払わなければならない。

たとえ五千両のカネを常時預けおき、五分の手数料が払えたとしても、ひとを使った客の素性調べを終えなければ、三井は商いの口を開かなかった。

それほどの大店の為替切手が、賭場に出回るような危ない目に遭っている。

火元は桔梗屋なのか。

祭好きの猪之吉が、いまは祭を忘れて玄祥のくるのを待っていた。

六

八幡宮本祭翌日、八月十六日は朝から雨だった。

毎度のことだが、祭の翌日は町から気力が抜け落ちており、深川各町の通りには人影が見えない。

佐賀町も同じだった。

八月十六日に、佐賀町河岸に横着けするような間抜けな廻漕《かいそう》問屋はいない。大川端にずらりと並んだ蔵の本瓦《ほんがわら》が、降りやまぬ雨を弾き返していた。

蔵のなかほどから、門前仲町《もんぜんなかちょう》に向かって大きな道が一本通っている。通りの両側は桜並木で、その数、およそ百本。

『佐賀町の百本桜』として名を知られているが、八月中旬のいまは葉が茂っているだけだ。

寛永初期に植えられた桜は、いずれも樹齢二百年を超える古木だ。幹周りも太く、なかにはおとなの手でも回り切らない桜もあった。

この百本桜の通りに店を構えるのが、佐賀町では商人の夢である。潰れでもしない限り、ここから立ち退《の》く商家はない。

桜並木はおよそ二町半（約二百七十五メートル）で、両側に並ぶ商家は大小取り混ぜて三十軒だ。

通りでもっとも大きな商家が、間口二十間《けん》（約三十六メートル）の桔梗屋である。桔梗屋の店先には、七本の桜が並んでいた。

いつもは一間幅の二十枚の雨戸がすべて開かれている桔梗屋だが、今日は祭の翌日である。商いを休んでいる様子はないものの、雨戸は半分が閉じられていた。

「さすがの桔梗屋さんも、今日だけは店仕舞いみてえだぜ」

桔梗屋と通りを隔てた馬具屋の職人ふたりが、店の雨戸を閉じながら話し合っていた。

「祭の手前は、何日も夜通しで草履や雪駄を拵えていたからよう。十六日ぐれえは休まねえと、職人の身体がもたねえだろうさ」

「ちげえねえ」

四枚目の雨戸を閉じた半纏姿の男が、相方に桔梗屋の看板を指さした。

「桔梗屋さんは旦那の気性がいいからよう。あれだけ給金を弾まれりゃあ、だれだって命がけで働くだろうよ」

羨《うらや》ましげな言葉を雨の通りに残して、馬具屋の職人ふたりは店先から立ち去った。馬具屋も今日は早仕舞いだった。

桔梗屋の大きな看板に、相変わらず雨が当たっている。つるつるの樫板を伝わり落ちた雨は、地べたに水たまりを作っていた。

店先は大きな土間になっており、右半分の土間は職人の仕事場を兼ねている。しかし今日はさきほど馬具屋の職人が話していた通り、職人のだれもが仕事休みを取っていた。

土間には欅《けやき》の大きな切り株が二十、横に五つ、縦に四つ並べられていた。

切り株は、職人たちの仕事台である。

履物を載せて、ときには小槌《こづち》で叩き、あるときは千枚通しで鼻緒を通す。創業当時から使い込まれてきた台が幾つもあり、切り株の年輪の色が薄くなっているものもあった。

「ごめんくださいまし」

奉公人の姿が見えない店先に立った地味ごしらえの中年の女が、小声を店に投げ入れた。二度目の呼びかけで、留守番役の下男が出てきた。

「今日は、番頭さんぐれえしかいなさらんでよう。すまねえこったが、急ぎでなけりゃあ、明日にでも出なおしてくだせえ」

いつもは奥の用をこなしているのか、下男は客の応対が苦手そうだった。

「旦那様にご用があってうかがいました」

「旦那様って、うちの旦那のことかね」

問われた女はうなずきつつ、吾妻《あずま》袋から書付を取り出した。

「これを旦那様にお渡しいただければ、次第のほどがお分かりいただけます」

手渡された下男は、女をその場に残して奥に入った。そして、さほど間をおかずに駆け戻ってきた。

「旦那様から、座敷に案内するようにと言いつかっただ」

「わたしはここで結構ですから」

女は土間から動こうとしない。

「そう言われても、おらが困るだよ。旦那様には、連れてこいって言われたもんでよう」

土間で押し問答をしているとき、太兵衛が店先に出てきた。

「猪之吉さんのお内儀ですな」

女がうなずくと、太兵衛は土間へとおりてきた。

「ここはもういい」

下男を下がらせてから、太兵衛は土間で女と向き合った。

「書状を読み終える前に、お内儀を案内するようにと申し付けてしまいました。猪之吉さんは？」

「わたしが、桔梗屋さんをお連れすることになっておりまして……」

「書状にもそう書いてありましたが、わざわざお内儀を使いにくださらなくても、若い衆を遣《よこ》してくだされば充分です」

「組の者がこちら様に出入りしましては、商いに障ると申しております」

「いかにも猪之吉さんだ」

すぐに支度をするからと言い残して、奥に戻った。出てきたときの太兵衛は、五つ紋の羽織を着ていた。

猪之吉への礼儀である。

「足もとのわるいなか、お内儀みずから出向いてくださり、ありがとうございます」

店を出る前に、太兵衛があたまを下げた。猪之吉の内儀も辞儀を返した。

「仲町の江戸屋なら、歩いてもわけありません。雨降りのことだし、てまえの舟を出さなくてもよろしいか？」

「もちろんです。うちのからも、歩きでお連れするようにと申し付かっておりますから」

内儀が先に店を出た。

人影のない桜並木を、猪之吉の内儀と桔梗屋太兵衛とが連れ立って歩いていた。

傍目《はため》には、桔梗屋が夫婦で外出《そとで》をしているように見える。それほどに、渡世人の女房とは思えない品があった。

太兵衛が履いているのは、歯の高い桐下駄である。雨に濡れてもにじまないように、鼻緒は布ではなく鹿皮の拵えだ。

差しているのは、柿渋《かきしぶ》を何度も重ね塗りした黒蛇の目である。

「あたしの足が速すぎませんか」

「お気遣い、ありがとうございます」

猪之吉の内儀は、大店の内儀よりも上品な物言いである。

「それでは少しだけ、歩きを速めてもよろしいか」

内儀が傘の内でうなずいた。

早く猪之吉に会いたいのか、太兵衛は歩きながら傘を回した。

内儀が差す傘は、深紅の無地である。

桜並木に降る雨のなかで、紅と黒の傘が色味を競い合っていた。

江戸屋は、永代寺《えいたいじ》仲見世通りの角にある料亭だ。元禄初期にこの地で創業した江戸屋は、代々の女将が秀弥《ひでや》を襲名した。天保二年の今は、五代目秀弥が江戸屋を切り盛りしていた。

「それでは、わたしはここで」

江戸屋玄関につながる敷石の手前で、内儀が辞去のあいさつを口にした。

「ご造作をかけました」

太兵衛が辞儀をした。

あたまの下げ方は、佐賀町で二十間間口の大店を営む、あるじの貫禄に満ちていた。

七

太兵衛が案内されたのは、江戸屋の離れだった。泉水に面した十二畳間で、厠《かわや》も離れのなかに造りつけられている。

江戸屋には、ほかにも二棟の離れが構えられていた。それぞれ座敷の広さは異なるが、いずれも宝暦《ほうれき》時代に三代目秀弥が拵えたものである。

普請されてから長いときを経ている離れは、何度も起きた大火をくぐり抜けていた。

「深川で古いものといやあ、江戸屋の離れと、紀文《きぶん》さんが奉納した三基の神輿に、八幡様の狛犬《こまいぬ》だろうぜ」

土地の連中が寄り集まると、かならずこの話になった。

享保《きょうほう》十二（一七二七）年に奉納された富岡八幡宮の狛犬は、今年で百四年を経ている。雨風にさらされて台座も狛犬も、角が丸くなりかかっていた。しかし寄進した海辺大工《うみべだいく》町《ちょう》の肝煎の名前は、いまでもはっきり読み取ることができた。

紀文奉納の神輿とは、元禄時代の豪商紀伊国屋文左衛門《きのくにやぶんざえもん》が八幡宮に寄進した、総金張りの三基の神輿である。

昨日の本祭にも、宮神輿として三基とも担がれた。猪之吉の組の若い衆が担いだのも、宮神輿だった。

神輿、狛犬と並び称される江戸屋の離れは、普請されてから八十年である。取り立てていうほど古いわけではないが、深川の連中が褒め称えるわけは、大火事をくぐり抜けた運の強さである。

江戸はどんな建物も、火事から逃れることはできなかった。

江戸のどこからでも美しい姿を見られたのが、江戸城の天守閣である。しかし明暦の振袖火事で焼かれたあとは、再建されないままである。

上野寛永寺に至っては、二百万両もの大金を投じて建立された根本中堂《こんぽんちゅうどう》の落成祝いをしてから、わずか数日で焼け落ちた。

何代も続いていることが自慢の老舗商家も、その多くは火事から逃れられなかった。焼けずに残っているだけで、江戸町民はその建物の運の強さを褒め称えたのだ。

太兵衛が座敷に入ったとき、猪之吉は床の間の前をあけて、向かい側に座っていた。

「そちらがあんたの座だ」

猪之吉が高い座を太兵衛に勧めた。

柳橋の料亭では、いつも猪之吉が床の間を背にして座っている。今日はそのお返しでもあった。

太兵衛は余計な遠慮をせず、勧められるまま座についた。

「わざわざ、お内儀を遣してくださって」

「若い者を差し向けるわけにもいかない」

「お心遣い、おそれいります」

太兵衛があたまを下げた。先刻、江戸屋の玄関先で内儀に見せた辞儀とは、下げ方が違っていた。

「それなりにみつくろって、料理を頼んでおいた。話はそのあとで」

「結構です」

答えた太兵衛が、膝元の湯呑みを手にした。驚いたことに、焙《ほう》じ茶だった。

「このところ、ろくに物を口にしていないだろうと思ったもんでね。飯が進むように、焙じ茶を頼んでおいた」

「そうですか……」

あとの言葉が太兵衛からは出なかった。が、猪之吉の言ったことを、胸のうちで噛み締めているような顔つきだった。

支度が進んでいたらしく、太兵衛が茶を飲み終わる前に、膳が運ばれてきた。

膳が置かれたとき、太兵衛の顔色が動いた。

載っているのは、猪肉《ししにく》の卵とじと、どんぶりに盛られた炊き立ての飯。それに二種類の香《こう》のものだけだった。

「いまは猪の時季ではないが、これを食べれば精がつく。薬だと思って食べてくれ」

「薬だなどと、もったいない。あたしはこれが大好物です」

顔をほころばせた太兵衛は、皿の卵とじをどんぶりにあけた。

「あんたもそうやって食べるのか」

「猪之吉さんもですか？」

太兵衛と同じことをしながら、猪之吉がうなずいた。

「いまの時季に、猪肉を手に入れるのは難儀でしょう」

「あんたに食べさせたくて、おとつい、ここに使いを出しておいた。うまく手に入ってなによりだ」

「そこまでお気遣いを……」

太兵衛は箸をとめて猪之吉を見た。

「卵とじは、熱いのが値打ちだ」

短い言葉の中に、太兵衛を気遣う思いが込められていた。太兵衛は嬉しそうな顔で、作法を忘れて一気に食べた。

椀が運ばれてきたときには、太兵衛のどんぶりは底が見えていた。

「遅れまして、申しわけございません」

仲居が顔色をなくして詫びを言った。

「あんたがわるいわけじゃない。こっちが早く食べ過ぎたまでだ」

「おそれいります」

安堵《あんど》した仲居があたまを下げた。

飯が終わると、ふたたび茶が出された。

うす緑色が鮮やかな上煎茶《せんちゃ》だった。

「これでよろしゅうございましょうか」

茶をいれてから、仲居が猪之吉にうかがいを立てた。

「結構だ。あとの茶はこちらでいれるから、鉄瓶に湯を足しておいてくれ」

「かしこまりました」

湯呑みは猪之吉の言いつけで、薄焼きの大き目のものが出されていた。

「今日は酒は勘弁してもらおう」

「もとより、そのつもりです」

太兵衛が湯呑みに口をつけた。

湯を足して戻ってきた仲居は、部屋の隅に置かれた手焙《てあぶ》りに鉄瓶を載せて、離れから出て行った。

障子戸は開け放たれたままである。

築山《つきやま》の植木が、晩夏の雨を受けて彩りを放っている。雨粒が泉水の水面に、無数の紋を描き出していた。

「これを見てもらおう」

猪之吉は前置きもいわず、三井両替店の為替切手を太兵衛に手渡した。

表情を動かさない鍛錬を積んでいる太兵衛である。しかし猪之吉が相手で気を許しているせいか、見るなり正直に驚いた。

「なぜこれを猪之吉さんが」

「橋場の裏店に暮らす、渡世人崩れがうちで両替したものだ」

「……出回り始めましたか……」

言ったあと、太兵衛は深いため息をついた。

「おれが使っている浚い屋が言うには、この一枚のほかには、まだどこにも出回ってはいないそうだ。じかに三井に持ち込まれたものはないのかね」

「ありません」

太兵衛がきっぱりと言い切った。

猪之吉が玄祥からことのあらましを聞き出したのは、祭の前日、八月十四日である。

「為替切手の紙は、まぎれもなしに三井が桔梗屋さんに渡した本物です」

「三井がそう言ったのか」

「手触りを確かめて請合いました」

「それで？」

「三井でも、桔梗屋さんの白紙切手が流れ出したことは知ってやす。桔梗屋さんの手代がからんでおりやして、一束《いっそく》（百枚）そっくり持ち出してやす」

玄祥は伝手《つて》を使って、為替切手の一件を洗いざらい調べ上げていた。

「柳屋が女にせがまれて連れてきた渡世人は、使い走りの下っ端でやす」

「元はだれだ」

「浜町の芳蔵《よしぞう》てえ目明しでやした」

「為替切手の騙《かた》りに、目明しがからんでいるのか」

「あっしの見当ですが、芳蔵も使い走りでやしょう。この一件は、相当に根が深いと思いやす」

答えを先に言ってから、玄祥はおのれがつけた見当の筋道を順に話した。

「この騙《だま》りは、切手で銭を騙し取るような、簡単な仕事とは違いやす」

三井両替店の切手には二種類ある。

ひとつは三井が客から受け取ったカネに見合う額面で振出す、自己宛《あて》の切手である。これはおもに、江戸府内の小商人《こあきんど》が支払いに用いた。

府内といえども、支払いの大金を持ち歩くのは物騒である。商いのつながりがなくても、切手に見合うカネと引き換えに、三井は自己宛切手を振出した。

万一盗まれたときは、それを申し出れば決済が差し止められた。三井宛の切手は、駿河町の三井でなければカネに替えられない。この便利さが受けて、多くの小商人が切手を買い求めた。

もうひとつは桔梗屋のように、常時五千両以上のカネを三井に預けることと引き換えに、おのれが振出す切手である。

一枚の切手が一万両を超えないこという限りはあるが、振出し枚数に縛りはない。切手を受け取った客は、自店と取引のある両替商に、額面金額の取り立てを頼んだ。

この切手をじかに三井に持ち込んだときは、振出人に確かめてからカネが払われた。その場合は、持ち込みから二日後である。

桔梗屋の手代は、百枚の白紙切手を持ち出していた。そのなかの一枚が、猪之吉の賭場で使われた。

印形も本物同様のものが押されている。

しかしどれほど本物らしく拵えたとしても、三井に持ち込んで換金することはできない。切手事故が生じたことが分かっている三井は、桔梗屋の切手を持参した者を即座に取り押さえるからだ。

残る使い道は、商人相手の取り込み騙りか、猪之吉の仕切るような賭場で両替するぐらいだ。

とはいうものの、取り込み騙りはむずかしい。品物を節季払いや為替切手で納める商人は、取引相手とそれなりの付き合いがなければ応じないからだ。

一見《いちげん》の客から為替切手で物を買いたいと言われたら、商人はかならず裏づけを取る。どれほど小さな商人でも、この手続きを経ずに物を売ることはあり得なかった。

江戸の外で使うときには、売り手と買い手とが顔なじみでなければ断じて受けつけない。見ず知らずの者が、切手で物を買える道理がなかった。

賭場での両替も、ひとたび騙りが露見したあとは無理である。渡世人は横のつながりが密で、しかも話が伝わるのは早い。

江戸の外では、三井の切手といえども、両替に応じる貸元は皆無である。

このたびの騙りが換金目当てだとすれば、余りに仕事が雑である。

「手代を抱き込んで、しかも目明しまで走りに使う連中です。切手をカネに替えるのが無理だとは、てんから承知のはずでやすから」

あとは桔梗屋さんから正味のところを聞かない限り、判じようがないといって、玄祥は話を締めくくった。


「猪之吉さんのお見立て通りです」

相手の目を見詰めながら、太兵衛はふところから一通の書状を取り出した。

「あたしあてに届いた脅し文です。どうぞご覧ください」

手渡された猪之吉は、短い書状を一気に読み終えた。

「佐賀町の店と屋敷を、居抜きで売り渡せ。応じなければ、切手をばらまく。遠からず火事が生ずるかもしれない」

脅し文には、このようなことが書かれていた。売り渡す相手も名指ししていた。

神田佐久間町の周旋屋、生島屋《いくしまや》伝兵衛《でんべえ》が売り渡し相手である。桔梗屋とはまるでかかわりのない周旋屋だったが、放っておくわけにもいかない。さりとて、自分のほうからつなぎをつける気は、太兵衛には毛頭なかった。

桔梗屋出入りの十手持ちを動かして、太兵衛は生島屋の内証を探らせた。

「生島屋というのは、奉公人もいねえような、看板だけの周旋屋でやした」

目明しの話を聞いているうちに、太兵衛はひとつの屋号に思い当たった。

「ことによると、鎌倉屋という油問屋がかかわってはいなかったか」

探りで得た答えに図星を指された目明しは、鼻白んだ顔つきになった。

「鎌倉屋とはだれだ？」

「三田の油問屋です。三年前から、しつこく土地を売れとあたしに迫ってきています」

太兵衛はあらましを明かした。

「欲しいとなったら、いかなる手立てを講じてでも手にいれるのが、三田の鎌倉屋です」

猪之吉はうなずき、先を促した。鎌倉屋の強引なやり口については、猪之吉もさまざま聞き及んでいた。

「四年前からいっとき、うち（桔梗屋）の内証が苦しかったことがありました。どこでそれを聞き込んだものか……。奉公人込みの一万両で身代を譲れと、強気で迫ってきました」

太兵衛はまったく取り合わずだった。

一万両をくれてやると言わぬばかりの横柄さもさることながら、奉公人のことを虫けらをお情けで飼ってやるだの、ひどい物言いをした。

干天の慈雨となるやもしれぬ申し出を、一顧だにしなかった、あるじの毅然とした振舞い。そこには奉公人こそ大事との信念あればこそだった。

「旦那様はそこまで、てまえどものことを」

奉公人たちの命がけの踏ん張りで、桔梗屋は盛り返した。が、鎌倉屋はその後も隙あらばと狙い続けていた。

「それが下手人か？」

「九分九厘間違いありませんが、尻尾《しっぽ》をつかませるような間抜けはやらないでしょう。鎌倉屋は、御上《おかみ》の役人の、上の者とも通じています」

「切手を持ち出した手代はどうなっている」

「行方知れずです。おそらく殺《あや》められたに違いありません」

太兵衛が茶に口をつけた。が、すでに飲み干していた。

立ち上がった猪之吉が、鉄瓶を手にして戻ってきた。急須《きゅうす》のふたをとり、器用な手つきで茶をいれた。

「おれが賭場の使い走りだったころは、客への茶をいれさせられたもんだ。いまでも女房がいれるのよりは、おれのほうがうまい」

三十人の若い者を束ねる男が、茶をいれている。その姿に太兵衛は見とれていた。

「ことがはっきりしねえ限りは、太兵衛さんも訴え出るわけにはいかねえだろう」

猪之吉の口調が、賭場の貸元らしい伝法なものに変わっていた。

「今日からは、おれも助《す》けさせてもらおう」

ふたりの目が、しっかりと絡みあっている。三月に、太兵衛が猪之吉を料亭に誘ったときのような、ふたりの目の絡み方だった。

八

猪之吉から咲哉の所業を聞かされて以来、柳屋庄之助は奉公人に当たり散らしていた。機嫌のわるいわけは、猪之吉から固く口止めされていたからだ。

「なんだ、この茶のぬるさは」

庄之助に怒鳴られて、奥を受け持つ女中が飛んできた。

「旦那様は、ぬるい茶がお好みだと思ったものですから」

「それは昨日までの話だ」

八つ当たりされた女中は、おろおろしながら湯呑みを下げた。そして晩夏だというのに、強い湯気が見えるほどに熱い茶をいれ直した。

「熱いっ」

湯呑みにさわるなり、庄之助が声を荒らげた。

「ものには加減というものがある。そんなことも分からないのか」

女中は、台所に戻るなり涙をこぼした。

「このところの旦那様は、尋常ではないからね。叱《しか》られても、気にすることはないから」

女中がしらが、奥掛りの娘をなぐさめていたとき、庄之助は湯気の立っている湯呑みを前に、腕組みをしていた。

思い返しているのは、猪之吉との賭場でのやり取りだった。

「あの女の間夫が尻尾を出すまで、柳屋さんは知らぬ顔を続けていなせえ」

猪之吉は、相手次第で物言いを自在に変える。庄之助に口止めを言い渡したときには、有無をいわせぬ凄味を見せた。

間夫とはなんだ、間夫とは……。

猪之吉の話を聞きながら、庄之助は怒りが抑えられなかった。

間夫というなら、あたしのことじゃないか。途方もないカネで身請けして、家を構え、その上毎月五両の手当を払っている。

そんなことも知らず、裏店暮らしの男が間夫だなどと、ふざけるんじゃない。

胸のうちが煮え繰り返ったが、猪之吉に逆らう気にはなれなかった。なんとか気持ちを鎮めながら聞いていたら、腰を抜かしそうなことを猪之吉に言われた。

「少しでもあんたが男のことに気づいていると分かったら、咲哉という女はあんたを仕留めにかかる。これは脅しじゃねえ」

猪之吉は真顔だった。

「仕留めにかかるとは……あたしを殺《あや》めるとでもいうのか」

庄之助のこめかみには、くっきりと血筋が浮いていた。

「囲われ者が、男をくわえ込むのは、ご法度の極みだ。ばれたとなりゃあ、叩き出されるのが落ちだ」

「当たり前じゃないか」

「あんたにはあたりめえでも、あの女にはそうじゃねえ。住んでる宿を取り上げられて放り出されるめえに、あんたを始末しようとするのがあの手合いだ」

「そんな、分かったようなことを」

話しているうちに、庄之助は我慢がきかなくなった。別の男を間夫と呼んだり、女を問い詰めたら殺されるなどと、わけしり顔で言われることに、腹の虫が抑えきれなくなった。

「教えていただいてありがたいが、あたしは本気にできない」

庄之助が詰め寄った。

猪之吉は知らぬ顔で聞き流している。

それを見て、さらに庄之助は怒りを募らせた。

「これからすぐに咲哉を問い詰める」

庄之助が言い放った。

猪之吉が身を乗り出した。

「わけがあって、男はしばらく泳がせとく。聞き分けのねえことを言うなら、咲哉があんたを殺めるめえに、おれがおめえを潰すぜ」

静かな声で脅す猪之吉の目を見て、庄之助は座ったまま腰が抜けたようになった。

「時期がきたら、女も男もおれが成敗してやる。それまでは、何食わぬ顔を続けてくれ」

猪之吉の念押しに、庄之助は呆《ほう》けたような顔で何度もうなずいた。


たかが渡世人風情に……。

猪之吉に脅された場を思い出した庄之助は、居間に響き渡るほどの舌打ちをした。

しかし強がってはみるものの、猪之吉の言いつけを守らなかったときの仕置きを思うと身がすくんだ。

いまに見ていろ……。

庄之助の目が見当はずれの怒りに燃えている。

しかし腹立ちのあまりに強がってはみたが、猪之吉に立ち向かう度胸はなかった。

九

京橋河岸に面した六間間口の徳田屋は、江戸でも名の通った悉皆屋《しっかい》である。

徳田屋の生業《なりわい》は、衣類や反物の染めにかかわる仲介業だ。悉皆屋の興りは大坂だが、徳田屋は江戸で開業して、すでに百年を超える老舗である。

染めに出す先は、すべて京の職人や業者だ。徳田屋の手代三十五人は、だれもが反物と染めには通じており、また京にも明るかった。

桔梗屋が使う鼻緒や小物も、徳田屋を通じて染めに出した。桔梗屋が誂える鼻緒や小物は、年に二百両を上下する額だ。

徳田屋の得意先のなかでは、年に二百両は飛び抜けて大きな商いではなかった。しかし江戸の履物屋では、桔梗屋は大店である。老舗の桔梗屋との商いは、徳田屋にもいい看板になった。

「ごめんやす」

徳田屋の半纏を着た手代風の男が桔梗屋をたずねてきたのは、雨も上がった八月十八日のことである。

地が濃いねずみ色で、丸のなかに徳の字が赤く染め抜かれているのは、京橋徳田屋の半纏である。それを見慣れている小僧は、すぐさま応対に出た。

徳田屋の興りは上方大坂である。手代の多くが上方言葉を話すのを、小僧は知っていた。

「番頭はんは、いてはりまっか」

「番頭は三人いますが、だれでしょう」

丁稚《でっち》小僧勤めが三年になる小吉《しょうきち》は、十三歳ながらも受け答えにはよどみがなかった。

相手が見慣れた半纏を着ているために、小吉は手代の名をきかなかった。

「二番番頭はんか、三番番頭はんでよろしいんやが」

「あいにくふたりとも、寄合に出ていていません。手代がしらの籐吉《とうきち》さんならいますが」

「手代はんでは、ちょっと荷が重たい話や」

思案顔で外を見ていた男は、目を小僧に戻して上から見下ろした。小吉は背丈が四尺三寸（約百三十センチ）だが、男は五尺七寸（約百七十三センチ）もあった。

「わては与一郎いうんやが」

「よいちろうさんですね」

小吉が名前をなぞった。

「番頭はんが戻りはったら、大きな商いの話がおますよって、うちまで顔を出して欲しいと伝えてや」

「分かりました。番頭さんが戻ってくるのは七ツ（午後四時）過ぎだと思いますが」

「それからでもかめへんわ」

与一郎は、言伝《ことづて》を言い置いて桔梗屋を出た。

戻ってきた番頭ふたりは、小僧の話が要領を得ないことに焦《じ》れた。桔梗屋に出入りする徳田屋の手代に、与一郎という男はいなかったからだ。

「そのひとは、手代がしらでは荷が重いと言ったんだね？」

三番番頭の正三郎《しょうざぶろう》に四度も問われて、小吉は半泣き顔になりながらも、しっかりとうなずいた。

「それでは、てまえが徳田屋さんに出向いて参ります」

正三郎が二番番頭の雄二郎《ゆうじろう》に申し出た。

雄二郎は勘定方が受け持ちで、正三郎は得意先回りの手代を差配する番頭だった。

「小吉の話だけでは、察しようがない」

雄二郎も、三番番頭が出向くほかはないと判じた。桔梗屋から見れば、徳田屋は発注先である。そこに番頭が出向くというのは、例のない話だ。しかしたずねてきた手代から言伝を受けたからには、放っておくこともできなかった。

桔梗屋から徳田屋までは、永代橋を渡って八丁堀を通り抜ければ、半里（約二キロ）もない道のりである。

次第に日が短くなってはいたが、徳田屋なら日暮れまでには行き着ける。

「ご苦労だが、いまから行ってくれ」

雄二郎の許しを得て、正三郎は徳田屋に出向くことにした。

寄合から帰ったばかりの正三郎は、店の用を片づけて京橋に向かった。片づけ物に思いのほか手間取ってしまい、徳田屋に着いたのは七ツ半（午後五時）過ぎになっていた。晩夏の日暮れは、あとに続く秋を思わせるほどに早足だ。徳田屋の土間はすっかり暗くなっていた。

桔梗屋と徳田屋の付き合いは長い。しかし桔梗屋から出向くのはまれである。

桔梗屋に出入りしているのは、昌作《しょうさく》という名の二十七歳の手代だが、昨日から二泊の予定で神奈川宿の得意先に出かけていた。

正三郎は桔梗屋の半纏ではなく、寄合に出た折りの羽織を着たままである。

徳田屋の手代は、店先にあらわれた正三郎が、得意先の番頭とは分からなかった。顔を出しても応対に出てこない徳田屋の振舞いに、正三郎は気分を損ねた。

「与一郎さんはいますか」

正三郎は素性を名乗らずに、与一郎がいるかと問いかけた。徳田屋なら、自分が桔梗屋の番頭だぐらいは、見知っているだろうと思ってのことである。

正三郎の応対には、小僧が出てきた。

正三郎は今年で三十七歳。背丈は五尺五寸（約百六十七センチ）で、色黒の顔は土間に溶け込んでいた。

羽織を着た正三郎は、商家の番頭には見えなかったのかもしれない。

「与一郎さんを呼んでもらいたい」

正三郎がぞんざいな物言いで、小僧に言いつけた。

「与一郎さんて……ああ、与一郎さんですね。お待ちください」

小僧は正三郎の名を質《ただ》すこともせずに、中に入った。

すでに日が沈んでおり、明かりのない徳田屋の土間も座敷も暗い。幾らも間をおかずに顔を出した与一郎が、どこから出てきたのか、正三郎には分からなかった。

「わざわざ来てもろうて、えらいすんまへんでしたなあ」

与一郎は履物を履くなり、徳田屋の外に出た。半纏を着ていない着流しである。

与一郎がさっさと店から出たゆえ、正三郎もあとを追って通りに出た。京橋河岸は、材木置き場と、廻漕問屋や、徳田屋のような物売りをしない商家が軒を連ねる通りである。

飲み屋や料亭の明かりがない河岸は、日が落ちるとたちまち暗くなった。

「うちのお得意はんの知り合いで、えらい大きな数の履物を誂えたい言わはる先がおましてなあ」

与一郎は暗がりの河岸を歩き出した。

「桔梗屋はんなら受けてもらえるやろ思いましたんで、番頭はんにご足労いただきましたんや。半刻ほど、話を聞いてもらえまっか？」

「もちろん、そのつもりできましたが……どちらへ行かれるんですか」

徳田屋からずんずん離れる与一郎に、正三郎はいぶかしげな声で問いかけた。

「誂え主が、その先の小料理屋で待ってはりますんや。そこで番頭はんを顔つなぎしますよって」

「徳田屋さんのお店ではないんですか」

「えらい酒好きで、いはりましてなあ。時分どきの話やから言われて、料理屋がよろしい言うもんやから」

与一郎は正三郎に有無を言わさず、料理屋の二階座敷に招き上げた。

六畳間では客が待っていた。床の間はないが、路地に面した障子窓の側が上座である。

客はそこに座っていた。

「南品川の頼母子講《たのもしこう》を差配してはる、岡倉屋茂左衛門《おかくらやもざえもん》いうお方です」

座敷の入口で立ったままの正三郎を、客に顔つなぎした。

「どうぞ番頭はん、お座りください」

与一郎が座布団を勧めた。

いまは三番番頭を務めてはいるが、正三郎は元々が客先回りの手代である。与一郎のひととなりは分からないが、座っている客はひとかどの商人に見えた。

客の正面に座った正三郎は、おのれの口で桔梗屋の番頭、正三郎だと名乗った。

「わざわざ足を運んでいただいて済まなかったが、なにしろ先を急ぐ話なもんでね」

茂左衛門は、野太い声でゆっくりとしゃべった。その物言いには、初対面の相手を安心させる深みがある。

正三郎は素直に相手の盃を受けた。茂左衛門は声だけではなく、目も相手の気持ちをなごませる深い色を宿していた。

盃を二、三度やり取りしてから、茂左衛門が用向きを切り出した。

「あたしが差配する頼母子講は、ざっと三千人近い客がいる。始めてから、来年の二月で丸二十年になるんだが、それを祝ってなにか引出物をと思案していたんだが……」茂左衛門は与一郎に出会った。悉皆屋は稼業柄、方々に顔が広いからだ。

茂左衛門が差配する講の子のなかに、呉服屋がいた。その者の顔つなぎで、茂左衛門は与一郎に出会った。悉皆屋は稼業柄、方々に顔が広いからだ。

引出物の数が二千で、費《つい》えはひとつあたり二分《ぶ》まではかけられると聞いた与一郎は、思案の末に別誂えの雪駄はどうかと持ちかけた。

鼻緒は播州《ばんしゅう》（兵庫県南西部）の業者に頼み、鹿皮で誂える。雪駄の底に用いる皮も、播州の業者なら牛皮で二千足分は揃《そろ》えられるだろう。

材料の手配りは徳田屋が請負う。

すべての仕事は、佐賀町の桔梗屋に頼めば間違いはない。職人の腕も揃っているし、来年の一月納めなら、桔梗屋なら引き受けてくれると思う。

これが茂左衛門の話のあらましだった。

「雪駄の寸法をいちいち変えていては、おたくも大変だろうが、配るあたしのほうも困る。二千全部を、十文《ともん》（二十四センチ）で揃えてもらえればいい」

ひと通りの話を終えた茂左衛門が、盃を干したあとでこれを口にした。

一足二分の雪駄が二千足。請負えば、千両のとてつもない額の商いである。鼻緒と底に用いる皮は、すべて徳田屋が手配りを引き受けるという。

正三郎は商いの大きさに身震いした。

しかし、この場で引き受けられる話ではない。店に帰って、頭取番頭の判断を仰ぐのが先決である。

「ありがたいお話ですが、てまえでは決めかねます」

「それはそうだろうが、返事は急いでもらいたい」

茂左衛門は、両日のうちには返事が欲しいと番頭に言い置いた。

「わてが明日にでも、桔梗屋はんに顔を出しますよって。そんとき、あんじょうに……」

与一郎の申し出を、正三郎は受け止めた。

徳田屋に出向いたとき、内から出てきた与一郎である。いまの正三郎は、与一郎が徳田屋の手代だと信じ込んでいた。

十

正三郎が桔梗屋に帰り着いたのは、木戸が閉じる四ツ（午後十時）のわずか手前だった。

頭取番頭は通いだが、二番番頭の雄二郎は厄年を過ぎたいまでも独り者で、桔梗屋に住み込みである。

正三郎が帰ってきたことが分かると、帳場の行灯《あんどん》に火を点《とも》した。

「二千足の雪駄の誂えをいただきました」

千両の大商いに気が高ぶっている正三郎は、話があちらこちらに飛び回る。

「慌てなくていい。ことの始まりからもう一度、ゆっくり聞かせなさい」

徳田屋の手代与一郎に、料理屋の二階座敷で岡倉屋茂左衛門に顔つなぎされたことから、正三郎は話を始めた。そして二千足の誂え注文をもらったいきさつを省かずに伝えた。

「千両の商いか……」

ものにはあまり動じない雄二郎が、金高を口にしたあとで、大きなため息をついた。気落ちしたわけではなく、かつてない大商いを知って漏らした、驚きのため息だった。

「明日の朝一番で、頭取のお指図をいただこう」

「かしこまりました」

「よくやったな、正三郎」

誉めたあとで、雄二郎はふたたび深い吐息を漏らした。千両の商いとは、大店の二番番頭でも、二度、三度と吐息を漏らすほどに大きな額だった。

頭取番頭の誠之助《せいのすけ》は、いつも通り朝の六ツ半（午前七時）に顔を出した。

誠之助は桔梗屋舵取りに抜きん出ていた。それゆえに現当主太兵衛は、誠之助を頭取の座につけた。が、あとの番頭を昇格させたわけではなく、一番番頭は空席のままとした。頭取の座は誠之助の器量を評価して太兵衛がつけた、特別な役職だった。

「火急のことで、頭取のお指図をいただきたいことがございます」

二番と三番の番頭が、顔つきを引き締めて誠之助に申し出た。

「為替のことでなにか起きたのか」

番頭ふたりの顔つきが引き締まっていることを、頭取は取り違えた。

「それではございません」

「ならば、なにが起きたというんだ」

「正三郎が千両のご注文をいただきまして」

金高を聞いても表情を動かさないのは、さすがに頭取だった。

「わたしの部屋で聞かせてくれ」

誠之助はふたりを伴って部屋に入った。

いつもの朝と同じように、小僧が頭取に茶を運んできた。あらかじめ雄二郎が言いつけてあったゆえ、ふたりの湯呑みも一緒に小僧が運んできた。

誠之助が湯呑みにひと口つけたあとで、正三郎が昨夜の次第を伝えた。

聞き終わったときには、誠之助の湯呑みの茶がすっかり冷めていた。

「与一郎という手代とは、うちはかかわりを持っていないだろう」

誠之助は、桔梗屋の商いの細部にまで通じていた。

「このたびのことで、初めてでございます」

雄二郎が代わりに答えた。

「徳田屋さんの手代であることに、間違いはないか」

「ございません。昨日てまえが徳田屋さんをおたずねして、小僧さんに与一郎をと頼んだところ、当人が座敷から出て参りました」

正三郎がきっぱりと請合った。それを聞いても誠之助がまだ得心顔になっていないのは、与一郎が桔梗屋掛りの手代ではなかったからだろう。

桔梗屋の為替が猪之吉の賭場でついに出たと太兵衛から聞かされた誠之助は、なにごとにも簡単には得心しなかった。

「与一郎さんのことはひとまず措《お》いて、南品川の岡倉屋茂左衛門さんのことを、もう一度聞かせてくれ」

正三郎は座り直してから、茂左衛門が三千人の子を抱える頼母子講の差配だと話した。

頼母子講とは、無尽講のことである。

わずかな掛け金を互いに出し合い、それをくじ引きなどで決められた親が受け取る。子の数が多ければ多いほど、受取額が多くなる仕組みだ。

しかし子が三千人というのは桁違いの数である。毎日掛け金を払ったとしても、親がひとりだけなら、最後の親に金が回ってくるまでには三千日が必要の勘定だ。

茂左衛門は親の数を多くして、一年掛ければ親が取れる工夫を凝らしている、と正三郎に話していた。

「どんな仕組みか分からないが、そんなことができるのかね」

頭取に突っ込まれても、正三郎には答えられなかった。

「ご注文いただく額が大きいだけに、手前の吟味がことのほか大事だ。与一郎さんは話の煮詰めに、うちに来るというんだな？」

「さようでございます」

「来るのはなんどきだ？」

「七ツ（午後四時）ということでした」

頭取部屋で話し始めて、まだ四半刻少々である。

「五ツ（午前八時）の鐘が鳴ったら、手代のだれかを南品川に差し向けなさい」

「それはまた、どういうことで？」

問いかけた雄二郎を、頭取が厳しい目で睨みつけた。

「岡倉屋茂左衛門という頼母子講の差配が、まことにいるかどうかを聞き込むんだ」

「まことにさようで。てまえには思い至りませんでした」

雄二郎があたまを下げた。

「騙りに遭わないためには、事前の吟味を手抜かりなくやるしかない。旦那様のご様子がいまひとつであるいまは、なおさらご心配をかけないのが奉公人の務めだ」

誠之助がふたりの番頭を戒めた。

「五ツに出れば、七ツまでには南品川を行き帰りできるだろう。与一郎さんが来るまでに、ご注文主が南品川にいるかどうかを、かならず調べさせなさい」

頭取からの指図を受けて、番頭ふたりが部屋を出た。

岡倉屋茂左衛門のことを聞き込みに出向いたのは、二十五歳の手代、新之助だった。九つの歳から、新之助は丁稚小僧として桔梗屋に奉公を続けていた。

「宿場の端の茶店で、お屋敷の場所を教わりました」

八ツ半（午後三時）過ぎに戻ってきた新之助は、聞いたことを掛取り帖のような心覚えに書き留めていた。

「岡倉屋様は、宿場外れの鮫洲《さめず》に近いあたりにお屋敷を構えておいででした。門構えもご立派で、おそらく五百坪の敷地はあろうかと存じます」

屋敷は、茶店の婆さんから教わった通りの場所にあった。屋敷の近所で聞き込んだことによれば、毎日のように屋敷内で頼母子講が開かれているという。そのための百畳の大広間が敷地のなかに普請されているとも、新之助は聞き出していた。

「出向く前に二番番頭さんからうかがいました、三千人の子は誤りなくいるようです」

「おまえは見たのか」

頭取から厳しく戒められた雄二郎は、手代の話を鵜呑《うの》みにはしなかった。

「それだけの数を見たわけではございませんが、それでも何十人ものひとが屋敷に出入りするのは確かめました」

新之助は、抜かりのない聞き込みを果たしていた。雄二郎は手代から聞き取ったことを、誠之助に伝えた。

「屋敷があることが確かめられれば、上出来だ。あとのことは、与一郎さんの話を聞いたうえで判断しよう」

誠之助は手代の働きを褒めた。

岡倉屋茂左衛門も、三千人の頼母子講も実在した。が、正三郎が料理屋で会った男が茂左衛門当人であるか否かの確かめは、果たせていなかった。

徳田屋の半纏を着た与一郎は約束の刻限を違えず、七ツ（午後四時）が鳴り終わる前に顔を出した。

「このたびはありがたい話をつないでくださり、厚く御礼申し上げます」

与一郎との煮詰めの場には、三人の番頭が顔を揃えた。

「ほんなら、桔梗屋はんで受けてもらえますんですな」

「ありがたく受けさせていただきます」

誠之助が礼を口にした。雄二郎と正三郎が、与一郎にあたまを下げた。

「納めのことやらなんやら、細かなことはわてからその都度、伝えさせてもらいます」

「なにとぞよろしく」

正三郎が口にした礼を、頭取番頭の誠之助が途中で抑えた。

「徳田屋さんにお越しいただくのは、筋が違います。小僧さんを遣《よこ》していただければ、正三郎を差し向けますから」

話のどこかに引っかかりを覚えたのだろう。誠之助は桔梗屋から出向く旨を申し出た。

与一郎は息をひとつ吸い込んでから、誠之助に目を合わせた。

「岡倉屋はんはこの誂えが動き始める前に、前払いとして百両を払う言われてます」

「それはまた、どういうことでしょう」

誠之助が目を見開いた。雄二郎も正三郎も同じような顔つきになった。

素性の分かり合っている取引は、年に二回の節季払いが決まりごとである。今回のような大きな商いでも、支払いは納めと引き換えというのが、もっとも厳しい条件だった。たとえ千両の商いでも、一部を前払いするというのは例のない、破格の支払い条件である。誠之助が問い返したのも無理はなかった。

「そんだけ岡倉屋はんが、よろこんでおられるゆうことですわ。話がまとまりましたら、わてが先方から受け取ってきますよって」

目配りに抜かりのない誠之助だが、百両の前払いを受けると聞いたあとは、顔つきが和んだ。手代が岡倉屋の存在を確かめていたことも、吟味を甘くしていた。そして……与一郎の申し出をすべて呑んでしまった。

十一

日本橋富沢町《とみざわちょう》は古い町である。

「権現《ごんげん》（家康）様が江戸を開いたときから、ここは町だった。よその新しい町と、一緒にしてもらっちゃあ迷惑だ」

縁台に腰をおろしてうちわを使いながら、年寄り連中は嗄《か》れた声で町の自慢をした。町木戸で囲まれた富沢町の住人は、肝煎五人まで含めても、三百人には届かない。商家と呼べるものは、木戸わきの米屋と、通りを隔てた向かい側の薪屋と青物屋ぐらいだ。日々の暮らしで使う品のほとんどを、富沢町の住人は隣町まで買いに出た。決して便利な町ではなかったが、年寄りに限らず、この町に暮らすだれもが富沢町を自慢した。

長屋にしろ仕舞屋《しもたや》にしろ、建物が古いということは、町が火事で焼けていないということだ。すぐ近所までは、何度も火が襲いかかってきた。

中村座や市村座にいたっては、富沢町から幾らも離れていないのに、建て直すたびに火事に狙い撃ちされた。

「うちの町は、荒神様《こうじん》のお気に入りでね。火のほうが気遣って避けて通るんだ」

町の古さ自慢とは、つまりは火事に遭わないことへの自慢だった。

ひとたび火に襲いかかられると、商家も武家屋敷も、裏店も仕舞屋も、区別なしに焼け落ちてしまう。

商いが伸び始めた矢先に火事に遭い、そのまま立ち直れずに潰れた商家はごまんとある。

裏店暮らしの職人家族は、元々家財道具も蓄えもなかった。それでも焼け出されて乏しい衣類や鍋釜までを失《な》くすと、たちまち暮らしに行き詰まってしまう。

それを肌身に分かっている江戸町民は、火事に遭わない町には大いに憧《あこが》れた。富沢町は、そんな町のひとつだった。

町の大きさには限りがあるゆえ、長屋の新築はほとんどできない。住人は町を出ることなど、あたまから考えてもいない。

ゆえに富沢町に暮らす者は、互いに顔見知りばかりだった。

何人暮らしなのか。生業はなにをやっているのか。食べ物はなにが好きか。蓄えはどれほどあるか。

知りたくなくても、よその内証がだれかの口を通して伝わってくる。

薄い壁で仕切られた裏店暮らしがほとんどの富沢町は、おのれのことを他人に知られずに生きることはむずかしい町である。

裏店のひとつ、庄助店《しょうすけだな》に暮らす治作《じさく》も、古くからの住人のひとりである。来年の正月で五十路《いそじ》に差しかかる治作は、大きな竹籠《たけかご》を背負って歩く紙屑《かみくず》屋が生業だ。

庄助店に越してきたのは文化九（一八一二）年の六月、すでに二十年も昔のことである。庄助店に暮らし始めた当初から、三十路《みそじ》前の若さでいながら治作は紙屑屋を生業にしていた。

町内はもちろん、日本橋界隈《かいわい》でも治作は紙屑屋で通っている。大店の女中や下男も、治作なら勝手口から入ることを咎《とが》め立てしなかった。それほどに、治作は年季の入った紙屑屋である。

古い町に暮らし、生業をだれもが知っている男。治作はありふれた男として、見事に町に溶け込んでいた。

「くずいい、くずい。紙屑屋でございい」

住吉町河岸で商いの声を張り上げた治作は、路地の角で足を止めた。十八、十九の二日間江戸の町を焦がした晩夏の陽が、二十日の朝は雲に隠れていた。

朝の五ツ（午前八時）過ぎで、河岸には人影がない。大川につながる堀にも、行き交う舟は見えなかった。

もう一度周りを見回してから、治作は足早に路地に入った。角から突き当りまでおよそ半町（約五十五メートル）で、幅は二間（約三・六メートル）もない、まさに路地である。

なかほどの仕舞屋の前で立ち止まった治作が、格子戸に手をかけた。戸締りはされておらず、軽く戸が開いた。

「おはようごぜえやす」

玄関のたたきで、細縞の木綿に茶の帯を締めた若い者が治作を迎えた。

「揃っているか」

「みなさん、お待ちでごぜえやす」

背負った竹籠を、若い者がおろした。

引き締まった治作の顔つきは、紙屑屋のときとはまるで別人である。背中を丸め気味に歩いていた治作が、いまは背筋を張っていた。

「おはようごぜえやす」

治作が部屋に入るなり、待っていた男たちが声を合わせてあいさつをした。

男は五人である。

一番奥に岡倉屋茂左衛門が座っていた。隣が与一郎で、十手を膝元に置いた男が与一郎の隣にいた。

あとのふたりは、三人の後ろに控えていた。

「桔梗屋は呑み込んだか」

治作が与一郎に問いかけた。

「のどの奥まで、頭取番頭が呑み込みました」

与一郎から上方訛《なま》りが消えていた。

「おまえのほうはどうだ」

治作が十手持ちに目を移した。

「咲哉の宿を、このふたりに張らせてやすが、柳屋には気づいた様子はありやせん」

「橋場の男はどうだ」

「おかしらのお指図通りでさ」

「おとなしくしているということだな」

十手持ちがしっかりとうなずいた。

「柳屋に連れて行かせた賭場で、一枚使わせやした。ただ……」

「なんだ芳蔵、ただがどうした」

治作の目が鋭くなった。いつもは十手を振り回してひとを脅す芳蔵が、背中をぴんと張って治作を見た。

「為替切手を受け取った賭場の貸元は、三井に持ち込んだ様子がねえんでさ」

「二百両を両替しないまま、いまもって手元に置いているというのか」

目つきと同じほどに、治作の声が尖っている。芳蔵が目を伏せた。

「どこの貸元だ」

「霊巌寺の猪之吉てえ男で、深川平野町に宿を構えておりやす」

「その男が、紙切れ同然の為替切手を抱えているというんだな」

「それは……」

「はっきりしろ、芳蔵。猪之吉が手元に持っているのか」

「分かりやせん」

芳蔵は四十を越えた目明しである。その男が、親方に叱られた駆け出しの職人のように、消え入りそうな声で答えた。

「芳蔵、ここにこい」

治作に呼びつけられた芳蔵は、膝をずらしてにじり寄った。

「三井で虚仮《こけ》にされた渡世人が、為替切手を持って桔梗屋にねじ込むというのが、おまえが描いた絵図のはずだ」

「その通りでさ」

「それがなぜ、いまだに渡世人の手元にあるんだ」

問い詰められても、芳蔵は返事ができなかった。

「その渡世人の手の者は、三井には両替に出向いたのか」

「あっしが知ってる限りでは、行ってはおりやせん」

「知っている限りだの、思いますだのと、甘いことばかり言うな」

治作が叱りつけた。

怒鳴り声ではないが、座のだれもが、岡倉屋茂左衛門までが背筋を伸ばしたほどに厳しい物言いだった。

「これから仕掛けが動き出そうというときに、穴が幾つもあいていてどうする気だ」

治作が一座の者を順に睨《ね》めつけた。

「もう一度あたまから、順を追って首尾を聞かせろ」

目が与一郎に向けられている。居住まいを正した与一郎が、徳田屋の手代になりすました顚末から話を始めた。

十二

治作の紙屑屋は、本業からひと目を逸らす隠れ蓑《みの》だ。治作は腕利きの仲間を束ねる

『騙《かた》り屋』の頭領である。

紙屑屋は、ひとから疑われずに相手の内情を探るには、うってつけの稼業だ。

「これだけ屑が出るということは、さぞかし商いもお盛んでしょう。さすが、番頭さんがしっかりと舵取りをしていらっしゃるお店《たな》は、できが違います」

相手の目を下から見上げつつ、治作が心底からの物言いで番頭を誉めた。

三十の手前から二十年以上もこれを続けている治作には、ひとの目利きに長けている大店の番頭でも、ころりとだまされた。

騙り屋は、依頼主から途方もない請負金をもらって、ことを成し遂げる稼業である。

いま治作が請負っているのは、佐賀町の桔梗屋を潰すことである。

頼んできたのは、三田の油問屋、鎌倉屋鉦左衛門《しょうざえもん》だ。

一代で江戸でも大手の油問屋にのし上がった鉦左衛門は、生来の桜好きである。渡世人だった鉦左衛門の父親も、桜好きだった。その血を色濃く引いたがゆえである。

鉦左衛門が引いたのは、桜好きだけではない。欲しい物はどんなことをしてでも手に入れる貪欲《どんよく》さと、博打に強い星のふたつをしっかりと受け継いでいた。

鉦左衛門の名は、油屋開業に際してみずからが名乗り始めた名である。本名は大吉で、縁起がいいからと父親がつけた名だった。

大吉の父親は、博打がことのほか強かった。稼いだカネのほとんどは好き勝手に遣ったが、それでも急死したとき大吉の母親は、七十両もの大金を手元に持っていた。大吉が十七歳の秋に、母親も病死した。賭場の手伝いをしていた大吉は、母親が死ぬまで手をつけなかった七十両のカネを手に入れた。

父親も母親も、心ノ臓を傷めて、あっけなく逝った。なにひとつ、大吉に言い残すことはしないままに、である。

父親譲りの血が騒ぎ、大吉も博打が好きだった。それゆえの賭場の手伝いだった。しかし一夜で大金を失った客を多く見た大吉は、七十両を博打に投ずる気にはならなかった。

てめえの才覚で、世の中相手の博打がやりてえ。

大吉が目をつけたのが、油屋だった。

煮炊きするにしろ明かりにしろ、油は日ごとの暮らしには欠かせない。米味噌も大事だが、夜の明かりの元になる油は、どんな貧乏人でもカネを工面して買い求めた。

大吉が目をつけたわけは、もうひとつある。

油屋開業の株がたやすく手に入ったことだ。大吉が開業を考えた当時は、カネと才覚があれば、油屋の株を購うことは容易にできた。

大吉は半年かけて、油屋の商いがどんな仕組みかを調べた。

儲けを出すには、油の産地とじかに取引するのが一番だと分かった。そして小売りではなく、問屋の利益が桁違いだとも知った。

町場の油屋は魚油一合を二十文で売って、口銭はわずか三文だ。問屋は仕入れ値の倍で小売屋に卸した。それも一合などではなく、四斗樽が商いの単位だった。

儲けは大きいが、問屋はいつも危ない綱渡りを繰り返していた。産地から江戸までの回漕事故が絶えなかったことと、火事で丸焼けになる怖さという、ふたつの綱渡りである。

海路と陸路では、一度に運べる量の桁が違う。ゆえに問屋はどこも船を用いた。

大吉は一度に四斗樽が二十樽運べる、特製の大八車《だいはちぐるま》を拵えた。それを高い給金で雇い入れた車力に、産地の房州《ぼうしゅう》（千葉県南部）から江戸川口まで引かせた。

そして砂村の地主と掛け合って、使っていない荒れた畑地を一町歩（三千坪）借り受けた。そこに油蔵を建てて、樽を仕舞った。江戸の町中から離れている砂村の外れなら、火事の恐れもなかった。

「ご府内から外れたこんなところに蔵なんぞを建てて、あんた、商いは大丈夫かね」

一度も火事に遭ったことのない地主は、農地を貸しつつも大吉の商いの行方を案じた。

「地代の払いが一度でも遅れたら、すぐに取り壊すだ。あんた、それを忘れねえでくれや」

地主は目に力を込めた。商いに成算のある大吉は、返事の代わりに笑いかけた。

小売屋には他の問屋よりも五分（五パーセント）安く卸した。蔵から店までの横持ち（配送）代は、よそに比べて一割以上も値引きした。

他の問屋は車屋に横持ちを頼んだが、大吉は自前の車と車力とで対応した。それゆえに値引きが果たせた。

佐賀町や霊巌島、京橋などに構えた問屋の蔵は、大火事で何度も焼け落ちた。大吉は砂村の空き地を次々と押さえて、火事に懲りた問屋が出張ってくるのを妨《さまた》げた。

十七歳で油問屋に目をつけた大吉は、十九歳のころにはひとかどの問屋になっていた。二十五歳までの六年間で、江戸では大火事が十回以上も起きた。その都度、大吉は商いを伸ばした。

三田に屋敷を構えたのは二十七歳の年である。屋敷裏の小山に、山桜が群れているのが気に入ったからだ。

身代は年々大きくなった。屋号を鎌倉屋としたのは、父親が鎌倉河岸の賭場に入り浸っていたからだ。

手元の蓄えが二十万両を超えたのは、三年前の文政十一（一八二八）年、大吉四十三歳のときである。その年の春に、佐賀町の百本桜並木を初めて歩いた。大吉は、ひと目で桔梗屋の店構えが気に入った。

女房もこどももおらず、商いひと筋で生きてきた大吉は、欲しいとなると後先を考えなかった。

周旋屋を通して店の譲り渡しを打診したが、もとよりそんな話を聞くわけがない。桔梗屋太兵衛は周旋屋を追い返した。

断わられた大吉は、さらに思いを高じさせた。そして行き着いたのが、騙り屋を使っての乗っ取りである。

「カネに糸目はつけない。その代わりに、なにがあっても手に入れてくれ」

金杉橋《かなすぎばし》の貸元から顔つなぎされた治作は、大吉の依頼を引き受けた。

天保三（一八三二）年の桜が咲くまでにという、期限つきの依頼だった。

「桔梗屋の手代は、南品川まで確かめに出向いたのだな」

「京橋で番頭に話した翌日、手代が宿場の方々で聞き込みをしておりました」

茂左衛門は淀《よど》みなく、野太い声で答えた。

騙りに用いた岡倉屋茂左衛門は、南品川に実在の頼母子講差配だった。

正三郎に茂左衛門を名乗った男は、騙り屋一味の代貸格、安之助《やすのすけ》である。

「おのれで裏づけを取ったあとなら、桔梗屋の頭取番頭がのどの奥まで呑み込んだのもうなずける。この一件は、案じなくてもいいだろう。どうだ、与一郎？」

「おかしらの思案通り、前払いの百両申し出が効いております」

与一郎がおもねるような笑いを、治作に向けた。治作は相手にせず、腕組みをして目を閉じた。

この形で、治作は深い思案をめぐらせる。それをわきまえている座の面々は、黙ったままで治作の指図を待った。


二千足の雪駄誂えの騙り大枠は、治作が描いたものである。

毎月十八日に履物屋番頭の寄合が催されることを突き止めた治作は、この日に仕掛けの端緒を開くと決めた。

徳田屋の手代になりすました与一郎が、番頭の留守を見計らって顔を出した。そして徳田屋に顔を出して欲しい旨を言付けた。番頭を、徳田屋まで出向かせるためである。

桔梗屋の小僧に言伝を残した与一郎は、その足で徳田屋に出向いた。

「わては吉原の角海老《かどえび》の若いもんで、与一郎いいますんや。見世の用で参りましたんやが、どなたか手代はんを……」

ありもしない用で上がりこむ前に、与一郎は小僧に小粒銀ふた粒の小遣いを握らせた。

「桔梗屋の番頭はんが、わてをたんねてくるはずや。顔を出したら、なんも言わんとわてにつないでや」

小遣いが効き、小僧は正三郎が来るなり与一郎を呼び出した。与一郎はその場のごまかしを口にして、徳田屋手代の元を離れた。

桔梗屋掛りの手代昌作は、目明しの芳蔵がいちゃもんをつけて、十七日から外に連れ出した。女のことで身に覚えのある昌作は、震え上がって芳蔵の指図に従った。

芳蔵は、神奈川宿の得意先からの書状をでっちあげており、それを理由に二泊の予定で旅に出ろと昌作に迫った。治作は、ことの細部にまで、抜かりなく手を打っていた。

料理屋で茂左衛門に扮した安之助と会った正三郎は、まんまと騙りにはまった。

頭取番頭は話を鵜呑みにしないと最初から踏んでいた治作は、騙りに用いる頼母子講差配を、実在の男にした。

このたびの騙りは、だまされる相手に、自分の目で確かめるという手順を踏ませていた。

正三郎は徳田屋に出向いて、座敷から出てくる与一郎と対面した。

岡倉屋茂左衛門については、桔梗屋の手代が頭取番頭の指図で、南品川に出向いて確かめた。

その上に、百両の前払いを持ちかけた。

カネをだまし取るのではなく、だます治作の側から差し出すのだ。どれほど用心深く構えていても、騙りは防げない仕組みだった。

「首尾はうまく運んでいるようだが、気がかりは渡世人の手元にある為替切手だ」

話し始めた治作に、五人の目が集まっていた。

「二百両ものカネを手元に置いておく渡世人など、覚えがない」

治作は芳蔵を見た。目だけで相手を従わせる強い光を帯びていた。

「ほかのことはしなくていい。猪之吉のことを、洗いざらい調べ上げろ」

「分かりました」

「猪之吉の様子が分かるまでは、与一郎は新しい動きをするな」

治作の指図が、静まり返った座敷に響き渡った。五十路に近い男とは思えない、張りのある声音だった。

十三

天保二（一八三一）年九月十日は雨になった。

桔梗屋太兵衛と猪之吉は、三月以来、月に一度柳橋の料亭吉川で、気のおけない酒を酌み交わしている。

あいにくの雨だが、ふたりとも約束の刻限前には吉川の二階座敷にいた。

太兵衛は仲間うちの寄合やら、得意先との宴席やらで多忙である。とりわけ九月は、月見を口実にした宴《うたげ》が、ほぼ毎晩催されている。

仲間内の酒席や寄合なら、番頭を差し向ければことが足りた。しかし大口得意先の履物小売屋に招かれれば、相手の格によっては断わるわけにもいかない。

気骨の折れる宴席が、五日の夜から連日続いていた。

猪之吉も太兵衛同様に多忙だった。

賭場の上客である老舗商家のあるじは、九月に入ると連日の寄合などで、下旬までは例年顔を出さなくなる。

貸元連中は九月下旬までのひまな折りを活かして、仲間内の貸元賭博を催した。江戸の主だった貸元が、持ち回りで盆を受け持つのだ。今年は猪之吉が受け持ちである。

貸元連中は縁起を担ぐ。

九月十三夜が晴れで名月が見えたら、盆は十六日に開くと決まった。この日は芝神明《しばしんめい》の貸元、大門の音吉《おときち》の命日である。音吉はなによりも、晴れの日を好んだ貸元だった。

曇りか雨で月が見えなかったら、九月十九日が貸元賭博の夜となる。浅草吾妻橋の貸元、並木町の梶之《かじの》助《すけ》の命日がこの日だからだ。

音吉とは反対に、梶之助は雨を好んだ。向島《むこうじま》の花見も、わざわざ雨降りの日を待って出向いたほどの凝りようだった。

十三夜を三日後に控えた猪之吉は、貸元賭博が間近でいまが一番気の張るときだ。それでも太兵衛との酒席は約束を守った。

太兵衛も猪之吉も、十日の夜はなにがあろうと、生きている限りは柳橋に出向くと決めていた。それほどに、互いに相手を大事に思っていた。

「顔色が相当にひどいな」

太兵衛の土気色の顔を見て、猪之吉は遠慮のない物言いをした。

「商いは上首尾に運んでいますが、身体のほうがいけません」

太兵衛も正直に応じた。

「それほどわるくなっているのか」

「医者は追従《ついしょう》ばかり言いますが、おのれの身体はおのれが一番よく分かっています」

「いまにもいけないような、思い詰めた口ぶりに聞こえるぜ」

「今年の鞴《ふいご》祭は、見られないと思っています」

気負いのない太兵衛の物言いを聞いて、猪之吉が眉《まゆ》を動かした。ひとの話を聞いてわずかでも表情を変えるのは、猪之吉にはないことである。

鞴祭とは、鍛冶《かじ》屋や馬具屋、刃物屋などのように、ふいごを使うのが生業の職人たちの大事な祭の日である。

祭は十一月八日だ。この日は一日ふいごの火を落として、京知恩寺の鎮守、元賀茂明神に御礼を捧げる。

ならわしとして鍛冶屋などは、二階の部屋や屋根からみかんをばら撒く。江戸の一年のなかで、この日が一番みかんがやり取りされる日だ。

ちなみに若きころの紀伊国屋文左衛門が、荒海を越えて紀州から江戸にみかんを運んだのも、この鞴祭に間に合わせるためだった。

九月十日から鞴祭までは、二月《ふたつき》に欠ける。ものごとを大げさには言わない、太兵衛の言葉である。猪之吉は黙って相手を見詰めた。

「猪之吉さんと初めてここで酒を酌み交わしたとき、すでにあたしの胃の腑《ふ》は傷んでいました」

「あんたの様子が尋常ではないのは、あのときから伝わってきたが……」

「快方に向かいませんでした。いまは脂の強い魚は身体が受けつけません」

「精がつかなくて難儀だな」

先月の富岡八幡宮本祭の翌日に、猪之吉と太兵衛とは門前仲町の江戸屋で、時季はずれの猪肉を食べていた。

あのときの太兵衛は、嬉しそうに卵とじを炊き立ての飯にかけた。それから一月も経たないのに、魚の脂がつらいという。

言葉遣いは乱暴だが、猪之吉の声音には相手を思いやる気持ちが満ちていた。

太兵衛にもそれが伝わったらしい。猪之吉を見る目には、大店のあるじとも思えない、相手を慕うような潤いが感じられた。

「酒はいいのか」

「医者は一日一合ならいいと、分かったようなことを言っていますが、呑みたいときには、呑みたいだけやります」

今日がその呑みたい日だと、太兵衛の目が語りかけていた。

猪之吉が徳利を差し出した。

しっかりした手つきで、太兵衛が酒を受け止めた。そしていつくしむように、ゆっくりと盃を干したあと、膳に戻した。

猪之吉の膳には、鯛とヒラメの御作りが載っている。太兵衛の膳には、いんげんの白《しら》和《あ》えと、菊の花のおひたしが出されていた。

昨日の九月九日は、重陽《ちょうよう》の節句だった。

これは正月七日、三月三日、五月五日、七月七日とともに祝う、五節句のひとつである。

重陽の節句は、観菊の節句だ。太兵衛に供されたおひたしは、客の身体を気遣う吉川が、快方を祈念しての一品だった。

猪之吉は相手を気にせずに、刺身に箸をつけた。半端な気遣いは、太兵衛に無礼だとわきまえてのことである。太兵衛は白和えが口に合ったらしく、小鉢をきれいに平らげた。

箸を置いたところで居住まいを正し、猪之吉を正面から見詰めた。

「折り入っての頼みごとがあります」

「聞かせてくれ」

頼みごとの中身も聞かずに、猪之吉は先を促した。どんなことであろうと、太兵衛の頼みは受け入れる気だった。

そう決めていたが、太兵衛が口にしたことを聞いたあとでは、さすがの猪之吉も小さな吐息を漏らした。

おのれが逝ったあとは、桔梗屋の後見に立って頭取番頭を差配して欲しいと太兵衛は言ったのだ。

「堅気の大店におれのような渡世人が乗り込んだら、乗っ取られると大騒動が持ち上がる。それでもいいのか」

「もとより承知です」

太兵衛の返事には、いささかの迷いもなかった。

「頭取番頭の誠之助は、二心《ふたごころ》なしに桔梗屋大事で尽くしてくれています」

「それはなによりだ」

「しかし猪之吉さん、商いの修羅場は幾つもくぐっていますが、本物のいくさを前にしては、誠之助も腰がひけるでしょう」

「本物のいくさとは、例の鎌倉屋のことを指しているのか」

太兵衛がきっぱりとうなずいた。

「八幡様のお祭りのあと、うちには大きな注文が舞い込みました。おかげさまで、いまは鎌倉屋うんぬんを気遣うことなく、奉公人たちは安心して大口の誂《あつら》え始末に追われています。店には勢いがありますが、いつなんどき、からめ手から攻めてくるやもしれません」

太兵衛は案じていることを、一気に吐き出した。

「てまえの目の黒いうちにことが起きれば、指図もできますが、さきほども言いました通り、十一月まではもたないと思っています」

「話は分かったが、大店の頭取番頭が渡世人の指図を素直にきくとは思えない」

「そのことは、すでに遺言に書き残しました」

「それは甘い」

猪之吉がきっぱりとした口調で、太兵衛に異議を唱えた。

「あんたが直々に言い置かない限り、紙に書いた遺言を素直にきくほど、ひとはお人よしな生き物じゃねえ」

伝法な言われ方をして、太兵衛のこめかみがわずかに動いた。猪之吉の言い分に、得心していない様子である。

「おれの決めつけが気にいらねえようだが」

「身内をかばうようですが誠之助に限っては、てまえの言いつけに背くとは思えません」

「それはあんたとおれとの、ひとの見方の辛《から》さ加減の違いだ」

「言われることが、てまえには呑み込めません。辛さの違いというのを、詳しく聞かせていただきたい」

猪之吉の言い分に得心できないことを、太兵衛は大店のあるじらしい物言いで伝えた。

「あんたが言った通り、あるじが元気な間は番頭は背いたりはしないだろう。しかし太兵衛さん、どんな人間でもいざとなったら、てめえの損得勘定を先にはじく」

「桔梗屋のことよりも、おのれの損得を先に考えるということですか」

「そうだ」

「それは得心できません」

「ちょいと待ちねえ」

猪之吉が座り直した。声の調子は変わっていないが、太兵衛を見る目つきは、渡世人ならではの凄味を帯びていた。

「あんたが後見に立ってくれと、持ちかけてきた話だ。引き受けるなら、おれなりの手立てでやらせてもらう」

太兵衛が、はっとわれに返ったような顔つきになった。

「奉公人のことを言われて、ついわれを忘れてしまいました。申しわけありません」

詫びる太兵衛は、存念を捨て去った素直な表情に変わっていた。

「気にすることはねえ。頭取番頭を渡世人にとやかく言われたら、腹を立てねえほうがどうかしてる。息巻いてこそ、あるじだ」

猪之吉が徳利を差し出した。いつも通りの酒のやり取りが戻っていた。

十四

九月十三夜は雨があがらなかった。

太兵衛は頭取番頭を引き連れて、江戸屋で酒席をともにした。二千足の雪駄《せった》誂えを上首尾のうちに運んでいる、そのねぎらいを口実にした席だった。

「旦那様と差し向かいで酒をいただくなどは、いささか気が張ってしまいます」

あるじに差し出された徳利を、誠之助は両手でしっかりと持った盃で受けた。

江戸屋の板長は、その朝江ノ島から入った伊勢海老の活き作りを大皿に飾っていた。太兵衛に指図されての料理である。ひげがまだ動いている伊勢海老を、あるじが頭取番頭に勧めた。

皿からはみ出しそうに大きな海老である。費えのほどを考えたのか、誠之助は箸をつけようとしない。

「今夜はおまえのねぎらいだ。遠慮せずに食べてくれ」

あるじに強く勧められて、誠之助が箸をつけた。口を動かしたあと、海老の美味さに顔をほころばせた。

「生まれて初めていただきましたが、上品な甘みがあって……口の極楽でございます」

「口に合ったのなら、全部おまえが平らげてくれ」

「そんな、滅相《めっそう》もないことでございます。旦那様より先にいただいたことだけで、罰が当たりそうでございます」

「遠慮は無用だ。あたしは食べたくても、胃の腑が受けつけない」

「お加減がそれほどよろしくないので？」

「大したことはないが……とにかく、海老をやってくれ。皿が出ているままでは、あとの話が進めにくい」

「さようでございますか」

口では遠慮したものの、目は海老から離れない。あるじの言いつけもあり、誠之助は海老をきれいに平らげた。

仲居が下げた海老は、椀になって戻ってきた。太兵衛が言いつけたことで、椀と一緒に香の物と飯が出された。

「今夜の酒は、一本だけにさせてくれ」

太兵衛は頭取番頭が飯を食べている前で、茶碗一杯の梅がゆを口にした。あるじの膳を気にしながらも、誠之助は椀と飯をきれいに食べ終えた。

膳が下げられたあとは、伊万里《いまり》焼の湯呑みに注がれた煎茶が出された。太兵衛はひと口つけたあとで、誠之助を膝元に招き寄せた。

膝をずらして頭取番頭が近寄った。

「おまえの胸に仕舞っておいてもらいたいが、あたしの具合が相当にわるい」

太兵衛はいつも通りの調子で話し始めた。あるじの物言いに暗さがなかったことで、誠之助はさほどに心配そうな顔は見せなかった。

「おわるいというのは、幾日かは臥《ふ》せっておいでになるかもしれないと？」

「それならいいのだが」

太兵衛が言葉を区切った。

その様子で、誠之助はただごとではないと察したようだ。膝がさらに前にずれた。

「十月一杯はもたないと思う」

「なんとおっしゃいましたので」

誠之助の声が裏返っていた。

「あたしはもう長くないと、家内にも言ってないことをおまえに聞かせたのだ」

「そんな途方もないことが……玄沢《げんたく》様が、そう言われたのでございますか」

浜町河岸に住む玄沢は、桔梗屋がかかりつけの医者である。

「医者の言うことなどは、あてにならない」

「ですが旦那様、先生はどう申されておりますので」

「胃の腑《ふ》が腫《は》れているようだから、塩気の強い食べ物は控えろとのことだ」

「それだけでございますか」

「酒は、日に一合ならいいそうだ」

「てまえが知りたいのは、そんなことではございません」

「なにが知りたいのだ」

「旦那様が長くはないなどと、玄沢先生が申されたのでございましょうか」

「いや、言われてはいない」

「さようでございましたか」

誠之助があからさまに安堵の吐息をついた。心底からあるじを案じる様子を見て、太兵衛は胸のうちで嬉しく思った。が、顔を引き締めて話を続けた。

「医者は追従を言っているだけだ。あてにはならない」

「お言葉を返すようでございますが、なにもことさらわるくお考えになることは、なかろうかと存じます」

「いまは、そのことは措いておこう。大事なのは、あたしが逝ったあとの舵取りだ」

誠之助の言うことには取り合わず、太兵衛は自分の思案を話して聞かせた。

縁起でもない話を聞くのがいやらしく、誠之助は渋い顔であるじの言うことに耳を傾けていた。

話が後見人のことになると、誠之助の顔が引き締まった。

後見人が猪之吉という名の渡世人だと分かったときには、誠之助の頭に血が上ったらしい。大店の頭取番頭とも思えない形相になり、いきなり顔を真っ赤にした。

「なんだ、その顔は。存念があれば聞かせてみなさい」

「旦那様の今夜のお話は、先が長くないだの後見人を立てるだのと、いささか尋常さを欠いておられると存じます」

「そんな奥歯に物がはさまったようなことは言わなくてもいい。もっとあけすけに、おまえの存念を話しなさい」

「よろしゅうございますので？」

「もちろんいいとも」

「それならば申し上げます」

誠之助が座り直して背筋を張った。

「てまえはなによりも先に、お店《たな》大事で奉公してまいりました。それを買ってくださって、旦那様から頭取にお取立ていただけたものと存じておりました」

「その通りだ、いささかも間違いはない」

太兵衛の物言いは穏やかである。その穏やかさが、誠之助には受け入れがたかったようだ。顔色が一段と赤くなった。

「ならば旦那様は、なにゆえあって、てまえに後見人をお付けになるのでございましょうか。てまえの舵取りに、不足がございましょうか」

「それもその通りだ」

誠之助のいきどおりを、太兵衛は真正面からはじき返した。

「あたしが逝ったあとは、少なからず揉《も》め事が起きる。その修羅場を乗り切るにおいて、真っ正直なおまえには荷が重たい」

「なにを指して旦那様は、修羅場だと申されるのでございますか」

「鎌倉屋相手のいくさだ」

鎌倉屋の名を聞いて、誠之助が息を呑んだ。

「いまは鳴りをひそめているが、あたしが逝ったと分かったあとでは、どんな阿漕《あこぎ》な手を繰り出してくるか知れたものではない。おまえは商いの舵取りには抜きん出ているが、荒事に立ち向かうには、はっきり言えば力不足だ」

「それゆえに、てまえが荒事には力不足であるがゆえに、渡世人を後見人に立てると申されるのでございますか」

「そうだ」

太兵衛がひとことで言い切った。

「ならば仕方ございません」

誠之助が太兵衛の前で両手づきになった。

「頭取番頭にまでお取立ていただきました旦那様へのご恩は、この先も生きております限りは忘れることはございません」

「どういうことだ、誠之助。おまえは暇《いとま》をもらいたいと言うつもりか」

誠之助は、顔を伏せたままうなずいた。

「もう一度聞くが、おまえは暇を欲しいと言うつもりか」

「お暇をいただきとうございます」

「なぜだ」

「わけは旦那様がご承知のことと存じます」

「はぐらかさずに、はっきりとおまえの口で聞かせてくれ」

太兵衛の口調は穏やかなままだ。誠之助が両手を膝に戻して顔を上げた。

桔梗屋に九歳から丁稚小僧で入った誠之助は、すでに五十年の奉公である。いまの太兵衛が先代から店を継いだ年に、誠之助は四十九歳で一番番頭に引き立てられた。

そして四年前、当時の頭取番頭が六十五になったとき、現当主の太兵衛が誠之助を頭取につけた。

太兵衛を見詰める誠之助の両目には、恩義を思う感謝の色と、節を曲げられない男の矜持《きょうじ》とが、入り混じったような色が宿っていた。

「旦那様が後見人に立てる猪之吉とおっしゃる渡世人は、いつぞや旦那様からうかがいました、三井の為替切手を受け取られた貸元でございますね？」

「そのひとだ」

「切手を受け取られたあとのなさりようは、てまえも骨の太い渡世人だと存じます」

気の高ぶっている誠之助は、あるじの前で膝元の煎茶に口をつけた。太兵衛は静かな目で誠之助の振舞いを見ていた。

「さりとて、所詮《しょせん》は渡世人でございます。真っ当な商人《あきんど》とは、物の考え方も歩く道も、明らかに違うものだと存じます」

誠之助の目から怒りの色が薄くなっていた。

「旦那様のお指図であれば、どのようなことでも、ためらうことなく従いますが、もしも旦那様がお亡くなりになったあと、渡世人から桔梗屋の舵取り指図を受けると思っただけで、虫唾《むしず》が走ります」

言葉の最後を、誠之助は吐き捨てた。

「恩知らずとののしられましても、これだけはてまえには承服いたしかねます」

誠之助がもう一度両手をついた。その手の甲に、五十九歳の男が流した涙がこぼれ落ちた。

「しっかり聞かせてもらったぜ」

ふすまが開き、猪之吉が座敷に入ってきた。

十五

九月十四日も、まだ雨が残っていた。

桔梗屋の小僧が店先の掃除を始めるのは、季節にかかわらずに、明け六ツ（午前六時）の鐘が合図である。

九月に入って雨が続いていることで、朝の気配が日に日に冷え込んでいる。雨が地べたを打っており、打ち水はしない。しかし竹ぼうきで店の前を掃くのは、雨降りでも同じだった。

佐賀町百本桜の通りには、何軒もの老舗《しにせ》が軒を連ねている。雨降りの朝でも往来を掃き清めるのは、この通りに店を構えた商家の務めだった。

「金どん、おはよう」

桔梗屋の小僧の小吉が、通りを隔てた向かい側の雑穀問屋、野島屋の小僧金太に、朝のあいさつを投げかけた。

ふたりとも小さな笠をかぶり、黄色に染められた蓑《みの》を着ている。黄色の蓑は、暗がりでも目立つように拵《こしら》えられた、こども用である。

「小《しょう》どんのところに昨日運び込まれたのは、いったいなんだったの？」

「なんで……においでもしたの」

「したにきまってるじゃないか。ここの通りの端にいても、すごくにおってたもの」

「播磨《はりま》から届いた、なめし革だよ。昨日のは最初の分だから、まだまだ届くみたい」

「あんなくさいものを、なんに使うんだよ」

「二千足のお誂えをいただいた雪駄の底に使うんだって」

小僧ふたりは、話をしながらも竹ぼうきを使う手は休めない。桔梗屋も野島屋も、小僧のしつけには厳しかった。

風が運んできた落ち葉と、馬車馬が往来に落とした馬糞のふたつが、朝の掃除で掃き集める主なゴミである。雨に打たれた馬糞は、水に溶けてぐずぐずになっていた。

通りの掃除が終わり、小吉が黄色い蓑を脱いでいるとき、手代が起きてきた。

桔梗屋には二十五人の手代がおり、なかの五人は役付きである。いつもの朝なら、小僧が掃除を終わったころに起きだすのは、若手の手代だけだった。

この朝は、三十路手前から三十代半ばの役付き手代五人が、先に土間に出てきた。昨夜遅くに三番番頭の正三郎が、この朝五ツ（午前八時）に頭取番頭の話があると伝えた。それに備えての早起きだった。

店の女中三人と、奥付きの女中ふたりは、六ツから朝の支度に追われていた。頭取番頭の話は、広間で朝飯を食べたあとだと聞かされたからだ。

前もって決まっていたことではなく、昨夜遅くに、いきなり正三郎から指図された。座敷に集まるのは番頭三人に、役付き手代五人。それにあるじの太兵衛までが加わるという。

「味噌汁の具の買い置きは、しじみしかありませんが」

女中がしらのおきねと、奥付き女中のおさちが夜更けの指図にうろたえた。

「しじみがあれば充分だ」

「旦那様も、それでよろしいのですか」

「梅がゆを用意すれば、あとは同じものでいいそうだ」

奉公人とあるじとが朝飯を一緒にするなど、かつて一度もなかった。おさちはあるじの献立を案じていた。

「頭取がそれでいいとおっしゃっている。おさちが心配しなくてもいい」

正三郎はしじみの味噌汁に加えて、人数分の生卵を用意しろと言いつけた。

二十畳の広間には、五ツの手前で九人分の朝餉《あさげ》が用意された。

あるじ、番頭三人、役付き手代五人が座に着いたのを見定めてから、女中たちが味噌汁の大鍋と、炊き立ての飯を運んできた。

「大事ないくさの前には、腹ごしらえが肝心だ。飯も味噌汁も充分に調えてあるから、遠慮なしにお代わりをしなさい」

誠之助に言われて、手代たちは湯気の立っている味噌汁に口をつけた。

流し場の板の間で、冷め気味の味噌汁と、炊き上がってから四半刻（三十分）を過ぎた飯を食べるのが、いつもの朝飯である。この朝は味噌汁だけではなく、飯からも炊き立ての湯気が立ち上っていた。

役付き手代と向かい合わせの形で、あるじと番頭三人が座っていた。いつもであれば、太兵衛を真ん中にして右に誠之助、左に雄二郎と正三郎が座る。

ところがこの朝は、誠之助が真ん中に座っており、太兵衛は頭取番頭の右にいた。

ひとりに一個ずつ、生卵がついている豪勢な朝飯と、座り方の違うあるじ、番頭を前にして、手代たちは戸惑っていた。誠之助から遠慮はいらないと促されたあとは、炊き立ての飯と熱い味噌汁に、せっせと箸を使った。

朝飯の膳が下げられてから、右端に座った太兵衛が口を開いた。

「寒露《かんろ》入りの節気替わりにときを同じくして、雨模様になった。昔から節気の変わり目がはっきりした年は、慶事が続いていても用心を怠るなと言われている。降って湧《わ》いたようなお誂えをいただいた桔梗屋には、いまがまさにその戒めを噛み締めるときだ」

太兵衛は物静かながらも、一語ずつが奉公人の胸にしっかりと刻まれる話し方をした。番頭も手代も、身じろぎもせずに聞き入った。

「この先は、いままで以上に番頭さん三人に商いの次第を漏れなく伝えて、しっかりと励んでもらいたい。それを伝えたくて、こうして集まってもらった」

言い終えたあと、太兵衛は役付き手代五人を順に見回した。気負った物言いではなく、話した中身も、取り立てて変わったものではない。

手代たちは神妙な顔つきながらも、格別に重たく受けている様子ではなかった。

ひとり誠之助が、懸命に込み上げる思いを抑えつけていた。ことによると、太兵衛が奉公人に話をするのは、これが最後になるかもしれない。知っているのは、誠之助だけだった。

短い話をしたあと、太兵衛は奥に下がった。番頭、手代の寄合にあるじが顔を出さないのは、どこの大店でも同じである。

広間を出る太兵衛に、奉公人たちはいつも通りのあいさつをした。

あるじがいなくなると、誠之助が座の差配を始めた。

「最初は長《ちょう》の助《すけ》から、荷受の次第を聞かせてくれ」

誠之助が名指した長の助は、桔梗屋に納められる革やいぐさ、鼻緒などの材料から、下駄の台に用いる桐などの材木仕入れの一切を担う手代である。

十歳から奉公を始めて二十一年になる長の助は、仕入れ材料の目利きでは桔梗屋でも一番だと、周りの手代から認められていた。

「昨日、播磨龍野《たつの》のなめし屋さんから、五十枚の牛なめし革が納められました。徳田屋さんの手配りがよろしく、どの革にも傷ひとつございませんでした」

「残りの荷はいつ入るんだ」

「海さえ穏やかでいてくれましたら、今月末までには、さらに五十枚が届くはずでございます」

「物には間違いはないのだな」

誠之助が念を入れて手代に確かめた。

「これならいい底ができると、棟梁《とうりょう》も喜んでおいでです。初便で入荷したなめし革には、いささかの間違いもございません」

長の助が胸を張った。

誠之助は手元の誂え台帳を二番番頭の雄二郎に手渡すと、寄合を任せて座を立った。

五十九歳という年ゆえか、近頃とみに小便が近くなっている。日に何度も厠《かわや》に立つ頭取を見ている雄二郎は、小便に立つのだと察してあとを引き取った。

厠から出てきた誠之助は広間には戻らず、縁側に座って菊を見た。奥につながる廊下わきの中庭は、三十坪の広さがある。季節の花が代わる代わるに咲く庭で、いまは菊が群れになって咲いていた。

現当主の太兵衛が、先代から店を引き継いだ年に植えられた菊である。花を見ながら、誠之助は昨夜の顚末《てんまつ》を思い返し始めた。


「あんたが桔梗屋をどれほど大事に思っているかは、顔を見ないで聞いていただけによく分かった」

いきなりあらわれた禿頭《とくとう》の大男に、誠之助は息が詰まりそうなほどに驚いた。

猪之吉という名は、あるじから何度も聞かされていた。いましも、その渡世人が後見人に立つというのが承服できずに、太兵衛に暇乞いを願い出たばかりである。

まさかその当人と、あるじとふたりだけの酒席で会おうとは思ってもみなかった。

「あんたが太兵衛さんの指図をすんなりと受け入れていたら、おれはあんたに会う気はなかった」

太兵衛に並んだ猪之吉は、座っていても体つきが並の大男ではないことが分かった。毎日手入れをしている禿頭は、明かりのとぼしい夜の座敷でも艶々《つやつや》としている。鼻は誠之助の倍ほどに大きく、唇は分厚い。そして両の耳たぶは、大黒様《だいこく》のように大きかった。いわば異形《いぎょう》である。しかし誠之助は、いきなりあらわれた猪之吉に驚いたあとは、相手の禿頭も大きな顔も気にならなかった。

わけは猪之吉の目が深く、しかも澄み切っていたからだ。大きな瞳は、まっすぐに誠之助を見詰めていた。

江戸でも老舗の履物問屋頭取番頭を務める誠之助は、数限りなくひとに会ってきた。それでも猪之吉のように深く澄んだ瞳の男は、大店の番頭のなかにも覚えがなかった。

澄んではいるが、相手の出方ひとつではどのようにでも変わる瞳だ……。

猪之吉の目を受け止めながら、誠之助はそれを強く感じ取っていた。

猪之吉は誠之助が辞めるというのを、止め立てしなかった。太兵衛も同じである。

「おれと太兵衛さんとは、損得ずくの付き合いじゃねえ。だからこそ太兵衛さんは、おれに後見人を頼んだのだろうよ」

話しながら、猪之吉が徳利を差し出した。誠之助はこだわらずに受けた。真正面から切り込んでくる話し方と、瞳の色の深さとが、誠之助に盃を受けさせていた。

「知り合ってまだ半年少々だが、おれが引き受けることで太兵衛さんがあとに憂いを残さずに済むなら、命がけでやる。おれに指図されるのがいやで暇をもらったとしても、太兵衛さんもおれも、あんたが恩知らずだとは思わねえ」

自分でも思いもよらなかったことだが、誠之助はよろしくお願いしますと、渡世人にあたまを下げた。


広間では雄二郎の仕切りで、誂え首尾の聞き取りが続いていた。

雪駄二千足の納めのころには、旦那様はもうおいでにはならない……。

太兵衛の胸のうちを思った誠之助は、また両目を潤ませていた。

十六

九月十九日夕刻、平野町の船着場には黒紋付の男が次々と降り立った。

石段を上がった先の路地には、垂れを江戸紫に染めた別誂えの駕籠《かご》が待っている。紋付姿の男たちは、若い者に案内されて駕籠に乗り込んだ。

駕籠昇きは『平野町』とだけ染め抜かれた濃紺の半纏を着ており、同じ色の股引（ももひき）をはいている。客を乗せた駕籠は、両側を若い者が守って霊巌寺へと向かった。

船着場から霊巌寺まで、およそ三町（約三百三十メートル）。寺の前では十人の若い者が待ち構えていた。

「ごくろうさまでやす」

若い者が声を揃えて出迎えているのは、江戸各所の賭場《とば》を束ねる貸元衆である。霊巌寺本堂わきの庫裏では、猪之吉が貸元衆を迎え入れた。

寺の賄《まかな》い所には、八百善《やおぜん》から料理人が出張っている。食材も立ち働く者も、いつもの霊巌寺とはまるで違っていた。

貸元賭博は、いわばご祝儀賭博だ。

定法通りに盆は拵えられているが、勝負に臨むのは貸元当人ではなく、引き連れてきた代貸である。貸元は別間にしつらえられた宴席で、当番役の貸元から接待を受けるのがならわしだった。

猪之吉は貸元賭博を催すに際して、庫裏の別間を造り替えた。普請でもっとも気遣ったのが、貸元衆の退路を構えることだった。

地元の目明しや、その上の同心には、入用なだけの小遣いを渡している。万にひとつも捕り手が押しかけてくる気遣いはなかった。

あえて猪之吉が退路を新しく構えたのは、地震や火事への対処としてだ。貸元賭博を催す者は、賭場を開く寺の格と、逃げ道の有無で器量を問われた。

「よくきてくだすった。好きな場所に座ってくだせえ」

宴席は、上座下座のない車座である。猪之吉は三ノ膳まで用意していた。

賭場に集まる貸元衆は、五十両の祝儀を持参した。賭場で遣う勝負のカネとは別に、である。客を受け入れる貸元は、祝儀に見合ったもてなしが欠かせなかった。

「辛《から》くていい酒だ」

「稲荷町《いなりちょう》のに気に入ってもらえたら、蔵元もさぞかし喜ぶだろう」

稲荷町の重三《しげぞう》は、浅草寺《せんそうじ》から稲荷町までの十二の町を束ねる貸元である。重三は料理よりも酒にうるさい。しかも他の貸元衆から一目置かれている、古株の男である。

その重三が褒《ほ》めた酒は、会津の末廣《すえひろ》だ。

灘《なだ》の下《くだ》り酒ではなく、新しくて美味い酒を探し出すのも、貸元の器量だった。

「うちにも三樽、この酒を回してくれ」

浜町の貸元、松葉《まつば》の吉次郎が末廣を手配りしてくれという。酒を見つけた猪之吉に対しての、なによりの褒め言葉である。

滅多に笑わない猪之吉が、目元を崩して応じた。

「灘のほかに、こんなうめえ酒があるとは知らなかったぜ」

「達磨《だるま》のに、一本取られたてえところだな」

貸元衆が口々に酒を褒めた。

会津の末廣を猪之吉に教えたのは、太兵衛である。

周りから褒められて、猪之吉はふっと太兵衛のことを思った。それが引き金となって、この朝聞き取った二千足の雪駄誂えの一件を思い返した。

「岡倉屋茂左衛門は、わけが分からねえと口をあんぐりさせておりやした」

「案の定、そういうことか……」

猪之吉が腕組みをして考え込んだ。

江戸屋で誠之助と話し合った夜、猪之吉は桔梗屋が雪駄二千足の誂え注文を受けたことを聞かされた。

話を取り次いだ悉皆屋《しっかい》と桔梗屋とは、古い付き合いである。

その徳田屋の手代が持ち込んできた話だということ。桔梗屋の手代を差し向けて、岡倉屋茂左衛門が南品川に実在しているのを確かめたこと。岡倉屋茂左衛門は、確かに頼母子講を主宰しているのも確かめられたこと。

これらの手順を踏んだ上で、誠之助は誂え注文を引き受けた。

「ありがたいことに、先様は百両の前払い金まで支払ってくれました」

誠之助は、千両の商いが首尾よく運んでいることを猪之吉に聞かせた。

話を聞きながら、猪之吉は幾つかのことに得心がいかなかった。ひとの話を鵜呑みにしない、渡世人ならではの勘働きである。

二千足もの誂えが、いきなり持ち込まれたということが、引っかかりの第一だった。相手から持ち込まれる旨い話は、疑ってかかるのが猪之吉の流儀だ。しかも三井両替店の為替切手が、出回ったあとの話である。猪之吉には誂え注文と切手の騙りとが、裏でつながっている気がしてならなかった。

百両の前払い金というのが、猪之吉の疑いをさらに深めさせた。

「前払いは、めずらしいことなのか」

猪之吉は誠之助に確かめた。商いの常識には明るくなかったからだ。

「取り立ててめずらしくもありませんが、先様からそれを申し出されることはまれです」

大口注文の折りには、請負う商人のほうが前払い金を求めることがある。そして金高を掛け合って、請負額の五分（五パーセント）から一割の前払い金で落着した。

商いの常識を聞かされて、猪之吉は誂え注文が騙りであると確信した。が、誠之助にも太兵衛にも、そのことは言わなかった。あけすけに指摘したりすれば、誂え注文を引き受けたふたりを傷つけると判じたがゆえである。

播州からなめし革が回漕されてくると聞いた猪之吉は、すぐさま手の者を動かした。

聞き込みをさせた先は、悉皆屋の徳田屋と、南品川の岡倉屋の二カ所である。

徳田屋を疑ったのは、話の起こりが悉皆屋だったからだ。話を持ち込んできた与一郎という手代が、いつもおのれから出向いてくるというのが、猪之吉には気に入らなかった。

桔梗屋は、三番番頭が徳田屋に出向いて、店から出てくる与一郎に会っていた。そして徳田屋から見れば、大得意先である桔梗屋に手代が出向くのは、当たり前のことである。

これが商いの常道だと誠之助に聞かされても、猪之吉は得心しなかった。幾つもの騙りを見てきた猪之吉には、なにか裏があると思えてならなかったのだ。

誠之助から話を聞いた翌日、すぐに若い者を徳田屋に差し向けた。与一郎は店にはいないと睨《にら》んでのことである。

案の定、その名の手代はいなかった。

猪之吉は南品川を束ねる貸元に使いを出して、岡倉屋への顔つなぎを頼んだ。頼母子講の親であれば、かならず賭場に出入りしていると踏んでのことである。

猪之吉から頼まれた貸元は、ふたつ返事で引き受けた。そして猪之吉の手の者と岡倉屋とを引き合わせた。

その答えを猪之吉は、貸元賭博当日の朝に聞かされた。話はやはり騙りだった。

桔梗屋に仕掛けてきた一味が、どんな連中かは分からない。しかし大掛かりな仕組みで動いていることは、前払い金の百両からだけでも察することができた。

細くなった目で猪之吉は、姿の見えない騙りの一味を見据えているようだった。

十七

「猪之吉という男の捉《とら》えどころのなさは、半端じゃありやせん」

目明しの芳蔵が、治作の前でため息をついた。九月二十日の朝五ツ（午前八時）に、治作は隠れ家に目明しひとりを呼び寄せた。

いまだに平野町の渡世人猪之吉は、二百両の為替切手を換金しようとしていない。それが気がかりで、ほかの手下には表立った動きをやめさせた。

猪之吉の正体をつかまない限り、先に進めることはできないと、治作の勘働きが教えていた。

ひとの動きと裏を探るには、十手持ちはなにかと好都合だ。それゆえ治作は、月に二両、一年に二十四両もの小遣いを与えて、芳蔵を飼ってきた。

手なずけて二年になるが、ここまでは小遣いに見合う働きをした。ところが猪之吉にかかわる探りは、一向にはかどらない。指図してすでにひと月になるが、答えは毎度同じである。

治作の前でため息をついているのは、きつい叱りを思ってのことらしい。芳蔵が怯《おび》えるのも無理はなかった。

紙屑屋に扮して町中を歩く治作と、芳蔵の目の前できつい目をしている男とは、まるで別の生き物だった。

「今日が限りだと言ったのを、おまえは甘く聞き流しているようだな」

治作の目が絹糸のように細くなった。仲間に加わってからまだ二年の芳蔵は、治作の本当の凄味を知らない。

この目で見据えられると、治作の右腕に等しい安之助ですら、きんたまが縮み上がった。

「裏の井戸で、少しあたまを冷やしてこい」

「そんな……藪《やぶ》から棒に言われても、あっしは風邪気味なんでさ。水は勘弁してくだせえ」

「おれに頼むな」

治作が短く言い終えたのをきっかけに、隠れ家の留守番役が座敷に入ってきた。

「芳蔵には、まだ行儀を教えてなかった」

「分かりやした」

治作に返事をした男は、上背が六尺二寸（約百八十八センチ）もある大男だ。力士崩れの下男は、芳蔵を片手でつまみ上げた。

芳蔵は手足をばたつかせて逆らったが、もとより力でかなう相手ではない。下男に軽い当て身を食わされると、息を詰まらせて動きが止まった。

下男は芳蔵をひょいと肩に担ぎ、裏庭に出た。庭の隅には古井戸があった。差し渡し三尺五寸（約百六センチ）の、小さな井戸である。

井戸のふたを足で蹴り飛ばした下男は、芳蔵の両足を抱えて、井戸の真上で逆さ釣りにした。

当て身を受けた痛みも吹っ飛んだらしく、芳蔵が目をむいてもがいた。

「暴れたら、すぐに手を放すぞ」

下男の物言いには、正味の響きがある。芳蔵がもがくのをやめた。着物のすそがまくれ上がって、ふんどしがむき出しになった。前の膨らみが濡れている。

「おめえ、しょんべんちびりやがったのか」

大男が笑うと、黄色い歯が見えた。前歯の一本が欠けており、それが大男を間抜け面に見せた。

「親分は行儀をおせえろと言われた。始末しろと言われねえだけ、おめえは命拾いかもしれねえ」

芳蔵を摑《つか》んでいる両手を、井戸の上で前後に揺らした。芳蔵の髷《まげ》が垂れ下がった。

「だがよう、目明しさん。ことによると、死ぬよりも苦しいかもしれねえぜ」

下男が両手を放した。芳蔵は真っ逆さまに井戸に落ちた。井戸は深井戸で、水面まで二丈（約六メートル）の深さがある。しかも差し渡しは三尺五寸しかない。

うまく身体をひねらないと井戸につっかえて、あたまから沈んだままになる。死ぬよりも苦しいとはこれを指していた。

下男は井戸のふちに腰をおろして、耳を澄ませていた。芳蔵が助けを求めて悲鳴をあげるか、そのまま沈んで溺《おぼ》れ死ぬかを確かめているような顔つきだった。

逆さに落としてさほど間をおかず、井戸のなかから芳蔵がもがき声をあげた。声が途切れ途切れなのは、したたかに水を飲んで苦しんでいるからだろう。

「待ってろ。いま綱を落としてやる」

下男は麻を縒《よ》り合わせた、丈夫な綱を投げ込んだ。長さは芳蔵が摑むに充分だった。

「はやく引っ張り上げてくれ」

「しっかり握ってろよ。おれが引き上げてやる」

芳蔵が摑んでいる手応えを確かめてから、下男が綱を引いた。命がけで綱を摑んでいた芳蔵が、井戸のふちまで上がってきた。

下男は芳蔵の着物の襟首を握って引きずり上げた。

「どうだ、水はうまかったか」

問われても咳き込む芳蔵は、返事ができない。それでも目には、井戸から出られた安堵の色が浮かんでいた。

その目の色を見た下男は、芳蔵をもう一度井戸の真上で逆さ釣りにした。

「もう一回、死にそうな目に遭ってこい。くたびれたら、そのまま浸かっててていいぞ」

下男は黄色い歯を見せてから手を放した。


「どうだ芳蔵。少しは懲りたか」

二度目に這《は》い上がったあと、芳蔵は下男から着替えを渡された。熱い葛湯《くずゆ》を振舞われて人心地がついたところで、治作の前に連れ出された。

「なんでもやりやす。命だけは勘弁してくだせえ」

「そうか」

治作は黙ったまま、芳蔵を見詰めた。目が絹糸になっている。その目の凄味を思い知った芳蔵は、腰が抜けたようになった。

「ひとが一番怖いのは、助かった、命拾いをしたと気を抜いたそのあとに、襲いかかられたときだ」

怖さで口がきけなくなっている芳蔵の後ろに、いつの間にか下男が立っていた。背後から羽交い絞めにしたあと、下男は芳蔵の右肩の関節を外した。

激痛に襲われた芳蔵は、右腕をぶらぶらさせながら、またも小便を漏らした。

「この次に井戸に放り込むときには、その形《なり》で投げ込む。今度は綱が摑めないぞ」

立て続けに三度脅かされて、芳蔵は腑抜けになった。

「命だけは助けてくだせえ……」

十手を持つ腕を使えなくされた芳蔵は、立ったままの形で命乞いを続けた。治作があごをしゃくると、下男が関節を元に戻した。

「おれの指図をしっかり聞く気になったか」

「なんでもやりやす。すぐにでも猪之吉の宿を探りに行きやす」

「当たり前だ。おれがひと月も前に、指図をしたことだろう」

治作が言葉を吐き捨てた。

「勘弁してくだせえ。あっしが心得違いをしておりやした」

元に戻った両手を畳につき、芳蔵はひたいをこすりつけた。

「おまえがこのひと月の間に調べたことを、洗いざらい話してみろ」

「話しやすから、話しやすから」

怯え切った芳蔵は、同じ言葉を繰り返した。

「話しやすが、中身が気に入らねえときでも、勘弁してくれやすね」

目を伏せたまま、あたかも命乞いをするかのような物言いである。治作がうんざりしたような顔つきになった。

「始末するなら、とうにやっている。余計なことを言ってないで、確かな話だけをしろ」

「分かりやした」

怖くて治作が見られない芳蔵は、伏目のままで調べたことを聞かせた。


大した手柄話はできなかったが、それでも芳蔵は、ひとを使って猪之吉の動きを張っていた。

九月十日の雨の日に、猪之吉が柳橋の吉川に出向くのをつけていた。雨降りが、猪之吉に油断をさせたのかもしれない。つけたのは芳蔵が下働きに使っている、利吉《りきち》という名の二十歳の若造だ。雨に恵まれて、猪之吉には気づかれずに成し遂げた。

ひとりで吉川に入った猪之吉だったが、五ツ半（午後九時）過ぎに出てきたときは、男がひとり一緒だった。

連れの男は、吉川の船着場に一杯の屋根船を待たせていた。猪之吉は男と連れ立ってその船に乗り込んだ。

芳蔵は払いのしわい男である。

猪之吉が吉川に向かったことや、男と一緒に屋根船に乗ったことぐらいを突き止めても、大した小遣いはもらえない……。

そう考えた利吉は、屋根船の行き先を追うことにした。幸いにも利吉は、夜の遠目に長《た》けていた。屋根船の提灯《ちょうちん》を覚え込んだあとは、両国橋の上から船の走る方角を見定めた。

猪之吉の宿が、仙台堀の平野町なのは分かっていた。船は大川の東岸伝いに、佐賀町河岸に向かっているように思えた。

船を追って大川端を駆ける利吉は、おのれの勘働きに賭けて、佐賀町桟橋まで先駆けした。

狙いは図星だった。

老舗大店《おおだな》のあるじ風の男が船着場から降りて、平野町に戻る屋根船を見送った。渡世人と、大店のあるじのような男が同じ料亭から出てきて、しかも同じ屋根船に乗っている。

それに気を動かされた利吉は、猪之吉を追わずに旦那風の男のあとをつけた。

雨降りの夜である。空に月星の明かりはなく、あとをつけるには好都合の空模様だった。しかも相手は堅気の男である。

利吉はさほどに苦労をせず、男の宿を突き止めた。

驚いたことに、男が入ったのは佐賀町の桔梗屋だった。この店を乗っ取るために、大きな仕掛けが進んでいるのは、利吉も知っていた。

張り番を言いつけられた渡世人が、仕掛けの相手と会っている。それも妙に親しげな感じでだ。

これはいい小遣いがもらえる……。

利吉は喜び勇み、その夜のうちに芳蔵に伝えた。

「猪之吉と桔梗屋が会ったところで、どうてえことはねえ。おそらくは猪之吉が、為替切手の買戻しを持ちかけたんだろうよ」

芳蔵は利吉を褒めもせず、銀の小粒ふたつを渡してふたを閉じた。

「そんな大事なことを聞き込んでおきながら、おまえは今日まで放っておいたのか」

「それほどでえじな話でやしょうか」

「おまえの間抜けさ加減には愛想がつきた。下働きの利吉のほうが、よほどに目明しだ」

治作がもう一度あごをしゃくった。

芳蔵は井戸から這い上がれなかった。

十八

「また妙なやつが、このあたりをうろうろしてやがるんで」

九月二十二日の夕刻前に、代貸の与三郎が猪之吉に伝えていた。

「きのうも、今日と同じ若いのが宿の周りを歩いてやした」

「十手持ちの使い走りか」

「そんな様子にもめえねえんでさ。見つけたのは金蔵と新太《しんた》でやすが、足の運びも目の配り方も、素人みてえだと言ってやす。あっしもこの目で確かめやした」

「それで？」

手下に発する猪之吉の問いは、いつも短い。それでというのは、若い者の素性を確かめたのかと訊いているのだ。

仕えて長い与三郎は、猪之吉がなにを問い質《ただ》しているかをわきまえていた。

「その若造は、富久町《とみひさちょう》の信助店《しんすけだな》という裏店に、ひとりで暮らしてやす。やろうがひとり暮らしなのは、長屋に出入りしている棒手振《ぼてふり》から新太が聞き出しやした」

「おめえがその若いやつの動きを、わざわざ気にするほどのことか」

「親分の動きを張っているようでやすから」

猪之吉はあいまいな物言いを、なによりも嫌う。与三郎を見詰めると、代貸は「親分を張ってやす」と言い切った。

「貸元賭博も終わったいま、おれを目当てだというのが分からねえ。おめえが言うところの素人のような若造に、張らせるやつの見当がつかねえ」

与三郎がひとを目利きする眼力を、猪之吉は高く買っていた。本気で動きを見張るなら、選りすぐりの腕利きをつけるはずだと思っている。

若造が見張っていると聞かされて、猪之吉は虚仮《こけ》にされたような思いを抱いた。

「いまもいるのか？」

「へい。船着場先の木陰で、煙草を吸って取り繕っておりやす」

「そんな若造が煙草だと？」

キセルを手にした姿を見せて、ひとに違和感を抱かれないのは四十を過ぎてからだ。

与三郎の見立てでは、男は二十歳そこそこの年恰好《かっこう》だという。

「いまから仲町まで、行き帰りを歩いてみる。若造の目当てがおれだったら、明日の今時分まで目を離さずに調べ上げろ」

「がってんでさ」

与三郎が請合った。

二十二日は賭場は休みである。与三郎は手下五人を、男に張りつけた。

猪之吉は仙台堀沿いの河岸を、亀久橋に向けて歩き始めた。九月も下旬になると、夜の川遊びに繰り出す客がめっきりと減る。

川面を行き交う船はなく、六ツ半（午後七時）の宵闇が仙台堀に張りついていた。猪之吉の歩く側には飲み屋がない。あるのは寺と御家人屋敷ぐらいだ。周りが静かなことで、猪之吉はこの近所に宿を構えていた。

対岸の縄のれんから、明かりがこぼれていた。が、ろうそくではなく安い魚油を使う飲み屋の灯は、岸を越えてまでは届いてこない。せいぜいが、店先の地べたを照らし出すぐらいである。

数日続いた晴天がこころ変わりを始めており、空には分厚い雲がかぶさっていた。月星もなく、川べりには明かりもない。

追ってくる若造の気配を背中に感じながら、猪之吉は亀久橋を渡り始めた。

仙台堀の暗さが、前方に広がる大和町《やまとちょう》の色町の華やぎを際立たせた。遠目にも、見世の軒下に吊るされた大きな提灯が見て取れる。

大柄な猪之吉は、懐手《ふところで》の形でゆっくりと橋を渡った。渡りながら、あとをつけてくる男をからかってやろうと思いついた。

橋の南詰から冬木町《ふゆきちょう》が始まる。ときはまだ六ツ半過ぎで、木戸は大きく開かれていた。

富岡八幡宮に近い冬木町は、火事への備えが行き届いている。町木戸をくぐったすぐ右手には、天水桶が小山を築いて並べられていた。

猪之吉は黒無地の紬に、紋なしの黒い羽織を着ている。わざと闇に溶け込みやすい身なりをしていた。

大和町に向かっていると見せかけておきながら、猪之吉は天水桶が積み重ねられたわきの路地に隠れた。天水桶も虫除けのために、真っ黒に塗られている。明かりの乏しい冬木町で、いきなり猪之吉の姿が消えた。

あとを追っていた若い者が、慌てた様子で足を急がせた。そして猪之吉が消えたと見当をつけた、路地の奥をのぞき込んだ。

ひとの姿はまるでない。路地には長屋の板壁が連なっており、明かりもない。

男は思案に詰まったらしく、路地の角で立ち尽くした。木戸番の飼い犬が、見慣れない男を見つけて寄ってきた。闇に近い暗がりのなかで、鼻を地べたにつけて低いうなり声を出している。

男は犬が苦手らしく、動くに動けないようだ。犬のうなり声が一段と高くなった。男は怯《ひる》んだ様子ながらも、腰を落として身構えた。

「おい、クマ。こっちにこい」

男の背後から、猪之吉が犬を呼んだ。ときおりえさをくれる猪之吉のにおいを、クマは覚えていた。うなり声を引っ込めると、猪之吉に駆け寄った。

犬のあたまを撫でてから、猪之吉は若い男には目もくれず、亀久橋へと戻った。暗がりには、猪之吉の手下が何人もひそんでいる。いきなり親分が道を戻り始めたことで、手下たちも慌てた。

自分の背後で生じているドタバタを思って、猪之吉が口の端をゆるめた。

「やろうは今朝、住吉町の仕舞屋《しもたや》につらを出しやした」

九月二十三日の四ツ半（午前十一時）。昨夜から重たかった空が雨をこぼし始めた。屋根を打つ雨音に声を重ねて、新太が前夜からの顚末を話していた。

「格子戸のはまった玄関がある、どうてえこともねえ宿でやすが、やろうがへえったあとの路地を、六尺の上はある大男が見回してやした」

猪之吉の手の者のなかで、新太は尾行に抜きん出た腕を持っている。二年前には、神田駿河台《するがだい》の剣客を一里近くもつけて、気づかれなかったほどだ。

猪之吉は口をはさまず、新太の話を聞いた。

「やろうは利吉てえ名の、二十歳の若造でやす。つい先日までは、芳蔵てえ十手持ちの下働きをやってたようですが、芳蔵がいきなりいなくなったらしいんでさ」

小遣いをもらう金づるがいなくなったと、利吉は棒手振にこぼしていた。

「今朝へえって行った住吉町の宿が、どうやら利吉の新しい雇い主みてえでやすが、どうにも妙なんで」

「なにが妙だ」

猪之吉が初めて口をはさんだ。

「やろうは、へえってから四半刻（三十分）もしねえで出てきやした。宿は分かってやすから、あっしはその場に残って、やろうの雇い主が出てくるのを張ってやした」

猪之吉が黙ったままうなずいた。顔つきは、新太の判断を受け入れていた。

「そこからさらに四半刻ぐれえが過ぎたとき、玄関の格子戸ではなしに、くぐり戸から籠を背負った紙屑屋が出てきやしたんで」

「それのどこが妙だ。紙屑屋が玄関から出てきたら妙だろうが、くぐり戸ならあたりめえだろう」

「ですが親分、あっしが張ってた半刻ほどの間、紙屑屋はへえっておりやせん」

新太は胸を張って言い切った。

「それだけではねえんで」

猪之吉に見詰められて、新太はずずっと膝をずらして前に出た。

「紙屑屋が出ていくとき、大男が塀の内側からあたまを下げたんでさ」

「紙屑屋にか？」

新太が大きくうなずいた。

「五十見当の親爺でやすが、籠の担ぎ方も歩き方も、通りで出す声も、年季のへえった本寸法《ほんすんぽう》の紙屑屋でさ」

「その親爺に、大男があたまを下げたてえんだな」

「その通りなんで」

「そのあとはどうした」

「あとを追っかけようかと思ったんでやすが、とにかくここまでを親分に知らせなきゃあで、けえってきやした」

新太が顚末を話し終えた。しばらく猪之吉は、腕組みをして考え込んでいた。が、顔つきを戻したあと、新太を長火鉢の前に呼び寄せた。

「紙屑屋を、四六時中張っていられる場所はあるか」

「ありやせん」

新太が即座に答えた。

「今朝はたまたま、向かいの宿が留守だと分かったもんで、杉塀の内側からのぞき見ができやした。いつもは無理でやしょう」

向かいは、踊りの師匠の稽古場だった。

「二十三日まで熱海《あたみ》にでかけています」

弟子などへの張り紙がしてあったことで、新太は安心して塀の内側に忍び込めた。

「踊りの師匠なら、桔梗屋の伝手《つて》が使えるかもしれねえな」

新太が探し当てた紙屑屋というのが、猪之吉のあたまに引っ掛かった。

紙屑屋を隠れ蓑にした、騙《かた》りの元締めがいたはずだ……。

猪之吉は懸命に思い出そうとしたが、いつ、どこで耳にしたかすら出てこない。しかし、このたびの雪駄二千足の騙りには、間違いなくかかわりがあると確信した。

百両を前金に払うほどの、大掛かりな騙りである。新太が見た親爺は、年季のいった紙屑屋を続けながら、周りに見張り場所のない宿を隠れ家にしている。

この男なら、桔梗屋相手に騙りを仕掛けてきてもおかしくはないと思った。

まずは見張り場所を押さえるのが先だ。

猪之吉はそう思い定めてから、冷めた茶に口をつけた。

十九

雨降りだと、紙屑屋は休みである。

住吉町の宿を一度は出た治作だが、雨が本降りになった四ツ半（午前十一時）には引き返してきた。

「久しぶりに、天龍《てんりゅう》のこしらえた昼飯を食わせてもらおう」

「分かりました」

天龍は、下男の力士時代のしこ名である。

「なにか、食いたいものがありますか」

「活《い》きのいい魚があるなら、作りをこしらえてくれ」

「だったらいまからひとっ走り、魚河岸をのぞいてきます」

大男に似合わず、天龍は腰が軽そうだ。治作が返事をする前に、出かける支度を始めていた。

ひとりになった治作は、利吉が伝えてきた話から、猪之吉という男をあたまに描こうとした。

利吉が張り込みには素人だというのは、ひと目見て分かった。小遣いをもらっていた芳蔵がいなくなり、利吉はカネを稼ぐあてをなくして困り果てていた。そんなとき、治作から声がかかった。

住吉町に顔を出したときの利吉は、賢いところを見せようとして懸命だった。

治作がひとつたずねると、利吉は三つも四つも答えを返そうとした。

「利口ぶらなくてもいい。訊かれたことだけを答えろ」

治作はきつい声音で、若者の饒舌《じょうぜつ》を抑えつけた。利吉の話を聞きながら、治作はこの若造が使えるかどうかを測っていた。

利吉に会ってみる気になったのは、芳蔵の話を聞いたあとだ。

猪之吉の宿は分かっていたから、もうひとりの旦那風の男をつけた……。

利吉はそれを芳蔵に伝えた。芳蔵はおろかにも聞き流したことで、命を落とす羽目になった。

桔梗屋と猪之吉が、柳橋で会っていた。

これを知った治作は、大きな気がかりを抱えた。猪之吉は、桔梗屋振出しの二百両の為替切手をつかまされた。その絵図を描いたのは芳蔵である。

紙切れ同然の為替切手をつかませて、桔梗屋に猪之吉を怒鳴り込ませる。そのさまを世間に見せつけて、桔梗屋の信用をおとしめる。

うまく運べば、それなりに面白い絵図だった。半端者の渡世人くずれを使い、賭場に為替切手をつかませることまでは上首尾に運んだ。

ところが切手を手にした肝心の猪之吉が、一向に換金しようとしないのだ。そのうえ、あろうことか猪之吉と桔梗屋が、利吉の言い分では、親しげに会っていたというのだ。

もし利吉の見当が正しければ、猪之吉が切手を換金しないわけも得心できた。めぐり合わせというほかはないが、桔梗屋のあるじが顔見知りだった渡世人に、運わるく切手をつかませたということだ。

芳蔵を殺《あや》めた当人だとも気づかずに、利吉は治作に気に入られようとして懸命だった。そんな若造を見ているうちに、治作にひとつの思案が浮かんだ。

正面切って、猪之吉の動きを利吉に探らせてみる、という思いつきである。

いまのところ、桔梗屋に変わった動きはなかった。つまりは、騙り話が本当の商いとして取り扱われているということだ。

なぜ桔梗屋ほどのまっとうな商人が、猪之吉のような男と付き合いがあるのかは、治作にも推し量れなかった。しかし猪之吉が桔梗屋と懇意である限り、いつ渡世人に騙りを見抜かれるか知れたものではなかった。

堅気の商人をだますのは容易《たやす》い。手前の段取りさえしっかり組み立てておけば、そして大きな儲けにつながる話であれば、商人は喜んで釣り針を呑み込んだ。

渡世人は違う。ひとかどの貸元ならば、物事を請合う前に手下を使い、二重、三重の裏づけを取らせた。

見た目がうまそうな話ほど、連中は眉に唾をつけて一歩下がった。

猪之吉と桔梗屋とは、どの程度親しい間柄なのか。猪之吉の動きを詰めて張れば、いずれはそれが見えてくるかもしれない。利吉を張りつけるのは妙案に思えた。

猪之吉は、まだ会ったことのない男だ。桔梗屋ほどの老舗の当主が、なぜ渡世人ごときと、つながっていたのか。

そんな男を張るならば、腕利きよりもむしろ素人のような若造が適役に思えた。利吉に尾行の腕があるとは思えなかった。猪之吉もひと目見れば、利吉の未熟さを見抜くに決まっている。

若くて未熟であるがゆえに、逆に気を抜いて油断するかもしれない。

このことに治作は賭けてみた。しくじって利吉が相手に捕らわれたとしても、治作に痛手はなかった。

痛めつけられて口を割らされたとしても、治作たちのことを利吉はなにも知らない。相手に捕まることまでをも織り込んでさえいれば、若造を使うのが妙案に思えた。

思い返しをしているさなかに、天龍が魚河岸から帰ってきた。

「顔を出したのが遅すぎて、サバしかありませんでした。これでよければ、刺身にしますが」

サバの生き腐れといわれるほどに、足の早い魚である。とても刺身で食べる気にはなれなかった。

相撲部屋で料理番をやったというのが自慢の天龍だが、昼近くの市場で仕入れたサバを刺身にするという。治作は返事をしなかった。

天龍は、治作が見せた顔の意味を取り違えた。だめだと言われなかったことで、サバを刺身にこしらえた。

できのよくない者を使うときには、突き当りまで行き着けるような、しっかりとした指図がいる。無駄にしたサバを見ながら、治作は五十を前にして思い知った。

治作と向かい合わせに座った天龍は、おのれがこしらえたサバの刺身にせっせと箸をつけている。

猪之吉がどんな男か、おのれの目で確かめるしかない……。

天龍の振舞いを見ながら、治作はそれを強く思った。大事なことを人任せにすると、あとで大きなツケが回ってくる。治作は顔を引き締めて、座を立とうとした。

「食わないんですかい？」

膳の料理に手をつけないまま立ち上がった治作に、天龍がいぶかしげな目で問いかけた。

「食いたければ、おまえが食っていい」

「そいつはごっつあんで」

天龍は三枚におろした一尾のサバを、まるごと生で平らげた。

居間に入った治作は、熊《くま》の胆《い》の丸薬包みを長火鉢の引き出しから取り出した。強い毒消し効能がある丸薬である。

あと一刻（二時間）もしないうちに、天龍はこれを欲しがるに決まっている。知恵は足りなくても、天龍の腕力は治作に入用だ。天龍が苦しみ始めたら、ふた粒飲ませる心積もりをした。

世の中、物事を先読みできる者が勝つ。

熊の胆の包みを手にして、治作が不気味な笑みを浮かべた。

かならず猪之吉と知恵比べをする日がくる。

まだ会ったこともない相手を思い描いた治作は、生ずるであろう事態を先読みしていた。

二十

紙屑屋に限らず、行商人はおしなべて町に根付いた商いである。土地に馴染みのない者が担ぎ売りをして歩くと、木戸番が呼び止めた。そしてときには町から追い出した。

治作ももちろん、それをわきまえていた。

客から買い集めた反故《ほご》紙などを、仲買人に売り渡す。日本橋も深川も、買ってもらうのは浜町の仲買人である。

平野町に出向く前に、治作は深川を回る紙屑屋の九兵衛《きゅうべえ》を浜町でつかまえた。ともにこの生業が長く、ふたりは顔見知りだった。

九月二十三日の雨は、その日一日でやんだ。翌日の夕暮れどきに、治作は九兵衛を縄のれんに誘った。

「よんどころねえわけがあって、何日か平野町界隈を回りてえんだ。なんにも言わずに、幾日か縄張りを貸してくんねえな」

一日あたり一分（千二百五十文）の迷惑料を払うと聞かされて、九兵衛はふたつ返事で聞き入れた。

朝の五ツ（午前八時）から日暮れ前の七ツ（午後四時）まで町を歩いても、一日の稼ぎはせいぜいが三百文である。なにもしないで四倍のカネが入る九兵衛に、異存のあるはずもなかった。

縄張りを貸すのは、九月二十五日から二十七日までの三日間と決まった。

「遠縁の娘が、江戸に遊びに出てくるんでね。その子がいる三日の間は、この治作さんに町内回りをあずけるから」

初日の九月二十五日は、各町の木戸番や裏店の差配、寺の小僧などに、九兵衛が顔つなぎをして回った。

日本橋に比べて、深川平野町周辺は寺と長屋が格段に多い。治作は商いを熱心に勤めながら、猪之吉の賭場の周りも見て歩いた。

が、渡世人の宿に出向くことはしなかった。幾ら紙屑屋を長くやってはいても、ときおり、おのれの目が鋭くなることを、治作はわきまえている。

渡世人の前で、うっかり裏の顔が出ることを治作は案じた。それゆえ、宿の前は呼び声も出さずに素通りした。

なかに入らなくても、宿の玄関を見ただけで、およその人柄を治作は感じ取った。長年、多くの商家に出入りしてきたことで、店構えを見ただけで商いの具合を判ずることができた。

猪之吉の宿の前は、いつ歩いてもきれいに掃き清められていた。板塀越しに見える庭木は、職人の手で枝が見事に切り揃えられている。

宿を取り囲んだ塀には、節目の少ない杉板が用いられていた。板の色は渋い茶色に変わっているが、渡世人の宿の塀に小便をかける者はいない。落書きもない塀は、雨風にさらされても見た目のきれいさを保っていた。

九月二十六、二十七日の二日間も、晴天に恵まれた。九兵衛よりも十匁《もんめ》あたり二文高値で買い入れたことで、治作は平野町から霊巌寺にかけての一帯で、多くの客から声をかけられた。

「この値で買ってくれるんなら、九兵衛さんの知り合いが江戸を離れたあとも、あんたをひいきにするよ」

三日目の二十七日には、すっかり土地の者に受け入れられていた。

「明日はかならずきてくださいね」

西空があかね色に染まった夕暮れどきに、霊巌寺の小僧が念押しをした。

「もちろん参りますが、なにか大きな紙屑でも出ますので？」

「その籠がいっぱいになると思います。九兵衛さんから、七と八の日のことを聞いていませんでしたか」

「あっ、そうでした。うっかり忘れていました」

あることに思い当たった治作は、その場をうまく取り繕った。

「明日は早くから、空籠を担いで参ります」

小僧にあたまを下げたあとは、本堂の裏手に回り、庫裏《くり》のわきに出た。

小僧が口にするまで、治作は開帳の夜が七と八の二日間だとは思っていなかった。八月に渡世人くずれの男が猪之吉の賭場で換金したのは、十日の夜だったからだ。

あのときは、手配り一切を芳蔵に任せていた。しかもよもや猪之吉と桔梗屋とがかかわりを持っていたなどとは、芳蔵も考えてもみなかった。

盆が開かれるのは、七と八の晩だったのか。

それを知った治作は、紙屑籠を担いだまま、歩みをのろくした。日暮れを間近に控えた庫裏からは、何人もの男がせわしげに立ち働いているのが伝わってきた。

その気配を感じ取った治作は、今夜は盆が開かれると確信した。

開帳を控えた渡世人の宿は、他の日に比べて気配が張り詰めているのが常だ。しかしこの日の昼間、平野町を歩いたときは、猪之吉の宿からそんな様子は感じ取れなかった。

猪之吉が意外に間抜けで、手下がゆるんでいるのか。

もしくはしつけが行き届いていて、いつも通りの振舞いで、若い者が開帳に臨んでいるのか。

猪之吉に会ったことのない治作は、どちらとも決めかねて庫裏わきのくぐり戸を出た。

九月二十八日も治作は平野町に出向いた。前日の夜遅く九兵衛の宿をたずねて、さらに一日平野町を貸して欲しいと頼み込んだ。

「もう一日あれば、なんとかケリがつきそうだ。すまないが九兵衛さん、二十八日も回らせてくれないか」

無理な頼みの詫びだと言って、治作は一分金二枚を差し出した。

「ゼニをもらえるのはありがたいが、こう幾日も遊んでいたんでは、身体がなまる」

口で言うこととは裏腹に、九兵衛の顔は安酒の酔いが回って真っ赤だった。

「なにがあっても、明日いちんちだけだからね」

もったいをつけながら、九兵衛は目元をくずして一分金二枚を受け取った。

治作は二十八日の四ツ（午前十時）過ぎに、霊巌寺をたずねた。前日小僧が請合った通り、籠いっぱいの紙屑が出ていた。

「明日はもっと出るかもしれません」

「ありがたいことですが、明日は九兵衛さんが顔を出しますから」

「なんだ……あなたじゃないんですか」

買値が下がると思った小僧が、露骨に顔をしかめた。

「ありがとうございました」

治作は小僧に取り合わず、そのまま霊巌寺を出た。今夜のうちに天龍を差し向けて、九兵衛を始末する気である。

昨夜見た九兵衛は、酒が入って隙《すき》だらけだった。この先、治作との一件をどこで面白おかしく話すか、しれたものではない。

しかも治作は、深川の連中から話を聞き出したくて、相場よりも高値で紙屑を買い入れていた。九兵衛が同じ値で買ったりしたら、儲けがないどころか、吐き出しになってしまう。

それが元で、九兵衛との間で厄介ごとを生じかねない。そのことを案じた治作は、揉め事の火種を取り除く気になっていた。

霊巌寺で買い込んだ紙屑が、籠からあふれ出しそうである。足を急がしてはいるが、この屑を仲買人に売り渡す気は毛頭なかった。

籠を住吉町に持ち帰ったあとは、一枚ずつ丹念に調べる心積もりをしている。賭場から出た紙屑をよく吟味すれば、賭場の仕切りに猪之吉がどんな指図をしているかが見えてくる。それを思うと、治作はついつい足の運びが速くなった。

霊巌寺から仙台堀に出た。

住吉町まで歩きで帰るなら、海辺橋《うみべばし》を門前仲町に向けて渡るのが早道だ。いまの調子で歩けば、半刻で住吉町に帰り着く。

しかし治作は海辺橋とは反対の、亀久橋に向かって歩き出した。九兵衛を始末させたとしても、深川を回るのは今日が最後だと決めていた。

日本橋に帰る前に、もう一度だけ、猪之吉の宿の前を通りたかったのが、亀久橋に向かったわけのひとつだ。

橋を渡った先の仙台堀河岸には、日本橋青物《あおもの》町の海賊橋《かいぞくばし》たもとまで、乗合船が出ていた。これに乗れば、深川から四半刻で行き着ける。船に乗って、少しでも早く帰りたいと思ったのが、亀久橋に向かったもうひとつのわけである。

猪之吉の宿が前方に見え始めたとき、治作は手拭いで頬被《ほおかぶ》りをした。獲物が背中の籠に詰まっているいまは、猪之吉の組の若い者に顔を見られるのを防ぎたかった。

治作は宿とは反対側の、仙台堀の川面を見ながら急ぎ足で歩いた。猪之吉の宿を通り過ぎたら、船着場に乗合船がとまっているのが見えた。

まだ桟橋を離れる様子はなかった。

「乗るから、待っててくれよう」

船に向かって手を振った。その治作の背後に、若い者ふたりが迫った。

「紙屑屋さんよう」

呼びかけられて、治作が振り返った。

「屑がたまってるんでえ。ちょいと付き合ってくんねえな」

若い者はふたりとも、猪之吉の組の半纏《はんてん》を羽織っていた。

二十一

治作が招き入れられたのは、猪之吉の宿の庭先だった。庭には萩が植えられている。

四ツ半（午前十一時）近い庭には秋の陽が降り注いでおり、色づいた萩の葉を照らしていた。

治作の籠には霊巌寺で買い入れた紙屑が一杯に詰まっている。賭場の若い者はその紙屑を見ていながらも、さらに反故紙を両手に抱えて運んできた。

「こんだけあるんだが、持ってってもらえるかい？」

抱えてきた紙屑を、縁側に積み上げた。いずれも美濃紙ならではの、腰の強い手触りである。いまは紙屑屋に徹している治作は、質のよい反故紙に顔をほころばせた。

「紙をあらためさせてもらいます」

「好きにやってくれ」

若い者が治作のわきに立った。

くしゃくしゃに丸められた紙を、治作は一枚ずつていねいに広げ始めた。どの紙も、数字と文字の書き損じである。

「うちの親分は、紙にはうるせえんだ」

「さぞかし、そうでしょう」

治作が大きくうなずいた。

「これだけの美濃紙は、ざらに出るものじゃありません」

「やっぱり、物はいいのかよ」

「日本橋の島屋さんで買ったら、この半紙一枚で十文はしますから」

「こんな紙っきれ一枚で、十文かよ」

紙二枚で、かけそばを食べて四文のつり銭がもらえる値である。若い者が、素《す》っ頓狂《とんきょう》な声を出して驚いた。

「にいさんが買いに行ったんじゃないんですかい」

「おれが紙を？」

若い者があごを突き出した。

「はばかりながら、おれは親分の身の回りの世話役なんでえ」

「それはどうも、おみそれしました」

治作は紙を広げる手を休めず、口だけの詫びを言った。

「おれにそんなことを言うとは、とっつあんは新顔だな」

手拭いで頬被りをした、治作の顔をのぞき込んだ。

「やっぱりそうだ。いつもこの界隈を回っている、爺さんとは違うじゃねえか。どうしたんでえ、あの爺さんはよう」

若い者が目を尖《とが》らせた。

「身体の様子がよくないというんで、あたしが代わりに回っておりますんで」

「紙屑屋の代わりだてえのか。あんまり聞かねえ話だぜ」

若い者がますます声を高ぶらせた。

「とっつあんよう」

「なんでしょう」

「ここは渡世人の宿だてえのは、へえるときにそう言ったよな」

「うかがいました」

治作が手を止めて、相手を見た。

「気づかなかったのはおれの手落ちだが、新顔をあらためもしねえで入れたのがばれたら、おれが親分からきつい仕置きをされちまうんでえ」

若い者が治作に詰め寄った。

「被りものを取って、とっつあんのつらを見してくんねえ」

「あたしは紙屑屋です。気になるなら、籠のなかをあらためてください」

「そんなことは訊いてねえ」

若い者の物言いと目つきが、険しくなった。

「頼むからよう。おとなしく、ほっかぶりを取ってくんねえ」

「勘弁してください。ひとさまに見せるほどの顔ではありませんから」

「分からねえ親爺だぜ」

若い者が声を荒らげた。それが奥に届いたらしく、代貸の与三郎が縁側に出てきた。

「昼前から、なんの騒ぎでえ」

与三郎が若い者を叱りつけた。

「このとっつあんが、ほっかぶりを取らねえんでさ」

「なんで取らなきゃあ、ならねえんだ」

与三郎は紙屑屋を見ようともしなかった。

「いつもの爺さんとは違う紙屑屋を、うっかり庭に入れちまったもんでやすから」

「なんだと」

与三郎が庭に飛び降りた。

「ばかやろう」

平手で、若い者の頬を思い切り張った。

「おいっ」

与三郎のひと声で、奥から三人の男が出てきた。

「紙屑屋さんよ」

「なんでしょう」

代貸に呼びかけられても、治作の声は落ち着いていた。

「すまねえが、その紙屑のへえった籠をあらためさせてもらうぜ」

与三郎は相手の返事を待たずに、若い者にあごをしゃくった。奥から出てきた三人のうち、ふたりが籠を逆さに振って紙屑を庭に落とした。

残るひとりは、治作の前に立ちはだかって、頬被りの顔をのぞき込んだ。治作はため息をついて横を向いた。

籠からは、なにも出てこなかった。

「手間あかけてすまなかったぜ」

与三郎が治作に詫びた。

「うちはこんな稼業だ。用心のためだと思って、勘弁してくんねえ」

「出て行ってもよろしいんですな」

「いいとも。手間をかけた詫び代わりだ、あれをみんな持ってってくれ」

与三郎は縁側の反故紙を指差した。

「ただでいただいてよろしいんで？」

「構わねえ」

さきほど広げた紙と、丸められたままとの両方を、治作は籠に押し込んだ。籠を背負い、庭から出ようとしたところを、与三郎が呼び止めた。

「とっつあんの名めえは？」

「九兵衛と申しますが」

いきなり名を訊かれて、戸惑ったらしい。治作は九兵衛の名を口にした。

「これで九兵衛さんのつらは分かった」

与三郎が口元をゆるめた。

「これからは、気楽にへえってきてくれ」

治作は軽く辞儀をして、庭から出て行った。若い者ひとりが、宿の外まで付き添った。

「ほっぺたが腫れてるぜ。濡れた手拭いでもあてときな」

平手で張り倒した若い者に、与三郎は小粒銀ひとつまみを小遣いに手渡した。

「なにに遣ってもいいが、酒をやりすぎるともっと腫れるぜ」

若い者に言い残してから、与三郎は猪之吉の前に向かった。

「あの紙屑屋に間違いはねえな」

「ありやせん」

与三郎はきっぱりと言い切った。猪之吉は一枚の似顔絵を手にしていた。庭で治作の前に立ちふさがった男が描いた絵である。

頬被りをしたままだが、顔はしっかりと描かれていた。

「見覚えのある顔だが、どうしても思い出せねえ」

猪之吉がめずらしく焦《じ》れていた。が、思い出すのを今は諦《あきら》めたようだ。絵をわきにどけて、与三郎を見た。

「住吉町の段取りはついているのか」

「五ツ（午前八時）過ぎには、新太と良吉が向かいの宿にへえってやす」

与三郎は、思いますとか、だろうとかの、あいまいな物言いをしない。猪之吉がなによりそれを嫌うからだ。

住吉町の段取りとは、踊りの師匠の宿を見張り場所に使う手はずのことである。猪之吉は手下を動かして、踊りの師匠の流派を調べさせた。そして流派の元締めを調べ上げた。

住吉町の師匠は、深川門前仲町の藤間流宗家筋から名取の札をもらっていた。

猪之吉は桔梗屋太兵衛にあてた書状を、女房に持たせた。

身体の具合がよくない太兵衛を案じた猪之吉は、余計なことを記さず、門前仲町の師匠から住吉町への口利きを依頼した。

江戸の踊りの師匠のほとんどは、桔梗屋の履物を使っている。これを太兵衛の口から聞かされていた猪之吉は、桔梗屋の顔を利かせて欲しいと頼んだのだ。

太兵衛はすぐさま自分で動き、猪之吉の頼みごとをまとめ上げた。門前仲町の師匠は、桔梗屋の暖簾《のれん》を信じて頼みを聞き入れた。

「こっちが紙屑屋を疑っていることを、相手はわきまえただろうな」

「つらは分かったと、しっかり紙屑屋に言いやした。あの謎が解けねえようなら、大した器量ではありやせん」

与三郎は治作を帰す手前で「九兵衛さんのつらは分かった」と、相手に伝えた。紙屑屋の正体を見抜いていると謎をかけたのだ。

「おめえなら、この先どう出るよ」

猪之吉が代貸に見当をたずねた。与三郎は答えるのに間をおかなかった。

「仕掛けを急ぎやす」

「真っ向勝負か」

与三郎が目元を引き締めてうなずいた。

「親分と桔梗屋さんがわけありなのは、すでに知ってやす。こっちに正体がばれたと気づいたからには、のんびりはしやせん」

「そうだろうな」

代貸の見立てに、猪之吉も得心したらしい。先を続けろと、目で促した。

「桔梗屋さんが身動きできねえように、雪駄と鼻緒に使う革を、無理やり押し込む動きに出やす」

「押し込むと言っても、龍野から回漕させるには、それなりにひまがかかるだろう」

「あっしが紙屑屋の側にいたら、仕掛けを始めると同時に革を江戸に運ばせやす」

「いつでも出せるように、備えておくということか」

「へい」

与三郎の返事には迷いがなかった。

猪之吉はいつものように、腕組みをして思案を巡らせていた。先の筋立てを読むときのくせである。

猪之吉の気性が分かっている与三郎は、口を閉じて待った。

「前金の百両を受け取ったあと、桔梗屋さんは注文書を出している。龍野のなめし屋も紙屑屋一味とぐるだろうが、いまとなっては桔梗屋さんの分がわるい」

「届けられた革の山を、受け取るしかねえんでやすね」

「相手には、印形《いんぎょう》が押された注文書があるんだ。揉め事になったら、おそれながらと訴え出る」

「奉行所にてえことで?」

苦い顔つきの猪之吉が吐き捨てた。

「大坂の奉行所だ」

「桔梗屋さんは、上方には出店《でだな》がねえ。訴えられたら、大坂から差し紙が江戸に回ってくる。呼び出しに応ずるだけでも、桔梗屋さんには難儀だ」

「そこまで見越しての騙りでやすね」

猪之吉が腹立たしげな顔でうなずいた。

「おめえの見立てた通り、これは紙屑屋とおれとの真っ向勝負だ」

猪之吉は、燃え立つ目で似顔絵を睨みつけていた。

二十二

十月一日の朝、四ツ（午前十時）。治作は手下を、住吉町の宿に呼び集めた。

「おれの素性がばれている」

治作が目の前の三人を睨《ね》め回した。

徳田屋の手代に扮した与一郎は、自分にはかかわりがないことだと、目で訴えていた。

岡倉屋茂左衛門役の安之助は、いわば治作の右腕である。それなのに治作は、他の面々を見るのと同じ目で安之助も睨んだ。

内心の不満が隠しきれず、安之助は憮然《ぶぜん》とした目で天井を見上げていた。

目明し芳蔵の代わりに、いまは利吉が場に加わっていた。手柄が欲しくてたまらないのか、治作から声をかけて欲しいのか、利吉は食いいるように首領を見詰めていた。

治作の話を受け止める形は銘々が違っていたが、胸のうちでは等しく首領を恐れていた。治作はなにも言わないが、芳蔵がぷっつりと姿を消した。

しくじって始末をされた……。

だれもがそれを思っている。利吉ですら、いまは芳蔵がどうなったかは察していた。

始末をつけたことをあからさまに言わないのが、治作の流儀である。なにも言わないほど、手下の怯えが深まることを分かっていたからだ。

「ひとから見張られることのない宿を見つけるのに、おれは一年もかけた。周りに建っているのは大店の隠居所と、踊りの師匠の宿だけだ。おれがここを買ってから、どの宿も引っ越してはいないし、顔ぶれも変わってない」

治作が話している途中に、踊りの師匠の宿から三味線の音が流れてきた。治作がもう一度、手下を順に見回した。

「ここに出入りするのにも気を抜かずに、おれは屑籠を背負って勝手口しか使っていない。それなのに、おれの正体が猪之吉には筒抜けになっている」

治作は、右端に座った与一郎の目を見て話していた。

「どういうことだと思うよ、与一郎」

「あたしには見当もつきません」

与一郎が目を見開いて答えた。

「桔梗屋に出入りするとき、あたしは何度も後ろを振り返ってきました。妙な素振りのやつは、ただの一度も目にしてはおりませんから」

「それはなによりだ」

治作の応じ方はそっけなかった。

「桔梗屋のだれにも、素性を疑られてはいないのか」

「もちろんです」

与一郎は大きく息を吸ってから、上体を治作のほうに乗り出した。

「あたしが桔梗屋に顔を出したら、三番番頭の正三郎がすぐに出てきます。いまはもう、奥に招き入れられることはありませんが、それでも煎茶が出ます」

「それがどうした」

「ですから……あたしは、桔梗屋では大事にされています」

与一郎は大きな身振りを交えて、自分にはかかわりがないと言い張った。

「徳田屋はどうだ」

「へっ？」

問われたことが呑み込めないのか、与一郎が甲高《かんだか》い声を発した。

「桔梗屋の者が、徳田屋におまえをたずねたりはしていないのかと訊いている」

「ないと思いますが……」

治作が強い目で睨んだ。上体を引っ込めた与一郎は「ありません」と言い直した。

「なぜ行っていないと分かるんだ」

治作の詮議《せんぎ》は容赦がなかった。

「それは……いまでもあたしに対する桔梗屋のあしらいが、変わっていませんので」

「徳田屋のだれかに、おまえの口で確かめたのか」

「それは……」

「それはがどうした」

「確かめたことはありませんが」

与一郎が心外だという顔つきに変わった。

「そんなことは、できるはずもありません。二度と徳田屋に近づくなと指図されたのは、おかしらじゃないですか」

「だから、確かめてないと言いたいのか」

「さようで」

「おれは確かめさせたぜ」

治作が言い切った。与一郎だけではなく、残りのふたりも息を呑んだような顔で治作を見た。

「おまえたちには、仕掛けを抜かりなく運ぶためには、費《つい》えは問わないと申し渡したはずだ。言っただけではなく、カネを預けてある。そうだな」

「おっしゃる通りで」

与一郎は二十両のカネを、治作から受け取っていた。なにに遣ったかを言うだけで、好きにできるカネである。治作は受け取りを見せろとも言わなかった。

「この騙りを進める上で、弱いところがふたつある。おれはことの始まりに、それをおまえたちに念押しした」

治作は安之助に目を移していた。

「なにを言ったか、おまえの口でなぞり返してみろ」

言われた安之助が背筋を張った。目から、憮然とした色が消えていた。

「徳田屋と、南品川の岡倉屋茂左衛門だとおっしゃいました」

「それだけか？」

「おかしらが言われたのは、この二件です」

安之助の言い分に、与一郎が大きくうなずいた。

「おまえの言うことには、肝心なことが抜けている」

安之助と与一郎を、等分に睨みつけた。

「仕掛けがしっかりと仕上がるまで、徳田屋と南品川の見張りは抜かるなと言った。それともおれは言わなかったか？」

「たしかにおっしゃいましたが……」

「なんだ」

安之助を見る治作の目が、さらに険しくなっている。口答えしようとする安之助も、肚《はら》をくくったような目つきになっていた。

「南品川には、桔梗屋の手代が確かめに出向きました。それを確かめたからこそ、あたしは見張りを解きました」

「あたしも安之助さんと同じです」

与一郎が顔をこわばらせて口を開いた。

「桔梗屋の三番番頭が、仕掛けの針を呑み込んだからこそ、徳田屋に出向いてきました。あたしはそれをうまくあしらって、桔梗屋に話を呑み込ませました」

「ふたりとも、手落ちはなかったと言い張るのか」

「言い張るなんて、そんな気はありません」

治作と手下ふたりが、張り詰めたやり取りを交わしている。利吉はじっと座っているのがつらいらしく、膝を何度も動かした。

「おれはひとを使って、徳田屋と南品川の両方を探らせた。ふたつの探りをさせても、五両のカネで済む。おまえたちに、そのカネがなかったとは言わせないぞ」

治作の口調が静かである。安之助と与一郎が固唾《かたず》を呑み込んだ。


九月二十八日の八ツ（午後二時）に、治作は住吉町に戻ってきた。深川から乗った乗合船のなかで、猪之吉の宿で言われたことをなぞり返した。

宿に帰りつくなり、治作は天龍を使いに出した。なぜだかわけは分からないが、おのれの正体が猪之吉にばれていると判じてのことである。

出向かせた先は、日本橋富沢町の裏店《うらだな》である。半刻過ぎて、天龍は夫婦者を連れて戻ってきた。

「徳田屋をあたってくれ」

正体が知られたと断じた治作は、素早く探りの手を動かした。どこの縫い目がほころびを生じたのか、それを突き止めようとしたのだ。

夫婦者は役者崩れで、町人にでも武家にでも扮装《ふんそう》できた。ひとりよりは、夫婦者で顔を出したほうがひとは安心する。

徳田屋に出向いたふたりは、与一郎という名の手代に会いたいと申し出た。

「在所の知り合いだもんでよう。江戸に出てきたついでに、与一っつあんのつら、おがんでけえりたくて出張りましただ」

「なにかの勘違いでしょう。うちには、与一郎という奉公人はおりませんが」

応対に出てきた手代は、面倒くさそうな物言いでふたりを見た。

「そったことはねえだ。おらたちが国を出るとき、ここで与一郎に会ったという者がいただがね」

「面倒かけてすまねがさあ、助けると思ってなかのひとに訊いてくだっせ」

わきから女房が頼み込んだ。手代は渋々ながらも引っ込んだが、すぐに戻ってきた。

「つい先日にも、同じようなことをたずねてきたひとがいたそうですが、そのひとにも与一郎という奉公人はいないと断わったそうです。おあいにくですが、そういうことですから」

手代は夫婦者を追い返した。

「やはり探りの手を回していたか」

徳田屋を猪之吉が探っていたと確信した治作は、南品川にも夫婦者を差し向けた。

岡倉屋をたずねさせるとき、治作は猪之吉の名を出すようにと指図した。岡倉屋といえば、品川では名の通った講の勧進元である。

岡倉屋当人に会うためには、なんらかの伝手《つて》が入用だ。

「猪之吉は抜かりのない男だ。仲間内の貸元を動かして、岡倉屋当人の首実検をしたに違いない」

こう判じた治作は、ふたりに猪之吉の手下に扮するようにと言いつけた。

「せんだっては、うちの猪之吉親分が、大層な手間をおかけしやした。これは親分からの言付かり物でやす」

「それはごていねいなことだ。あたしがなにをしたわけでもないが、お役に立てたということですかな」

「それはもう、大変に……」

当たり障りのないあいさつをして、夫婦者はすぐさま辞去した。

「猪之吉が二百両の為替切手を換金していないと分かったとき、様子がはっきり分かるまでは新しい動きをするなと、おまえたちに言い渡した」

「はっきりと覚えております」

安之助の声が神妙だった。治作の講じた手立てを聞かされて、口答えする気力が失せていた。

「知恵のある者なら、それを聞いたらおのれの持ち場を、より一層見張ろうとするはずだ。おまえたちはふたりとも、それを怠った」

治作が言葉を切ると、天龍が部屋に入ってきた。怯えた与一郎が、身体を後ろに引いた。

「どれだけ密に段取りを組んでも、ひとの為《な》すことにしくじりは付きものだ。まずいのはしくじることではなく、やり損じに気づかずに見過ごすことだ。おまえたちは、その過ちをおかした」

治作のわきに座った天龍が、安之助と与一郎に笑いかけた。白目が黄色く濁っており、前歯が一本欠けている。その顔で笑いかけられて、ふたりが慌てて目を逸《そ》らした。

「徳田屋にも南品川にも、猪之吉は探りの手を入れていたが、そのどちらも、ここにつながる糸は残してはいない」

治作が利吉に目を移した。

「ここまで馬を引っ張ってきたのはおまえだ。利口ぶって、猪之吉のあとをつけたりしたからだ」

治作の目配せを受けて、立ち上がった天龍が利吉の襟首を摑んだ。

「なにがどうしたというんで……」

利吉の悲鳴が遠ざかったところで、治作は安之助と与一郎に目を戻した。強い光が消えていた。

「同じ過ちを二度とやるな」

「申しわけございません」

ふたりが畳にひたいをこすりつけて詫びたとき、裏の井戸から水音が立った。与一郎が身体を震わせて、さらに強くひたいをこすりつけていた。

二十三

十月二日の雨の朝。荷馬車二台が桔梗屋の店先に着けられた。

「なめし革を運んできただ。どこさ運び入れればいいかね」

蓑笠姿の御者が、店先で大声をあげた。

「うちへの荷物ですか」

小僧が首をかしげた。この朝にそんな荷が届くとは、聞かされていなかった。

「佐賀町の桔梗屋つう、履物屋あてだがね。おんなじ屋号が、ほかにはねえべさ」

「桔梗屋はうちだけど、そんなこと聞いていないもの」

「だったら手代さんにでも確かめるべ。長く雨に濡れると、革が傷むだ」

雨降りに焦れている御者は、小僧に強い声を投げつけた。

「ちょっと待っててください」

店の者でもない御者に強いことを言われて、小僧が口を尖らせた。ぶひひんといないた馬が、ぼたぼたっと糞を垂れた。

帳場に駆け込んだ小僧は、三番番頭の正三郎に荷馬車がきていると告げた。

「なめし革を運んできたそうです」

「なんだ、それは」

立ち上がった正三郎は荷受差配役の手代、長の助を呼びつけた。

「なめし革が、荷馬車二台分も届いているそうだ。そんな荷が今朝届くとは、あたしは聞かされていないぞ」

「てまえも存じません」

長の助があたふたと帳場から出ようとした。それを頭取番頭の誠之助が呼び止めた。

「龍野に注文を出した革は、あと何枚納められるのだ」

「最初に入った五十枚のあと、荷が遅れておりまして……たまたま、うちのほうの仕事のはかどりも遅れておりますので、納めが延びていたのは好都合でございました」

「そんなことを訊いてはいない。納めは、あと何枚だと言っているんだ」

誠之助の声が尖っている。いつもはあまりきつい物言いをしない頭取だけに、長の助も正三郎も驚き顔になった。

「全部で百五十枚でございますので、残りは百枚です」

「荷馬車二台ということは、残りが一度に届いたということだろう」

頭取は、枚数を確かめるようにと言いつけた。店先に出て行った長の助は、納めにきた御者から革の枚数を聞き取って戻ってきた。

「頭取がおっしゃいました通り、百枚が一度に届けられました」

長の助の顔が曇っていた。

「百枚もの革を納められましても、うちには仕舞う場所がございません。いったん荷馬車には引き返してもらい、あらためて納めの段取りを徳田屋さんと談判いたします」

「それはできないだろう」

誠之助が、荷受差配の思案を撥《は》ねつけた。

「五十枚は本来なら、九月晦日《みそか》までにうちが受け取っている手はずだ。こちらの仕事のはかどりが遅れているのは、徳田屋さんにはかかわりがないことだ」

強い口調で長の助を叱った。

「二十三番蔵にあきがある。そこに革をすべて納めなさい」

二十三番蔵というのは、佐賀町河岸に建ち並んだ貸し蔵のひとつである。

「お言葉ですが、蔵に革を仕舞ったりしますと、においが染みて、蔵が使い物にならなくなると思われますが……」

「そんなことは先刻承知だ」

長の助の言うことを、頭取番頭が途中でさえぎった。

「二十三番蔵は、においの強い品を納める蔵だ。蔵の掛りに、話は通してある。余計なことを言ってないで、早く荷馬車を案内してきなさい」

頭取にせっつかれた長の助は、戸惑い顔のまま半纏を脱いだ。お仕着せに合羽《かっぱ》を羽織り、番傘を手にして土間におりた。

「頭取はいつの間に、なめし革の蔵を手配りなされたのですか」

三番番頭の正三郎が問いかけても、誠之助は答えなかった。目が遠くを見ており、思案を巡らせているような顔つきだった。

猪之吉の女房は、九月二十九日の朝も桔梗屋をたずねてきた。応対に出るのは、いつも誠之助である。

前回は、太兵衛にあてた書状を持参してきた。二十九日は、この日猪之吉が顔を出すので、太兵衛の都合を訊いて欲しいというのが用向きだった。

太兵衛は九月下旬になってから、一段と容態がわるくなっていた。できればひとには会わせたくなかったが、猪之吉は別である。

太兵衛はいつでも構わないと答えた。

猪之吉が太兵衛と向き合ったのは、四ツ（午前十時）の鐘が鳴り終わってしばらく過ぎたころである。きちんと黒羽二重で身だしなみを調えた太兵衛は、十二畳の客間で向き合った。

広い庭では、菊と萩とが花の色味を競い合っている。やわらかな日差しの降り注ぐ庭は、太兵衛の容態のわるさとは裏腹に、季節のはなやぎに充ちていた。

「あんたの容態が気がかりだから、できれば耳には入れたくなかったが」

「どういうことでしょう」

「桔梗屋の商いにかかわることで、ことの動きが、きなくさくなってきた」

猪之吉は、桔梗屋に仕掛けられている騙りの次第を、分かっている限り詳しく話した。

雪駄二千足の誂え注文が騙りだと聞かされて、太兵衛が顔色を動かした。臥《ふ》せっている日が続いており、太兵衛の顔色は元々がよくない。が、騙りだと聞いたあとでは、さらに血の気が引いて、青白くなった。

「あたしの気づかないところで、親分には大変な手配りをいただいてきたわけですな」

声は小さかったが、語調には大店のあるじとしての風格がある。礼を言ったあと、猪之吉にあたまを下げた。病に冒されている太兵衛だが、しぐさはしっかりしていた。

「なんのためにここまで手間をかけて、騙りを仕掛けているかが分からない。ひとつだけ分かっているのは、ここで慌てふためくと、相手の思う壺だということだ」

「うちの世間体に、泥を塗りつけるのが狙いでしょうな」

「その通りだろう」

猪之吉が太兵衛と目を絡み合わせた。

「ここまで分かっているだけで、前金の百両だの騙り屋の一味を雇う費えだのに、相当のカネを遣っている」

「まことにその通りですな」

「騙りをやる連中は、恨みを晴らすためだけにゼニを遣ったりはしない」

「猪之吉さんは、なにが狙いだと考えておいでですか」

「桔梗屋の乗っ取りしかねえだろう」

猪之吉の口調が、貸元のものに変わっていた。目つきも細くなっている。その変わりようを見ても、太兵衛に驚いた様子はなかった。

「うちにつらを出した紙屑屋は、だれか黒幕から途方もねえゼニを受け取って、ことを進めている騙りの玄人《くろうと》だ」

「猪之吉さんはご存知なので？」

「どうしても思い出せないが、あの男が一味のあたまなのは間違いない」

これから次々に、桔梗屋に対して仕掛けてくるとの見当を、猪之吉は口にした。

「なにが起きても知らぬ顔で受け止めるのが、連中には一番の薬だ。間違っても騒いだり、徳田屋にねじ込んだりは禁物ですぜ」

猪之吉の忠告を、太兵衛はしっかりと受け止めた。客間に誠之助を呼び入れると、猪之吉から聞かされた騙りのあらましを、太兵衛が自分の口で話した。

「まさか、そんなことが……」

絶句したあとの誠之助は、何度もため息をついた。

「ここからの差配は、すべて猪之吉さんにお任せする。それをわきまえておきなさい」

「かしこまりました」

猪之吉の人柄を、すでに誠之助は呑み込んでいた。あるじの指図を受け止める顔には、いささかの曇りもなかった。

「手始めに連中が仕掛けてくるのは、雪駄に用いる革の納めだろう」

なめし革は一枚だけでも、ひどいにおいを撒《ま》き散らした。それが百枚とまとまれば、置き場に往生する。

「佐賀町河岸の蔵で、革だの干物だのを預かる先と談判すればいい」

太兵衛の指図には、あいまいなところがなかった。

「二十一番から二十六番までの蔵は、どれもその手の品を納める貸し蔵でございます」

誠之助は自分で動いて、蔵の手配をした。

誠之助は奥との境目の、小さな中庭に出た。十月にしては、雨の降り方が強かった。雨粒も大きい。

こんな空模様の日を選んで、相手は革の納めを仕掛けてきたのか……。

どんな相手であるのかは、猪之吉にも分かっていないという。敵が見えないだけに、誠之助は焦れた。

二千足の雪駄は、段取りよりは遅れ気味だが、着実に仕上がっている。なかの二百足は、鼻緒をすげるだけになっていた。

いつ奉公人に騙りのことを知らせるか。

仕上がった二千足の始末をどうするか。

太兵衛の容態は、日を追うごとにわるくなっている。

いやなことが重なり合って、桔梗屋に押し寄せていた。軒からしたたり落ちる太いしずくを見詰めて、誠之助は深いため息をついた。

二十四

十月二日の夜から、太兵衛の容態がきわめてわるくなった。

十月三日も雨がやまず、桔梗屋奥の屋根瓦を打っていた。

「誠之助を呼んでくれ」

太兵衛の声が、聞いたこともないほどに細くなっている。内儀のしずが奥付きの女中を呼び寄せた。

「頭取の誠之助をここに呼びなさい」

容態を案じて、女中は寝ずの番を務めてきた。内儀に頭取を呼べと言われて、顔をこわばらせた。

急ぎ足で呼びに出た女中は、すぐさま誠之助を連れて戻ってきた。目が赤いのは、頭取も眠れぬ夜を過ごしていたのだろう。

「お呼びでございますか」

誠之助の声を聞いて、太兵衛が薄目をあけた。

「猪之吉さんを……おまえが……呼びに行ってくれ」

ひとことずつ区切るようにして、太兵衛が苦しい息のもとで頭取に伝えた。

「すぐさま行って参ります。なにとぞ、お気を確かに」

部屋を出た誠之助は、頭取半纏にお仕着せ姿で町に飛び出した。

雨だけではなく、風も出ていた。前方から強い風が吹きつけてくる。一町も歩かぬうちに、お仕着せの前がずぶ濡れになった。

誠之助は構わずに歩き続けた。履いているのは、桐の足駄《あしだ》である。歯の高さ、鼻緒の素材と色味、台に用いる桐の厚みを、太兵衛と一緒に思案した足駄である。

三日続きの雨で、地べたの方々に水溜りができている。が、歯の高さがいい按配《あんばい》で、気にせずに歩けた。

気がせくが、こんなときこそ足元に気を遣って歩くのが肝心だと、誠之助は自分に言いきかせた。

地べたがまだ固さを保っている場所では、足駄の歯がカタカタと音を立てた。

「土にあたったときの音が値打ちだろう」

この足駄を拵えているとき、太兵衛はわざと音を立てて歩いた。

固い道。玉砂利の道。ぬかるみ加減の濡れた道。

太兵衛と誠之助は、さまざまな道を探し求めて、ふたりで歩いた。

売り出すなり、足駄は桔梗屋の人気商品となった。

「おまえが毎日いやな顔もせず、あたしと歩いてくれたればこそだ」

足駄二百足の誂え注文が尾張町の小売大店から入ったとき、太兵衛は十両の褒美を誠之助に手渡した。

「お互いにお年玉を喜ぶ歳でもなかろうが、あたしの気持ちだ」

五年前の師走の話である。

いまだに桐の足駄は、根強い人気で売れている。太兵衛と誠之助の思いがこもった履物をはいて、誠之助は平野町に向かっていた。

枕元で太兵衛に耳をくっつけるようにして、あるじの指図を受けた。声が途切れ気味で、思わず誠之助は太兵衛の顔を見た。

血の気がすっかり引いており、百目ろうそくのような顔色だった。その顔と、苦しげな息遣いを目の当《ま》たりにして、誠之助はあるじに末期《まつご》が近づいていることを思い知った。

吹き降りの雨の先に、亀久橋が見えてきた。仙台堀に架かった橋を渡れば、猪之吉の宿はすぐ先である。

誠之助は歩みを一段と速めた。

仙台堀河畔《かはん》には、柳の古木が並木になっていた。枝にはまだ緑の葉がついている。時おり強く吹く風が、枝を川面に向けて吹き流した。

亀久橋の橋板は、雨を吸い込んで滑りやすくなっている。が、誠之助の履いた足駄は、滑りもせずに板を摑んだ。

橋の杉板と足駄の桐とがぶつかり、カタカタと小気味よい音を立てた。あるじの危篤を伝えに向かう誠之助には、その軽い音が悲しかった。

太兵衛には跡継ぎがいなかった。

三年前に、太兵衛は親類から養子を迎え入れようと考えたこともあった。養子となる当人には文句はなかったが、親の振舞いが太兵衛の気に障《さわ》った。

まだ養子に迎えるとも決まっていないのに、その父親はすっかり桔梗屋のあるじ気取りになった。

手代や番頭をつかまえて、あれこれ指図をしている姿を見て、太兵衛は養子の話を沙《さ》汰《た》止《や》みにした。

以来今日まで、跡取りをどうするかは決めずにきていた。

それに加えての、騙り騒ぎである。

ここで太兵衛が逝ってしまうと、あとには問題の山が残ってしまう。

だれよりも無念なのは、旦那様だろう……。

太兵衛の胸のうちを思うと、年甲斐《がい》もなく誠之助は往来で涙をこぼした。

濡れた目を手でぬぐい、何度かまばたきを繰り返した。

半町先に、猪之吉の宿が見えていた。

二十五

天保二（一八三一）年十月三日の四ツ（午前十時）。

桔梗屋太兵衛の息遣いが、刻一刻と弱くなっていた。

ふうっ……ふうっ……。

息を吸い込む音はなく、聞こえるのは苦しげに吐き出す音だけである。

「ふたりは間もなく、仲町のやぐら下に差しかかるころですから」

太兵衛の意識を引き留めようとして、内儀のしずが当てずっぽうを口にした。それが太兵衛の耳に届いたらしい。

薄く見開いた、太兵衛の瞳が定まっていた。

「よかった……」

しずが布団に右手を差し入れて、連れ合いの手を握った。

「いま、百本桜の並木をうちに向かっているようだ……ほどなくここに着く……」

末期を迎えようとしている者には、常人には図れぬ勘働きがあるのかもしれない。太兵衛が言い終わるなり、誠之助が座敷に駆け込んできた。

「旦那様……」

頭取番頭の呼びかけに、太兵衛が目を開いて応じた。

「ただいま、猪之吉さんが見えましたから」

客間にあらわれた猪之吉は、結城紬《ゆうきつむぎ》のあわせ一枚の着流しだった。冬を思わせる冷たい雨のなかを、合羽も羽織も着ないままで歩いてきた。

身体に比べて、蛇の目が小さかったようだ。猪之吉の結城の袖が雨に濡れていた。

「すっかり濡れましたなあ」

猪之吉を気遣う太兵衛の物言いは、しずが驚いたほどにはっきりしていた。

「無理して口をきくことはない」

枕元に座った猪之吉が、穏やかな声で話しかけた。

「おれはずっとここにいる。あんたが楽になったときに、少しずつ話せばいい」

「猪之吉さんと初めて会ったときにも、あたしの容態を気遣っていただきました……」

太兵衛が苦しい息のなかで、懸命に話そうとしている。猪之吉が右手を布団に当てて、太兵衛の口を止めた。

「くどいようだが、おれはどこにも行きはしない」

「あたしの臨終まで……ですな」

口にした太兵衛の目が、猪之吉を見詰めている。猪之吉は半端な気休めを口にはせず、しっかりとうなずいた。

太兵衛が安心したような顔つきになり、ゆるやかに目を閉じた。

細い息遣いだが、安らかな寝息にも思えた。

「太兵衛はお医者様を呼ばずに、猪之吉様に最期まで枕元にいて欲しいと……今朝から、それればかりを申しております」

しずは太兵衛の言いつけを守り、医者を呼ばずにいた。

「血縁でもない猪之吉様にはご迷惑とは存じますが、なにとぞ太兵衛の願いを聞き届けていただきとう存じます」

病人をはさんで、しずと猪之吉とが向かい合わせに座っている。大店《おおだな》の内儀が、渡世人に向かってあたまを下げた。

「言われるまでもねえことだ」

猪之吉は太兵衛の寝顔に目を移した。細い息遣いは変わっていない。この期に及んで、快方に向かうとは思えなかった。さりとて、すぐに息絶える容態でもなさそうに見えた。

太兵衛の枕元で正座していた猪之吉が、足をあぐらに組み替えた。

猪之吉が座り直したのを見て、しずがそっと立ち上がった。

「茶もお出しいたしておりませんで……」

廊下に出たしずが、小さく手を叩いた。すかさず、廊下の奥から女中が出てきた。しずは言葉ではなく、目の指図で茶の支度を言いつけた。うなずいた女中が辞儀をして引っ込んだ。

障子戸を開いて、しずが部屋に戻ったとき。

猪之吉は太兵衛の寝顔に見入っていた。禿頭《とくとう》の猪之吉が、こころ静かな眼差《まなざ》しで太兵衛を見ている。

寝息を立てている老舗のあるじと、寝顔に見入っている渡世人。

いまはふたりとも、ひとことも交わしていない。しかしそのさまを見たしずは、両目を潤ませた。

しずが閉じた障子戸を、女中が静かに開いた。静まり返っている客間に、上煎茶のほのかな香りが立ち上った。

素焼きに近い大き目の湯呑みが、猪之吉の膝元に置かれた。上煎茶を飲むには、まるで似つかわしくない粗野な焼物である。

湯呑みを手にした猪之吉は、しずを見た。

両手を膝に置いたしずが、猪之吉に目礼した。それを見た猪之吉は、いかに太兵衛が自分を大事に思っていてくれたかを察した。

初めて太兵衛と酒を酌み交わした三月に、猪之吉は船宿の湯呑みをくすねた。柳橋の料亭で、それを太兵衛に見せた。

「買っても二十文もしないような湯呑みをくすねることで、おれは息を抜いている」

あのときの猪之吉は、貸元として気を張り続ける日々のあらましを、気負いなく話した。

その折りに見せた船宿の湯呑みを、太兵衛は覚えていた。それだけではなく、内儀にも話していた。それゆえにしずは、分厚い湯呑みでもてなしているのだ。

相手を深く思っていなければ、くすねた湯呑みの話を連れ合いに聞かせたりはしないだろう。太兵衛は、猪之吉のことをこころよく内儀に話していたはずだ。

そうでなければ、この場に出す湯呑みに、分厚い素焼きを使うことは断じてない。

しずの目礼を受けて、猪之吉はそのことを察した。

太兵衛の寝顔から目を離さぬまま、猪之吉は茶を飲み干した。飲み終わったところで、強い尿意を感じた。

太兵衛の寝息は、細いままで乱れてはいない。猪之吉は両膝を手で押すと、腰から立ち上がった。

しずはすぐさま察したようだ。先に廊下に出ると、厠《かわや》の前まで案内した。

軽い辞儀をして、猪之吉は厠の戸を開いた。用足しを終えて出てきたら、手水鉢《ちょうずばち》のわきに女中が立っていた。

ひしゃくに水を汲み入れて、猪之吉の手にかけた。両手を揉み洗いしながら、猪之吉がふっとけげんそうな顔になった。差し出された手拭いで拭う前に、手のひらをぺろっと舐《な》めた。

手拭いを差し出した女中は、さぞかし驚いたに違いない。が、客に驚き顔を見せたりはしないしつけがされているようだ。

「桔梗屋さんは手水にも、水売りの真水を使っていなさるのか」

女中が静かにうなずいた。

大川の東側には、御府内に張り巡らされた水道が走ってはいなかった。玉川上水と神田上水を水源とする御府内の水道は、地べたを三尺（約九十センチ）掘り下げた地中に、木の樋《とい》を埋めて流していた。

水源地からの高低差を細密に測り、高きから低きに流れる自然の流れだけで水道が走っていた。

御府内はくまなく水道が通っていたが、大川の東側には届かなかった。川幅が広いことに加えて、水を流す高低差が得られなかったからだ。

深川は元々が埋立地である。水道の代わりに地中に井戸を求めても、塩辛い水しか得られなかった。

深川・本所など大川東岸の住人は、仕方なく飲み水は水売りから買い求めた。水売りが売りにくる飲料水は、神田上水と玉川上水からこぼれ落ちる余水《よすい》である。

御城の道三堀《どうさんぼり》に架かる銭瓶橋《ぜにがめばし》たもとには、神田上水の余水が落とされた。同じ道三堀の対岸、一石橋《いっこくばし》たもとには、玉川上水の余水が落ちた。

それを水船の水槽に貯めて、深川や本所などに売り歩くのが水売りである。町の船着場に水船を着けたあと、細長い水桶に汲み入れて得意先に売り歩いた。

天秤棒《てんびん》に振り分けて担ぐ水桶ふたつで、一荷《か》（約四十六リットル）である。どれほど貧乏長屋であっても、暮らしに欠かせない水がめは常備していた。

並の水がめが一荷、商家や食べ物商売の店は倍の二荷入り水がめを備えていた。

水道が通っている町の住人は、好きなだけ水を使っても、ひと月の水銀《みずぎん》（水道代）はおよそ二十文ほどで済んだ。

水売りが売るのは、一荷で百文から二百文だ。親子四人の暮らしだと、どれほど節約して使っても二日で一荷の水が入用だった。

月に均《なら》せば、もっとも安く買ったとしてもおよそ千五百文。水銀の七十五倍という高値である。

ゆえに大川東岸の住人は、水売りから買う水と、井戸から汲み上げる水とを上手に使い分けた。

水がめの水は、飲み水と煮炊き用で、洗い物などには井戸水を使った。

桔梗屋は、手水にも真水を使っていた。猪之吉は手触りでそれを感じ取った。

もちろんこれは、奥だけのことだろう。奉公人の手水に、真水を使っているとは思えなかった。そのような間抜けなカネの遣い方を、太兵衛がするとは考えられないと、猪之吉は思っている。

しかしたとえ奥だけのことだとしても、猪之吉には大きな衝撃だった。

桔梗屋ほどの大店になれば、水銀がたとえ月に一両かかろうとも、いかほどでもないだろう。しかし商人は暮らしにつましいというのが、通り相場である。

厠の下肥《しもごえ》を汲みにくる百姓は、商家の下肥を下の下だと決めつけている。食べ物にも日々の暮らしにも、倹約が行き届いているからだ。下肥は、江戸に出てきた勤番侍のものが最上等とされていた。

ところが太兵衛は、手水に真水を使っていた。ともに酌み交わしてみて、太兵衛が取り立てて金遣いが荒いとは思えなかった。

柳橋の料亭が供する酒肴も、猪之吉がおのれで誂える品よりも、むしろ質素だった。ひとに見えないところで、おのれのこころ持ちにぜいたくを許す……。

真水の手水に触れて、猪之吉は太兵衛とのぬぐいがたい育ちの差を感じた。それに強い思いを抱いた。

手水鉢の周りには南天《なんてん》の葉が茂っていた。この先の冬場には、赤い小粒の実をつける。

この冬は南天の実を、太兵衛は見ることができない……。

これに思い当たり、物に動じない猪之吉がため息をついた。

そのとき。

障子戸が音を立てて開かれた。差し迫った顔つきのしずが、猪之吉を見た。

六尺の大男が、太兵衛の横たわる客間に向かって、音も立てずに駆け出した。

二十六

頭取番頭誠之助の役部屋で、桔梗屋主治医の岡添玄沢《おかぞえげんたく》が険しい顔で座っていた。向かい側の誠之助もまた、顔つきが渋い。

ふたりが口を閉ざして向き合っているわけは、ともに太兵衛が横たわっている部屋に入れないからだ。

猪之吉を迎えに出向いた誠之助は、しずから頭取役部屋で待つようにと申し渡された。

「太兵衛の言いつけですから」

しずは詳しいわけは口にしなかった。

猪之吉が枕元に呼ばれたことで、遠慮をするように言われたのだと、誠之助は察した。

内儀にあたまを下げてから、帳場奥の役部屋に戻った。

間をおかず、二番番頭の雄二郎が顔を出した。

「玄沢先生が来ておられますが、いかがいたしましょうか」

「ここにお通ししなさい」

玄沢の入室を太兵衛が断わっていることは、しずから聞かされていた。二十年来の主治医が、いまにも末期を迎えそうな患者から遠ざけられていた。

さぞかし玄沢先生は業腹《ごうはら》な思いだろう……。

誠之助が胸のうちで案じた。あらわれた玄沢は、いまにも頭取に食ってかからんばかりの顔つきだった。

「わしを呼び出しておきながら、病間に近寄らせぬとは……いったい、なにを考えておるのだ」

「先生だけではありません。てまえもここで控えているようにと、お内儀様よりのお指図ですから」

「そなたとわしとは、同列ではないぞ」

玄沢が気色ばんだ。

「わしは足掛け二十年もの間、太兵衛殿を診立ててきた。大病せずにここまできたのは、わしの調合した薬草に効能があったがゆえだ。それは、そなたも知ってのことだろうが」

太兵衛の枕元に入れないことが、よほど玄沢の癇《かん》に触ったようだ。誠之助を相手に、ひとしきり息巻いた。

「ことの元凶は、猪之吉と申す渡世人にある。いまこのとき、その男がしたり顔で太兵衛殿の枕元におることが、なによりそれを物語っておる」

「先生はなぜ、猪之吉さんのことをご存知なので？」

「ここの小僧が聞かせてくれたわ」

玄沢があっさりと、だれから聞いたかを口にした。

「そなたが太兵衛殿の枕元にいられないのも、その渡世人の差し金であろうが」

玄沢が詰め寄ってきた。誠之助は右手を突き出して、玄沢の動きを制した。

「滅多なことを、口にされないことです」

誠之助から厳しい物言いをされて、玄沢の目に怒りが込められた。

「あんたは渡世人の肩を持つ気か」

しわがれた声で吐き捨てた玄沢は、腕組みをして天井を見た。この数日のいきさつを、思い返し始めたような目になっていた。

九月二十九日の夕刻に、玄沢は太兵衛を触診した。猪之吉が騙りのあらましを太兵衛に伝えた日である。

「あたしの余命は、あとどれほどでしょう。正味のところを診立ててください」

それまで一度も口にしなかったことを、この日の太兵衛は正面から問い質した。

「診たところ、胃の腑の傷み具合は変わってはおらぬ。気弱なことを申されず、滋養のつく物を食されることだ」

病状に変わりはないと玄沢は請合った。

「つまらぬ気休めを……」

太兵衛が小声でつぶやいた。玄沢にも聞こえたが、医者は取り合わなかった。

九月は小の月である。一夜明けた十月一日の昼過ぎに、玄沢はいつものように太兵衛を触診しようとして桔梗屋に出向いた。ところが奥の玄関先に出てきた内儀は、往診無用を玄沢に伝えた。

「無用とは、どういうことでござるかの」

「言葉の通りでございます。今後は、こちらからお願いしたときにのみ、診立てて欲しいと太兵衛は申しております」

「まるで合点がいかぬ話だ。はっきり申し上げて、太兵衛殿の容態はよろしくない。それなのにわしを遠ざけるとは、太兵衛殿の判断とも思えぬが……」

得心できない玄沢は、玄関先から動こうとしなかった。しずも一歩もゆずらない。押し問答に苛立《いらだ》ったしずは、お引き取りくださいと語気を強めた。

不承不承ながら、玄沢は桔梗屋奥の玄関から出た。しかし業腹な心持ちは、収まらないままだった。

太兵衛殿になにが起きたのかと、玄沢は思案を巡らせた。

そうかっ！

ひとり合点をした玄沢が、両手を叩いた。

新しい医者が、桔梗屋に出入りを始めたに違いない……。

こう思い至った玄沢は、店の小僧を桜並木の外れまで引っ張り出した。

「このごろ、お店《たな》に見かけないひとが出入りをしていないか」

小僧にそっと、小粒ひと粒を握らせた。こどもには、飛び上がって喜びたくなるほどの大金である。

「太兵衛殿の容態がよろしくない。見かけない者が出入りを始めると、病に障るわるいものを、外から運び込むやも知れぬでの」

あるじの主治医に真顔で言われて、小僧は玄沢の言い分を鵜《う》呑《の》みにした。

「二十九日に、禿げあたまの大きなひとが顔を出しました」

近頃の医者は、わざわざ禿頭に剃る者がいた。髪の毛にはわるいものがついているからと、わけ知り顔で言い立てるやからである。

やはりそうだったかと、玄沢は胸のうちで舌打ちをした。

「その大男は、わしのような薬箱を手に提げておるのか」

「そんなものは持ってなかったと思います」

「ならば、弟子のような者を伴っておったかの」

「そんなひとが、いるわけはありません」

「なぜそれが言い切れるのだ。おまえは見たのか」

「見てないけど……」

小僧が口ごもった。いかに医者が相手とはいえ、ぺらぺらと奥の様子を話すのが気になったようだ。

「気にすることはない。おまえから聞いたことは、一切他言はせぬ」

「でも……」

小僧はまだ迷っていた。玄沢がわざといかめしい顔を拵《こしら》えた。

「おまえが知っていることを、わしに隠し立てしておってだ……太兵衛殿の身にもしものことがあったときには、番所の役人からきつい咎《とが》めを受けることになるぞ」

玄沢に脅かされて、小僧は心底から震え上がったらしい。堰《せき》を切ったように、大男の素性を話し始めた。

聞かされた玄沢は、唖然《あぜん》とした。

男は猪之吉という名の渡世人だという。

二十九日にあらわれた猪之吉は、太兵衛とふたりだけで、奥の客間で話し込んでいた。

途中から、頭取番頭の誠之助が奥に呼ばれた。

半刻以上過ぎてから戻ってきた誠之助は、二十九日からずっと、むずかしい顔を続けている……。

自分で見たことと、奥付き女中から聞かされたことの両方を、小僧が話した。

渡世人が、いったいなにを？

玄沢にはわけが分からなかった。が、いきなり往診無用を言い出した裏には、渡世人がかかわっているに違いないと判じた。

なにか弱みを握った渡世人が、太兵衛に脅しをかけている。太兵衛の口から玄沢に次第が漏れるのを防ぐために、往診無用を言い立てているに相違ない……。

玄沢はこう思い込んだ。

十月三日の今朝になって、桔梗屋からすぐに来て欲しいとの呼び出しがあった。薬箱の中身を調《とと》えて急ぎ顔を出したら、奥付きの女中から店に回るようにと言われた。

呼び出しておきながらどういうことだと、玄沢は気色ばんだ。女中は、店に回れの一点張りである。乱暴に蛇の目を開いた玄沢は、募る怒りを抑えつけながら店に回った。

先日の小僧を呼び寄せると、猪之吉が来ているだろうと問い質した。

小僧のうなずきを見定めてから、玄沢は頭取番頭につないで欲しいと手代に伝えた。

出てきたのは誠之助ではなく、二番番頭の雄二郎だった。

「頭取はいま、取り込み中ですが」

「折り入っての話がある。ぜひにも会いたい」

主治医に強く迫られた雄二郎は、誠之助の都合を確かめてから戻ってきた。

「どうぞお上がりください」

玄沢は履物を乱暴に脱ぎ捨てて上がった。奥ではなく、店先から上げられたことが、腹に据えかねたがゆえの振舞いだった。

「わしに往診無用を言った、その舌の根も乾かぬ今朝、すぐに来てくれとの使いが遣《よこ》されてきた。支度を済ませて駆けつけたら、店で待っておれと言う。太兵衛殿はもはや、正気を失《な》くされておるのか」

「そのようなことはありません」

「ならばこれもまた、渡世人の指図ということか」

「思い込みが過ぎますぞ。さきほども申しましたが、余計なことは口にされず、お呼びがあるまでこちらでお待ちください」

誠之助がぴしゃりと口を封じた。しわの多い玄沢の顔が、血が上ったように赤くなった。

「どうされたのだ、誠之助殿は」

「どうされたとは？」

「さきほどから、猪之吉なる男をかばい立てばかりしておる。医者のわしなら、なにを聞いても外に漏らしたりはせぬ」

「なにを漏らさないという気ですか」

誠之助が、真冬の氷よりも冷たい声で問いかけた。

「渡世人の脅しに決まっておる」

頭取の物言いが気に障ったらしく、玄沢がぞんざいな口調で言い返した。

「とんだ見当違いです」

誠之助は、あとの口を固く閉じた。

玄沢は赤い顔のまま、誠之助を睨みつけた。

ふたりの会話が途絶えて、頭取の役部屋が静かになった。聞こえるのは、庭石を打つ雨音だけである。

ふうっと誠之助がため息をついた、そのとき。奥から女中が駆けてきた。顔つきを見ただけで、誠之助は奥につながる廊下を駆けていた。ひと息遅れて、玄沢があとを追った。

奥付き女中は、頭取の役部屋にへたり込んでいた。

二十七

手洗いに立つ前と同じように、猪之吉としずとが、太兵衛をはさんで枕元に座っていた。

あわただしい足音を立てて、誠之助が客間に飛び込んできた。

「旦那様……」

猪之吉の後ろに座った誠之助が、思い詰めたような声で太兵衛に呼びかけた。太兵衛は応えることもせず、調子を乱した息遣いを繰り返した。

誠之助に何歩か遅れて、玄沢が入ってきた。しずは医者を見ようともしなかった。

「御免」

ひとこと断わってから、玄沢はしずを押しのけて太兵衛の枕元に座った。布団を少しめくり、顔を太兵衛の口元につけて息遣いの強さを確かめた。

玄沢の顔色が変わった。

「いつからこのような息を？」

医者は目元を引き締めて、しずにたずねた。

「つい、今しがたです」

玄沢は、布団を大きくめくり上げた。太兵衛の寝間着の胸元をはだけさせると、胸に耳をくっつけた。

医者の振舞いを、しず、猪之吉、誠之助の三人が口を閉ざして見詰めた。

客間の障子戸が、開かれたままになっている。一段と強く降り始めた雨が、泉水の水面を叩いていた。

「雨音が邪魔だ、障子戸を閉じてくだされ」

誠之助が立ち上がり、戸を閉めた。

客間が静かになったら、太兵衛のか細い息音が聞こえた。いまにも消えてしまいそうな、切ない息遣いだ。

「あなた……」

しずが太兵衛の顔に触れた。

猪之吉は身じろぎもせず、土気色に変わった太兵衛の顔に見入っている。

猪之吉の背中越しに、誠之助があるじの口元を見詰めていた。

ふうっ、ふうっ、ふうっ。

三度の短い息を残して太兵衛は逝った。

玄沢は太兵衛の胸元から耳を離したあと、しずの目を見た。

「たったいま、ご臨終なされました」

しずの耳には、医者の言ったことが届いていないようだ。聞きたくないのかもしれない。太兵衛の顔にあてた手を、引っ込めようとはしなかった。

猪之吉も誠之助も、太兵衛を見詰めたままである。

枕元で動いているのは、玄沢ひとりだった。薬箱を開いた医者は、栓のされた容器と布巾《ふきん》とを取り出した。栓を取り、中身を布巾に染み込ませてから、太兵衛の口元を拭《ぬぐ》った。

しずは医者のすることには構わず、太兵衛の顔に触れたままである。

「しず殿……しず殿……」

二度強く呼びかけられて、しずはやっと玄沢を見た。

「まことに無念にござるが……太兵衛殿はもはや……」

「言われずとも、分かっております」

立ち上がったしずは、障子戸を開いた。

「立会い、ご造作をおかけいたしました」

客間から玄沢に出て欲しいと、しずが手で指し示した。

「まだ、太兵衛殿の顔を拭っているさなかですぞ」

「わたくしがいたします」

しずの物言いが、玄沢を追い立てた。

場に居合わせただれもが、玄沢までもが、しずが医者を部屋から出したがっているのが分かった。

「そうまで言われるなら」

布巾と容器とを薬箱に仕舞い直すなり、玄沢が立ち上がった。布団はまだ、めくられたままである。

「先生をお送りしなさい」

「かしこまりました」

誠之助も立ち上がり、玄沢を伴って店に戻って行った。

なきがらのわきに、しずと猪之吉のふたりが残った。太兵衛の身体に、しずが布団をかぶせた。

「猪之吉様に末期を看取っていただけて、太兵衛も本望でございましょう」

玄沢に対する物言いとは、まるで違っている。医者が部屋から出て行って、初めてしずは目を潤ませていた。

「医者への物言いがきついのには、わけがおありなさるのか」

「ございます」

しずがきっぱりとした声で答えた。

「猪之吉様から騙りの顚末《てんまつ》をうかがったあの日に、太兵衛は余命のほどを玄沢先生にたずねたそうです」

「後始末を案じてのことでしょうな」

その通りだと、しずが目で答えた。

猪之吉と太兵衛とは、三月から十月までの、七カ月の付き合いでしかなかった。ときの長さは短いが、大店のあるじと貸元である。ひとの目利きに長けているふたりには、互いを知るにおいては充分の月日だったのだろう。

太兵衛はそれを何度も口にしていたと、しずが猪之吉に明かした。

「玄沢先生とは足掛け二十年のお付き合いになります。それなのに先生は、太兵衛の正味からの問いに、通り一遍の気休めでお答えになられたそうです」

「余命の診立てを言わなかったと？」

しずが無念そうな顔でうなずいた。

「こちらが本気で問いかけたのにと、太兵衛はひどく気落ちしておりました」

「裏切られたと感じていたと思うが……」

「ありていに申し上げれば、その通りです。あの二十九日を区切りに、玄沢先生を疎《うと》んじるようになりました。二十年の付き合いを断ち切るほどに、太兵衛の気性が激しかったとは、うかつにも知りませんでしたので、最初はわたくしも戸惑ってしまいましたが」

あとに憂いを抱えた太兵衛の心中を思うと、怒りはもっともだったと思う……しずは、この言葉で、連れ合いの為《な》したことを後追いしていた。

「猪之吉様もご承知の通り、太兵衛はなにひとつ言い残さずに逝きました」

まさにそうだった。

太兵衛が最期にこの世に残したものは、短い三つの息遣いだった。

「猪之吉様が枕元にいてくださったがゆえに、太兵衛はなにも言い残さずに、安らかに逝けたのだと思っております」

「そうだといいが……」

「わたくしには分かっております」

しずが居住まいを正した。膝に重ねた手に力がこもっていた。

「桔梗屋の身代一切を、猪之吉様に預かっていただきたく存じます。太兵衛はそれを、わたくしに言い残しました。騙りを仕掛けて仇《あだ》をなそうとする者から、なにとぞ桔梗屋をお守りください」

気を張り詰めているしずは、物言いに潤いがない。しかし猪之吉は、言葉だけの追従《ついしょう》とは無縁で生きてきた男である。

書を棒読みにするようなしずの口調の裏に宿された、連れ合いを亡くした深い哀しみと、猪之吉への信頼を感じ取った。

猪之吉はあえて返事をせずに、太兵衛のなきがらを見詰めた。しずは安らかに逝ったと言うが、猪之吉は違う思いを抱いていた。

こどもおらず、ひとり残される連れ合いを安心させようとして、無念の思いを押し隠した器量の大きな男。

これを猪之吉は胸のうちで感じていた。

なぜこれほどまでに、太兵衛という男に気持ちを動かされたのか……。

物言わぬ太兵衛の顔を見詰めているうちに、猪之吉は出し抜けに、遠い昔の出来事を思い出した。


猪之吉が平野町の賭場《とば》に若い者として入ったのは、十七歳の春だった。当時からすでに図体の大きかった猪之吉は、代貸《だいがし》から目をかけられた。屈強な身体つきの男は、いるだけで賭場の看板になるからだ。

日本橋青物町の、鰹節《かつおぶし》問屋の隠居が、当時の平野町に暮らしていた。さほどに大きなカネを遣うわけではないが、賭場での遊び方がきれいだった。

「おめえは、ご隠居につきっきりで世話をしろ」

代貸に言いつけられた猪之吉は、賭場のなかだけではなく、湯にも供をした。

初めて湯に一緒に行った夜、猪之吉は隠居の背中を流そうとした。

「およしなさい」

隠居は猪之吉の手を押さえた。骨の形が分かるほどに、隠居の腕は痩《や》せていた。が、猪之吉はその手で押さえつけられた。

「あんたはこの先、どこまで伸びるか分からないひとだ。そんな先行きのある若いひとに、あたしのような先の知れた者の背中を流してもらうことはできない」

嫌味でも謙遜《けんそん》でもなく、隠居の実《じつ》が出た言葉を口にした。痩せた腕に押さえつけられたのは、力技ゆえではなかった。

隠居の言葉に含まれた、正味の思いの強さが猪之吉の手を押さえつけていたのだ。

その夜を境にして、猪之吉はこころにもないことを口にするのを、おのれで封じた。

横たわった太兵衛の顔を見て、猪之吉は遠い昔に湯屋で見た、隠居の顔を思い出した。そして、なぜ太兵衛に心惹《ひ》かれてきたかが分かった。

「命にかけて、太兵衛さんの頼みを引き受けさせてもらいやしょう」

しずに目を戻した猪之吉は、きっぱりと請合った。

しずの目から涙が溢《あふ》れ出していた。

二十八

十月三日の昼過ぎに、桔梗屋は店の雨戸を閉じた。横殴りの雨が、杉の雨戸を濡らしていた。

佐賀町は八幡宮神輿《みこし》の町である。桔梗屋の手代は、あるじの逝去を町役人に伝えた。神輿総代を務める町役人は、すぐさま手の者を動かして、桔梗屋当主逝去を触れて回らせた。

「太兵衛さんが、いけなくなったそうだ」

「そんなばかな……」

佐賀町の多くの者が、太兵衛の死に驚いた。どこの商家でも、当主の容態がよくないことは隠している。桔梗屋の奉公人は、とりわけしつけがよかった。

佐賀町の百本桜並木に軒を連ねた隣近所ですら、太兵衛の本当の容態のほどは知らずにいた。

「とむらいの段取り等々につきましては、あらためてうかがわせていただきます」

桔梗屋の奉公人は、通夜と葬儀の詳細を話さず、早々に店に取って返した。内儀のしずから、手早く帰ってくるようにと言いつけられていたからだ。

八ツ半（午後三時）に、奉公人全員が店の座敷に集められた。明かりが差し込むように、帳場と店との仕切りが取り払われた。

しかし雨戸を閉じた店には、それだけでは明かりが回り切らない。座敷には百目ろうそくの燭台《しょくだい》が、六台立てられていた。

しずのわきには番頭三人が並び、奉公人と向かい合った。しずは喪服ではないが、黒無地の紬に着替えていた。

「桔梗屋太兵衛が、本日四ツ半（午前十一時）過ぎに身罷《みまか》りました」

集まった奉公人が、そこここで嗚咽《おえつ》を漏らした。

桔梗屋のだれもが、太兵衛の逝去は知っていた。が、内儀の口からあらためて言われて、抑えていた思いが込み上げたのだ。

「新規のお誂え二千足を始めとして、旦那様には幾つもの気がかりがあったはずです。それでも、まことに安らかに、眠りにつくかのように逝くことができましたのは、みながふたごころなく奉公に励んでくれているからです。太兵衛に成り代わりまして、礼を言います」

奉公人を前にして内儀が話をするのは、これが初めてだった。物言いに乱れもなく、座敷の隅に座った小僧の耳にも、はっきりと声が届いている。

内儀から礼を言いますと聞かされて、奉公人たちが深い辞儀で応えた。

「太兵衛は身罷りましたが、店の切り盛りは頭取の誠之助がいままで通りいたします」

誠之助が膝をずらして前に出た。しずに深い辞儀をしてから、元の座に戻った。

「みなも知っての通り、桔梗屋には跡取りがまだ定まってはおりません。この先、さまざまに取り沙汰をする方が出てくるやも知れませんが、うわさには耳を貸さず、誠之助の指図で一層の奉公に励んでください」

「かしこまりました」

一同が声を揃《そろ》えた。

座が静まったところで、しずが奉公人たちを順に見回した。

「ここでみなに、桔梗屋の後見人を顔つなぎします。太兵衛がみずからの口で、後見に立って欲しいと頼み込んだお方です」

しずが誠之助に目配せした。立ち上がった誠之助は、猪之吉を案内して座敷に戻ってきた。

禿頭で六尺の大男が、着流しの姿で座敷にあらわれた。奉公人の多くは、猪之吉の顔を見知っていた。渡世人であるとの素性も、陰では取り沙汰していた。

その猪之吉が、桔梗屋後見人として奉公人たちの前に座った。押し殺したようなざわめきが、桔梗屋の座敷を走り抜けた。

「おれは平野町の猪之吉だ」

前置きなしに、伝法な口調で話し始めた。桔梗屋の店では、かつて一度も耳にしたことのない物言いである。

奉公人が息を詰めて猪之吉を見詰めた。

「お内儀から話があった通り、当面の難儀を切り抜けるまでは、おれが桔梗屋の身代を預からせてもらう」

当面の難儀。身代を預かる。

いきなり猪之吉から言われた奉公人たちは、銘々が戸惑い顔を拵えた。二番番頭、三番番頭までもが、目を見開いていた。

「細かな指図は頭取にしてもらうが、それに先立って、いま抱えている難儀の次第をおれから話す」

雪駄二千足の誂えは、桔梗屋乗っ取りを企《たくら》んでいる連中の騙りだ……。

猪之吉が口にしたことで、座敷中が大騒ぎになった。誠之助が厳しい口調で一喝した。奉公人の私語が収まった。

「仕掛け人の宿は突き止めてあるが、その男は黒幕じゃあねえ。ゼニを出している男はほかにいる。その火元を突き止めるまでは、おめえたちには、いままで通りに働いてもらう」

仕掛けが露見していないと思わせて敵をあぶり出すと、猪之吉は言い聞かせた。

紙屑屋をあたまとした仕掛けの一味は、薄々は感づいていると猪之吉は判じていた。が、あえてそれには触れなかった。

「太兵衛さんが亡くなったことで、連中はありもしねえことの言いふらしに取り掛かるだろう。それにいちいち惑わされたら、連中の思う壺に嵌《はま》る」

どんと構えて、いつも通りの商いに励めと猪之吉は言い置いた。

「やっけえなことに、二千足の雪駄の元はあらかた納められている。鼻緒をすげるばかりになっているのも、何百足とできていることも聞いた」

言葉を区切った猪之吉が、笑い顔を見せた。禿頭の大男だが、笑顔にはひとを安心させるぬくもりがあった。

「この雪駄をどうするかの算段は、おれが引き受けた。桔梗屋の名が、江戸中に行き渡る趣向をかんげえる。おめえたちはあれこれしんぺえしねえで、いつも通りに奉公してくれ」

分かったら返事をしろと言われた奉公人たちは、腹の底から出る声でしっかりと答えた。

二千足の雪駄をどうするかを、猪之吉が引き受けると明言した。初めて顔合わせをした猪之吉だが、約束はかならず果たすだろうと、奉公人たちは信じたようだ。猪之吉の物言いには、それだけの強さがあった。

「太兵衛さんの百箇日までにはケリをつける。おめえたちも、その気で働けよ」

「かしこまりました」

奉公人の返事が、うっとうしい雨音をおおい隠した。

二十九

奉公人の前で、しずは猪之吉が後見人であると宣した。頭取番頭の誠之助を筆頭に、奉公人たちもそれを受け入れた。

ひとまず奥の座敷に戻ったしずは、猪之吉の前でいま一度、居住まいを正した。

「まことにご面倒とは存じますが、葬儀の段取り一切の差配をお願い申し上げます」

しずから葬儀差配をあずけたいと言われた猪之吉は、内儀の顔を見詰めた。老舗《しにせ》のとむらいを渡世人が差配するなど、前代未聞である。

返事を控えていたら、しずは誠之助をわきに呼び寄せた。

「親戚とお得意先様は、わたくしと誠之助とで抑えます。猪之吉さんは気兼ねなさることなく、存分の差配をお願い申し上げます」

しずがあたまを下げると、誠之助は両手を畳についた。

「引き受けさせてもらいやしょう」

まれなことだが、猪之吉が内儀にあたまを下げて応じた。逝った太兵衛への思いが下げさせたあたまだった。

急な呼び出しで桔梗屋に駆けつけた猪之吉は、あたまの手入れができていない。禿頭には、薄いひげのような産毛が見えた。

「遠からず、騙《かた》りの連中がよくないうわさを撒き始めるに決まっている」

「やはり、それは始まりますので」

誠之助が膝を動かして問うた。

「ひとの口に戸は立てられねえ。半端に抑えようとしたら、藪《やぶ》をつついて蛇を出すことになる。ここはどっしりと構えて、うわさを聞き流すしかねえ」

しずは身じろぎもせずに、猪之吉の話を聞いている。老舗の内儀ならではの風格と言えた。しずの落ち着いたさまが、誠之助にも伝わったらしい。

内儀のわきで下腹に力を込めて、頭取番頭も猪之吉を見た。

「太兵衛さんのとむらいをしっかりと出せば、うるさい雀も追い払える。ここは一番、後々まで深川の語りぐさになるような、盛大なとむらいを出そう」

「存分にお願い申し上げます」

しずは費えがどれほどになるかも問わず、いささかの迷いもなしに猪之吉にあずけた。

「おれが思案している通夜ととむらいを出すには、この桔梗屋では狭すぎる」

「いかほどの焼香客を、お考えでございましょうか」

すべてをあずけると言ったものの、桔梗屋で通夜ができないとは考えていなかったようだ。しずの問いかけは、わずかに調子が変わっていた。

「ざっとの見積もりで、通夜に千人てえところだ。焼き場に出るめえには、評判を聞いてもっと数が多くなる」

物静かな顔つきを保っていたしずが、驚きで目を見開いていた。が、連れ合いの葬儀が盛大になると知って、驚きの底には喜びの色がうかがえた。

「菩提寺《ぼだいじ》の正源寺《しょうげんじ》様にご相談してみます。あちらであれば、千人が二千人になりましても大丈夫でございましょう」

「ここの近くでやすかい？」

猪之吉は桔梗屋の菩提寺を知らなかった。

「永代橋の東詰めを、南に二町（約二百二十メートル）も入ればお寺さんです」

「そこなら、焼香客の足にも都合がいい」

菩提寺との掛け合いをしずに任せてから、猪之吉は店の座敷に戻った。間をおかず、番頭三人と、手代がしらたちが顔を揃えた。

「今日、明日の二日間は、おめえたちの命はおれが預かる。ここを首尾よく乗り切れば、太兵衛さんもこころ安らかに旅立てる。おめえたちも、性根を据えて取りかかれ」

のっけに、猪之吉は伝法に言い置いた。奉公人たちの顔が引き締まった。

「いまから四半刻（三十分）のうちに、誠之助の指図で、得意先の格付けを始めろ」

「かしこまりました」

猪之吉に呼び捨てにされても、誠之助は顔色を変えずに応じた。いまではすっかり、猪之吉をあるじだと思っている様子だ。頭取の振舞いを見て、他の奉公人もはっきりと肚をくくった顔つきになった。

「番頭がみずから出向く先、手代がしらが出向く先、手代で済ませる先、それと町内飛脚に届けさせる先の、四通りに格付けしろ」

猪之吉の指図は、誤解の起きようがないほどに、はっきりしていた。

格付けを行っている間に、小僧に書付を持たせて読売屋に走らせた。別の小僧は仲町の絵師、大野白秋《はくしゅう》を呼びに走った。

さらには手代ひとりに式服代わりの半纏を着させて、深川元町の書道家、柴山光斎《こうさい》の稽古場に差し向けた。光斎の稽古場で、猪之吉と太兵衛は初めて顔合わせをしていた。

四半刻が過ぎたとき、誠之助が帳面を手にして猪之吉のもとに戻ってきた。

「てまえを含めまして、番頭三人が回る先が十二軒。手代がしらを差し向けますお得意先様が二十六軒、手代十六人で回らせますのが六十軒、飛脚に届けさせます先が百十軒。しめて二百八軒でございます」

「そんな数で足りるてえのか」

「これはまだ、半分足らずでございますが、今日のうちに回れますのは、これで限りかと存じます」

「半分足らずてえことは、番頭や手代がしらが回る格の積み残しもあるてえのか」

猪之吉の問い方は物静かだ。肚の底に思うところを抱えているときの、怒りを抑えた物言いである。

猪之吉の気性をまだ摑みきってはいないはずの誠之助だが、ひとの目利きにはさすがに長けていた。

「上得意先様は、漏れなく今日のうちに出向く算段をいたしております」

頭取の手配りに遺漏はなかった。返答を聞いて、猪之吉が小さな咳払いをした。

「明日一日、ここの奉公人はとむらいの備えで手一杯になる。今夜のうちに、呼べるだけの町飛脚をここに集めろ」

「うけたまわりました。てまえどもは刷り物が仕上がり次第、すぐさま出向きます」

誠之助が立ち上がりかけた。

「誠さんよう」

頭取に、崩した呼びかけをした。誠さんと呼ばれたのは、初めてだったらしい。頭取番頭が戸惑い顔になった。

「おめえさんには、おれのそばにいてもらいてえんだ。なんとか、他のふたりに振り分けられねえか」

猪之吉の両目には、心底から頭取をあてにしているという光が宿っていた。誠之助が顔つきをあらためた。

「雄二郎と正三郎に、いま一度、指図をし直してまいります」

帳場に戻る誠之助の足取りが違っていた。

手代や小僧が呼び集めに出た者のなかで、深川山本町の読売屋の善助《ぜんすけ》が最初に顔を出した。

「親分がお呼びと聞きやしたが……」

大きな風呂敷包みを背負ったまま、息急《せ》き切った様子で問いかけた。

「おめえに頼みがある」

「なんなりと、言いつけてくだせえ」

善助はきっぱり答えているようでいて、どこかまごついている感じだった。

読売は、江戸中のうわさに通じている。耳に入った話の幾つかを、善助はこれまで何度も猪之吉に高値で買ってもらった。ときには逆に、読売のネタを聞かせてもらったりもしている。

猪之吉に呼ばれたときには、なにがあっても駆けつけた。が、呼び出された先がいつもの平野町ではなく、老舗の桔梗屋だ。しかも渡世人が、売り場座敷に座り込んでいる。

善助の返事が本調子でなかったのは、猪之吉の様子をいぶかしんでのことだろう。

「この三枚を、それぞれ読売で刷ってくれ」

猪之吉が手渡したのは、とむらいの段取りを記した次第書《しだいがき》だった。

江戸でも名の通った履物屋老舗、桔梗屋の葬儀である。主だった得意先・取引先への報せと、とむらいの備えには今日と、明日の夕刻までの、丸一日半が入用だと猪之吉は判じている。

しずはすでに、明日の通夜手順の談判に菩提寺に出向いていた。猪之吉は首尾よくしずが話をまとめるものと踏んで、次第書をしたためていた。

番頭・手代がしら・手代・町飛脚。

得意先に報せて回るだけでも、四通りもある。間違いなく伝えるためには、書き物にするのが肝心である。が、その数が多過ぎた。

読売は、刷りの速さが一番の売り物だ。次第書の原本を受け取った善助は、半刻のうちに刷り上げると請合った。

ことを仕損じないように、猪之吉は桔梗屋で刷らせると決めている。善助が背負ってきた風呂敷には、読売の彫りと刷りの道具一式が包まれていた。

番頭が手ずから伝えに回る、上得意先の報せがひとつ。

手代と、手代がしらが回る先の刷り物がひとつ。

残るひとつは、町内飛脚に配達を任せる報せである。

番頭用の刷りには、美濃紙の奉書紙を用いた。善助が刷る読売の紙は、粗雑なざら紙である。腰の強い上質の紙には、刷ったことがなかった。四枚の試し刷りのあとで、やっと調子を掴んだ。

仕上がった次第書をきちんと畳んだ雄二郎と正三郎は、六軒分ずつを漆塗りの葛籠《つづら》に収めた。本降りの雨除けには、風呂敷ではなく葛籠のほうが確かだった。

手代と手代がしらが配る報せは、中級の美濃紙に刷った。半紙よりは上物だが、奉書紙ほどの厚みはない。善助は取り急ぎ、今日中に配る九十枚を刷った。

残るはいずれも飛脚に届けさせる報せである。この分はすべて半紙に刷った。乾くのを待って、手すきの手代が三つ折りにした。それを桔梗屋の名入り袱紗《ふくさ》に、一枚ずつ包んだ。

祝儀・不祝儀の双方に使えるように、桔梗屋では常に袱紗を備えている。しかしこのたびのように、一度に数百枚も入用なことはなかった。

太兵衛の容態が一段とわるくなったときでも、縁起でもないということで、袱紗の追加誂《あつら》えはだれも言い出さなかった。

蔵をさらえてみて、袱紗の備えは六百枚あることが分かった。なんとか急場はしのげそうだと分かり、みずから調べに入った誠之助が、蔵の隅で吐息を漏らした。

二番目に到着したのは、仲町の絵師、大野白秋だった。呼びに出た小僧に、猪之吉は宿駕籠《かご》に乗せてくるようにと指図をした。白秋は、黒塗りの屋根つき駕籠でやってきた。

猪之吉はあいさつも省き、太兵衛のなきがらが横たわっている客間に白秋を案内した。

「明日の八ツ（午後二時）までに、太兵衛さんの似顔絵を描いてもらいてえ」

白秋からは返事が出なかった。

なきがらを基にした似顔絵も初めてなら、正味一日で絵を描いて欲しいという誂えも初めてだった。

「いささか考えさせてもらいたい」

白秋の顔が引きつり気味である。猪之吉は表情も変えず、奥付きの女中に茶を出すようにと言いつけた。

庭に降る雨が、一段と雨脚を強めていた。

三十

白秋が答えを口にしないでいるとき、小僧が柴山光斎の到着を告げにきた。

「光斎殿とご交誼《こうぎ》をお持ちか」

白秋の目が驚きで大きくなっていた。

「おれも太兵衛さんも、光斎先生の弟子なんでさ」

「さようでござったか」

猪之吉はこの日まで白秋を知らなかった。桔梗屋出入りの絵師をたずねたとき、しずは白秋の名を挙げた。それゆえ、店の小僧を呼びにやらせた。

白秋がすぐさま出向いてきたのも、相手が桔梗屋だったからだ。

白秋と太兵衛は、浅からぬ付き合いがあった。客間を模様替えするたびに、白秋にふすま絵の誂えを頼んできた。

いわば太兵衛は、白秋の旦那である。

「余計なことを言わずに、絵描きをここに呼んでこい」

小僧は猪之吉から、太兵衛の逝去を言うなと、固く口止めされた。言いつけを守り、小僧は宿駕籠を誂えて白秋を乗せた。

てっきり太兵衛の呼び出しだと思って駆けつけた白秋は、逝去を知らされて絶句した。しかも、それを伝えたのは内儀ではなく、見るからに渡世人風体の、禿頭の大男である。その上、あろうことか死顔の似顔絵を描けという。絵師の誇りを傷つけられて、白秋は返事をしなかった。

柴山光斎は、白秋よりも五歳年長である。稽古をつける弟子の目利きにうるさい光斎は、幾ら謝金を積まれても筋のわるい者はきっぱりと断わった。

絵と書。道は異なっていたが、白秋は光斎を深く敬っている。目の前の渡世人が光斎の弟子だと知り、白秋は考えを変えたらしい。

「少々、うかがいたいことがござる」

光斎を迎えに出ようとする猪之吉を呼び止めた。

「光斎先生を迎えるところだ。話は、戻ってくるまで待ってくだせえ」

「なにゆえ、太兵衛殿の似顔絵を所望されるのか。そこを聞かせていただきたいのだが」

奥の玄関に向かおうとしていた猪之吉が、足を止めた。

「焼香客に、太兵衛さんの面影をしっかり覚えておいてもらいたいと……そう思ったがゆえだ。それともうひとつ、手元に太兵衛さんの似顔絵が残っていれば、しずさんも奉公人たちも、気持ちの拠《よ》り所を持てる」

猪之吉は気負いなく、低い声で答えてから座敷を出た。光斎を案内して戻ってきたとき、白秋は枕元から動いてはいなかった。

「白秋殿もおいでであったのか」

猪之吉から聞かされていなかった光斎は、絵師を見て小さな声を発した。

「てまえも太兵衛殿には、大きに世話になっておりましたゆえ」

「さようでありましたか」

しゃべるのももどかしげに、光斎は太兵衛の枕元に座った。そして白布をかけられた太兵衛に合掌した。

「光斎先生をお呼び立てしたのは、よんどころない頼みがあってのことでやす」

「頼みとは……太兵衛殿にかかわりのあることかの」

猪之吉が静かにうなずいた。光斎は、あごを引き締めて猪之吉を見た。

「わしにできることなら、遠慮は無用。なんなりと言いつけてくだされ」

光斎は頼みごとの中身も聞かず、確かな口調で引き受けると答えた。わきにいた白秋は、膝をずらして後ろに下がった。

「ひとり逝かれた太兵衛殿の無念には思い至らず、おのれのことのみを考えておりました無作法を、なにとぞお許しくだされ」

「それでは描いてくださるんで？」

「すぐにも取りかからせてもらいましょう」

白秋の詫びを、猪之吉は余計なことを口にせぬまま受け入れた。光斎に辞儀をした白秋は、絵の支度を調えに仲町へと戻った。

白秋が部屋を出たあとも、猪之吉はそれまでの白秋とのやり取りをひとことも口にしなかった。光斎も訊こうとしなかったが、太兵衛の末期の様子は細かにたずねた。

「さようでありましたか」

なにも言い残さなかったと知り、光斎の両目が深く沈んだ。

「先生へのお願いとは、太兵衛さんの辞世の言葉を書き残していただきてえんで」

「しかし猪之吉殿、太兵衛殿はなにも言われなかったのではなかったのか」

「その通りで」

猪之吉は雪駄《せった》二千足の騙りを仕掛けられていることを含めて、あらましを隠さずに話した。渡世人ならではの目利きで、光斎の人柄を信じてのことである。

「それはさぞかし、太兵衛殿には心残りであられたことだろう」

光斎の口ぶりは、心底から太兵衛の無念さを感じとっているようだった。

「おれが思案した通夜ととむらいは、太兵衛さんの無念な思いを少しでも軽くすることでやす。それにはぜひとも、先生の手助けが入用なんで」

猪之吉はふところから、一枚の短冊を取り出した。深川の狂歌師に詠《よ》ませた一首が書かれていた。

『履き替えに
　二千を持ちて旅立てば
　西国の旅　遠きをいとわじ』

四半刻前に、呼び出しを受けて顔を出した狂歌師が、ほぼ即興で詠んだものだ。

一読した光斎が、感心の声を漏らした。

「歌のでき不出来はともかく、これを通夜の香典返しに使う気でおりやす」

桔梗屋が請負った二千足の雪駄のうち、六百足は鼻緒をすげるだけになっていた。

猪之吉は職人に夜なべ仕事をさせて、明日の焼香客への香典返しに、雪駄を用いる腹積もりでいた。

太兵衛の葬儀を耳にすれば、騙りの一味も焼香客にまぎれて様子を見にくる……。

これが猪之吉の読みである。香典返しに雪駄を用いれば、桔梗屋太兵衛は騙りを見抜いていたと、一味に告げるも同然だ。

なにも知らずに参列してくれた得意先に対しても、桔梗屋の雪駄であれば他のどんな品よりも、香典返しにはふさわしい。

それも、別誂えの上物の雪駄である。

猪之吉は祝儀・不祝儀の両方に使える履物とするために、黒白ふたつの鼻緒を、すげないまま箱に収めることにした。

こうすれば、明日までの急ぎ仕事に追われる職人は、鼻緒をすげずに済む。空いた手を、化粧仕上げと箱詰めに回すことができる。

猪之吉は千足の雪駄が入用になると踏んでいた。いま仕上がっているのは六百。明日の夕刻までに、四百を拵えなければならない。

鼻緒をすげずに箱に収めるのは、焼香客にも桔梗屋にも、なによりの思案といえた。

雪駄には、太兵衛の辞世の歌を添える。

猪之吉の意図を汲み取った狂歌師は、歌のなかにしっかりと雪駄を詠み込んでいた。履き替えに二千の雪駄。

これは騙りの一味に向かって、桔梗屋が真っ向勝負を挑んでいるとの触れである。

「見事な思案だ。わしはその狂歌を短冊にしたためればよろしいのだな」

「その通りと言いたいところだが、なにしろ数が多すぎやす。先生の息のかかった弟子筋を、何人か集めていただきてえんで」

「いや、それは無用だ」

光斎はきっぱりと断わりを口にした。

「明日の七ツ半（午後五時）までに短冊千枚なら、わしひとりで書ける。一枚一枚、気を込めて書かせていただこう」

「枕元でそれを請合ってもらえて、太兵衛さんも喜んでいなさることでやしょう」

光斎を見詰める猪之吉の目が潤んでいる。書家にそれを気づかれても、気にしている様子はなかった。

天保二年十月三日。佐賀町の百本桜並木には人影もなく、通りは静まり返っていた。が、雨戸を閉じた桔梗屋のなかは、人いきれで手代のひたいには汗が浮かんでいた。

雨戸は閉じられているが、明かり取りは大きく開かれていた。雨模様の薄暗い陽の光が、暗い土間を照らしている。

その光に加えて、何十本ものろうそくが惜しみなく灯されていた。売り場座敷も職人の仕事場も、いつもの昼間よりも明るかった。

番頭二人と手代がしら、手代たちは、全員が葬儀の触れに出払っている。代わりに猪之吉が呼び集めた渡世人と町内とびとが立ち働いていた。

雪駄作りの職人たちは、黙々と仕事を続けた。土間の隅には、清めの四斗樽《しとだる》が鏡を抜かれて据えられている。ときおり手を止めた職人が、ひしゃくからじかに酒を呑む。

灘の下り酒の四斗樽である。いつもなら、職人たちは顔をほころばせて味わった。しかしこの日は、だれもがあるじへの供養と思っているのか、神妙な顔でひしゃくから呑んだ。呑み干すなり、雪駄作りに戻った。

絵師の大野白秋は、半畳大の紙に絵筆を走らせ続けた。おごそかな顔つきの太兵衛が、正面を見詰めている。着ているのは、太兵衛お気に入りの五つ紋の羽二重である。

茶菓を運んできた奥付きの女中が、似顔絵の出来栄えに息を呑んだ。

庭からの明かりが差し込む十畳間では、柴山光斎が短冊に狂歌をしたためていた。部屋の隅には、白紙の短冊が山を築いている。

筆を遣い始めてからすでに一刻（二時間）が過ぎていたが、山はほとんど減っていない。

しかし光斎には、目算があるらしい。残りの短冊を見ようともせず、定まった息遣いで筆を遣っていた。

外回りから戻ってきた手代は、蔵から雪駄を収める化粧箱を座敷に運び込んだ。平らに潰された箱の四隅を起こし、しっかりした形に組み立てる。

この仕事には、思いのほか手間がかかった。夕餉《ゆうげ》どきの六ツ半（午後七時）になっても、箱はまだ二百も仕上がってはいなかった。

桔梗屋の職人も奉公人も、猪之吉が呼び集めた若い者もとびも、だれもが手を休めることなく働き続けた。飯は梅干の身をほぐして混ぜた握り飯に、甘味をきかせた厚焼きの玉子焼き。あとはしじみの味噌汁と香の物だ。

「明日を乗り切れば、一日の骨休みを取ってもらう。旦那様を大事にお見送りするためにも、命がけで踏ん張ってくれ」

握り飯を頬張る奉公人の間を、誠之助がねぎらって回った。

真夜中になると、小僧たちは眠気に襲いかかられた。

「だめだよ、眠ったら」

小僧たちは互いに声をかけあい、居眠りを始めた仲間を揺り動かした。

善助は、通夜の日は晴れると見立てていた。辻《つじ》で読売を売る善助は、空見《そらみ》には長けている。本降りの空を見上げて、善助は翌日の晴れを請合った。

八ツ（午前二時）を過ぎても、手代たちは仕上がった雪駄を、一足ずつていねいに箱詰めにしていた。いっとき眠気に襲われた小僧たちも、八ツには元に戻ったようだ。手代の指図を受けて、箱の組み立てに精を出していた。

ゴーン……ゴーン……ゴーン……。

捨て鐘三打に続いて、永代寺が明け六ツ（午前六時）を告げ始めた。

「雨戸を一枚だけ開けなさい」

誠之助に言われて、小僧が店の雨戸を開いた。やわらかな晩秋の朝日が差し込んだ。

「雨があがって、朝日がさしています」

小僧が大声で伝えた。

夢中になって仕事を続けている手代たちが、腰を伸ばして立ち上がった。誠之助の顔には、無精ひげが生えている。それを手で撫《な》でながら、頭取番頭が土間に降り立った。

善助が見立てた通り、空は高く晴れ上がっていた。品川沖から昇り来る朝日が、浮かんだ綿雲をあかね色に染めている。

「旦那様……よいお日和《ひより》でございます」

誠之助がひとりごとをつぶやいた。

三十一

十月四日の四ツ（午前十時）に、鎌倉屋鉦左衛門《しょうざえもん》は三田の自宅に治作を呼びつけた。

「桔梗屋が、いけなくなったと聞いた。あんたから言ってくるものだと思っていたが」

前置きもなく、不機嫌な物言いで切り出した。治作を、奉公人のごとくに扱う口調だった。

「耳に入ったのが、昨日の七ツ（午後四時）過ぎでした。すぐさまこちらに使いを出しましたが、旦那の耳のほうが早かったようだ」

治作の物言いも、鉦左衛門に負けずぞんざいだ。鉦左衛門が露骨に顔をしかめた。

「それで、急なお呼びの用向きは」

治作は構わずに話を続けた。

脇息《きょうそく》にあずけた身体を起こした鉦左衛門は、しかめたままの顔で治作を見据えた。

「あんたは江戸でも抜きん出た仕掛け人だというから、高いカネに文句も言わずに使っている」

「褒《ほ》めてもらえりゃあ、なによりだ」

「口の利き方に気をつけろ。あんたの飼い主はあたしだ。図に乗ると、大怪我《けが》をするぞ」

鉦左衛門が凄んだが、治作には屁でもなかった。が、あえてことをこじらせることもないと思い直し、背筋を張って座り直した。

「どうやら今朝の旦那は、虫の居所がわるそうだ」

「その通りだ。腹が立って仕方がない」

「腹立ちの矛先《ほこさき》は、こちらに向いておりやすんで？」

「鈍いあんたにも通じたか」

治作が物言いをあらためても、鉦左衛門の嫌味は止まらない。治作が真顔を拵えた。

「仕掛けが山場に差しかかっているいま、旦那とあたしとが、いがみ合っていては仕方がない。思うところを、存分に聞かせてもらいましょう」

おのれを抑えて、治作は下手に出た。鉦左衛門がわずかに上体を乗り出した。

「雪駄二千足の騙《かた》りだのなんのと、仕掛けには大層な段取りが欠かせないと言った。あたしはその言い分をすべて呑んで、入用と言われただけのカネを調えた」

鉦左衛門が言葉を区切っても、治作は口をはさまなかった。話し終えるまでの口出しは、鉦左衛門には禁物だった。

「桔梗屋をものにするための手はずだと言うから、あたしは呑んだまでだ。ところがどうだ、桔梗屋太兵衛はいきなり逝った。あんたが使っている手の者は、桔梗屋が病持ちだとは知らなかったのか」

「知りやせんでした」

治作はあっさりと認めた。

「そんな肝心なことも知らないで、騙りが成就するとでも言うのか」

煙草盆から取り上げたキセルを、治作に向けて突き出した。火皿を蛇が取り巻いている、鉦左衛門自慢のキセルである。

なによりも蛇が嫌いな治作は、キセルから目を背けた。

「あたしの問いに答えろ」

キセルを手元に戻した鉦左衛門は、刻み煙草を力一杯に詰め始めた。煙草に火がつくのを待って、治作が口を開いた。

「旦那の言われる通り、桔梗屋太兵衛が病持ちかどうかを知らなかったのは、こちらの手抜かりでやした」

鉦左衛門の言い分を受け止めることで、相手の怒りを湿らせた。その上で治作は、首尾はうまく運んでいることを伝えた。

「あるじが逝ったあとは、店のなかがごたつくに決まってやす。とりわけ跡取りのいねえ桔梗屋は、親戚筋が口を挟んできて大騒動になるはずでさ」

「そんなに都合よく、揉《も》め事が起きるのか」

「あれだけの身代を、中途半端にはしておけねえ。四十九日明けごろには、騙りに引っかかったというわさが、江戸中に広まってやしょう」

太兵衛が逝ったことで、仕事が大いにやりやすくなったと治作が胸を張った。

「やりやすくなったかもしれないが、ほんとうに身代ごと乗っ取ることができるのか」

「それはそちらさん次第でやしょう」

「なんだ、それは。あたし次第とはどういうことだ」

「鎌倉屋さんはなにが目当てで、桔梗屋を潰しにかかっておられやすんで?」

「いまさらなにを言い出すんだ」

鉦左衛門の顔つきが、一段と渋くなった。

「履物屋をやりてえわけじゃあねえのは、分かってやす」

「それだけ分かっていれば充分だ」

「いや、充分じゃねえ」

この朝初めて、治作が正面から逆らった。堪《こら》え性のない鉦左衛門が、こめかみに血筋を浮かせた。

「桔梗屋は深川のみならず、江戸でも名の通った履物屋でさ。そこを乗っ取るだけじゃあなしに、商いを潰して別のことを始めようてえなら……」

「始めるなら、どうした」

鉦左衛門が治作を睨《にら》みつけた。あたかも治作が商売敵《がたき》であるかのような見据え方だった。

「鎌倉屋さんも、よほどに肚をくってかからねえと、逆に潰されるかもしれやせんぜ」

治作が薄笑いを浮かべた。鉦左衛門の睨みが凍りついてしまうような、底知れぬ凄味を含んだ笑い方だった。

「こちらが潰されるとは、聞き捨てならない。あんたはなにを言いたいのだ」

「深川者を舐《な》めてかかったら、大火傷《やけど》を負うということでしょうかねえ」

治作はまるで、ひとごとのような口調で言い放った。

「首尾よく桔梗屋が乗っ取れたとしても、佐賀町の百本桜並木に店を構えている連中は、相当に手ごわい」

「なんだ……あたしに開き直ったあとは、逃げ口上を口にするのか」

治作の薄笑いが癇《かん》に触ったらしく、鉦左衛門は喧嘩《けんか》腰の物言いになっていた。治作は冷ややかな顔つきを崩さない。

仕掛けを頼んだ者と請負った者とが互いに譲らず、抜き差しならない局面を作り出していた。

手入れの行き届いた築山で、鹿威《ししおど》しの乾いた音が響いた。座敷の張り詰めた気配にはそぐわない、風流な物音である。

「旦那とは敵《かたき》同士じゃねえ。物言いが気に障ったなら、勘弁してくんなさい」

治作が顔つきをゆるめて、おのれの方から折れた。治作はあごをしゃくるだけで、ひとを殺《あや》めさせる男である。

相手の得体の知れなさに、身体の芯が怖さを感じ取ったようだ。鉦左衛門は治作の詫びを受け入れて、張り詰めた気配を解いた。

「佐賀町の連中がなぜ手ごわいのか、それを聞かせてくれ」

鉦左衛門の口調が、穏やかな調子になっている。治作は薄笑いを引っ込めていた。

「もしも桔梗屋の建物を壊して新しい普請を始めたりしたら、あすこは町ぐるみで鎌倉屋さんに立ち向かってきやす。土地の沽券状《こけんじょう》（権利書）を手に入れたとしても、好き勝手にはできねえてえことでさ」

「それを首尾よくまとめるのが、あんたの請負仕事だろう。好きにはできないなどとは、いまさら聞こえない話だと思うがね」

気に染まないひと言を耳にしただけで、鉦左衛門の様子が変わる。治作はあとの話はほどほどに留めて、鉦左衛門の屋敷を出た。

　今回の仕事を請負ったときから、治作は鉦左衛門とはそりが合わないと思っていた。成り上がりの金持ちにありがちな、カネですべてを片づけようとする振舞い。それが治作は気に入らなかった。

　引き受けたのは、話をつないできたのが金杉橋《かなすぎばし》の貸元、緋鯉《ひごい》の勝五郎《かつごろう》だったからだ。ひとを畏《おそ》れることの少ない治作だが、勝五郎にはあたまが上がらない。治作が駆け出し時分に世話になった男たちの、ただひとりの生き残りが勝五郎だった。

　鎌倉屋は賭場の極上客ゆえに、勝五郎も頼みを聞き入れた。

「あの男の振舞いには気に入らねえこともあるだろうが、頼んだぜ」

　勝五郎に因果を含められて、引き受けた仕掛けである。いまさら放り出すことはできなかった。

　それに仕掛けの費えは、文句を言わずに入用なだけ鉦左衛門は出してきた。雪駄二千足の手付け金百両も、その日のうちに用意した。

　鉦左衛門の狙いがどこにあるのか、治作には摑み切れていなかった。が、いまは、そんなことはどうでもよかった。

　桔梗屋の後ろに控えている、平野町の猪之吉とどう勝負をするか。このことだけに気を集めていた。

　渡世人が桔梗屋と、どこまで深くかかわっているか。今夜の通夜に顔を出せば、大摑みができると、治作は判じている。

大店《おおだな》の不祝儀ごとの段取りは、店に出入りの町内とびが切り盛りする。猪之吉に器量があれば、とびと折り合いをつけて差配の一端を担っているだろう。

通夜の仕切り方を見れば、猪之吉がどれほどの男かが分かる。

日本橋に戻る道々、治作は通夜への顔出し手段を思案していた。

三十二

桔梗屋太兵衛の通夜は予定より半刻早く、天保二年十月四日の夕暮れ七ツ半（午後五時）から始まった。

猪之吉は暮れ六ツ（午後六時）の始まりを、奉公人たちに報せて回らせた。しかし五十人を超える焼香客が、七ツ半前には正源寺山門に集まっていた。

「山門前に、何十人ものお得意先様がお見えになっています」

弔問受付役の手代が、息を切らせて本堂裏に駆け込んできた。

客が早く顔を出すであろうことを、猪之吉は織り込んで思案していた。桔梗屋の格と太兵衛の人柄とを思えば、少しでも早く焼香したがる者が出て当然だと思ったからだ。

客への備えは、七ツ（午後四時）過ぎにはあらかた調っていた。

「七ツ半から始めてもらおう」

猪之吉の指図で、半刻早く山門が開かれた。

正源寺は敷地千坪、山門から本堂までは半町（約五十五メートル）の石畳が続く古刹《こさつ》である。山門手前で受付を済ませた客は、半纏姿の小僧に案内されて本堂に上がった。

熊野杉を用いた階段が、石畳敷きの地べたから本堂まで七段。弔問客は五尺幅の広い濡れ縁を歩き、百畳敷きの本堂に入った。

正源寺住持の読経を聞きながら、五人が一列に並んで焼香した。祭壇上部には、大野白秋が一夜で描き上げた、太兵衛の似顔絵が飾られていた。

季節は十月、深い秋である。

逝った太兵衛と、行く秋を惜しむかのように、大輪の菊花が似顔絵を取り囲んでいる。

弔問客の多くは、大店のあるじや番頭、もしくはあるじの名代で弔問に加わった役付きの手代だ。

不祝儀の場には慣れているはずの客たちが、太兵衛の似顔絵を見て一様に息を呑んだ。

そして、五つ紋の羽二重を着た太兵衛に向かって合掌した。

焼香を終えた客は、佐賀町の町内半纏を着たとびに案内されて場所を移った。本堂からさらに奥に入った大広間である。百二十畳の大広間は、座布団で埋まっていた。

客が座ると、すぐさま茶菓が運ばれてきた。仲町やぐら下の岡満津《おかみつ》が別誂えした、小さなまんじゅうである。皮は白で、あんは黒。このまんじゅうがふたつ、春慶塗の木皿に盛られて供された。

茶は日本橋土橋屋《どばしや》に吟味させた、特上の焙《ほう》じ茶だ。しっかりと焙じられた茶は、煎茶《せんちゃ》よりも高値だった。

「太兵衛さんが、まさかねえ……」

顔見知りの弔問客同士が、いきなり逝った太兵衛を偲《しの》び、あれこれと思い出を語った。

猪之吉は千人近い焼香客が顔を見せると読み、広間では清めの酒も精進料理も出さないと決めた。茶とまんじゅうに留めておけば、長居はできない。

その代わりに、客が持ち帰る香典返しには趣向を凝らした。

辨松《べんまつ》の料理人十五人を寺の賄《まかな》い所に入れて、強飯《こわめし》を誂えさせた。辨松名物の玉子焼きと、しいたけの甘煮を強飯に添えて、竹皮で包ませた。

灘の下り酒龍野桜《たつのざくら》を、竹の吸筒に詰めて一本ずつ強飯に添えた。龍野桜を扱う佐賀町の稲取屋は、奉公人と出入りの職人を総動員して、一夜のうちに千本の吸筒に酒を詰め終えた。

吸筒一本に詰めた酒が一合。十斗の灘酒が放つ香りを嗅《か》ぐと、吸筒のわきに立っているだけで心地よくなった。

清めの塩は、赤穂《あこう》の上物を一匁《もんめ》（三・七五グラム）ずつ、薬包紙に包んだ。この塩詰めは、稲取屋の手配りで麴町《こうじまち》の薬種問屋浅田屋に頼んだ。

ひと晩のうちに一貫の塩を小袋詰めして欲しいと頼まれて、浅田屋は当初、尻込みした。が、通夜の段取りを稲取屋の手代に聞かされたあとは、ぜひやりたいと態度が変わった。

猪之吉の思案した通夜は、辨松も稲取屋も浅田屋も、身を乗り出したくなる趣向に富んでいた。

香典返しの極めつきは、桔梗屋特製の雪駄である。化粧箱のなかには、雪駄一足、黒白の鼻緒が各二本ずつ、それに太兵衛の辞世の狂歌をしたためた短冊が収められていた。

格式の高い大店は、一両の香典を包んできた。が、多くの商家は一分から二分どまりだ。

桔梗屋が用意した香典返しは、桔梗屋別誂えの風呂敷に包まれていた。

弔問客は、本堂の似顔絵でまず息を呑んだ。

案内された広間の大きさに驚き、供された茶菓の美味さに舌を巻いた。

そして大きくて持ち重りのする、香典返しの風呂敷を受け取った。包みを早く開いてみたい客の何人かは、すっかり暮れた大川端で風呂敷をほどいた。

暗がりでよくは見えなかった。

しかし吸筒からは、灘酒の香りが漂い出ている。竹皮包みの中身も、手に持っただけで美味さが伝わってきた。

あわただしく包み直すなり、客は申し合わせたように足を速めた。少しでも早く宿に帰って、風呂敷包みの中身を味わいたいからだろう。大きな包みを抱えた弔問帰りの客が、永代橋を西に渡っていた。

客の顔を見て、治作はおのれのあごを引き締めた。

弔問帰りの客は、だれもが満足げだ。連れ立っておとずれた者たちは、小声で段取りのよさを褒め合った。

それを耳にしたがゆえに、治作は気を引き締めたのだ。

猪之吉が差配しているに違いない……。

五つ紋の式服を着た治作は、正源寺に向かう足取りを速めた。

三十三

永代橋の東詰を北に折れると、公儀御船蔵場《おふなぐらば》だ。南に折れると、大川と小名木《おなぎ》川を警護する御船手組《おふなてぐみ》の広大な屋敷が構えられている。

御船手組が見回りに使うのは、船足の速さが自慢の五丁櫓船《ごちょうろ》だ。御船手組の桟橋には、五丁櫓船が三杯も舫《もや》われていた。

治作が永代橋を西から東に渡ったころには、すでに日は落ちていた。が、五丁櫓の高い艫《とも》は、暗がりのなかでもはっきりと見えた。

御船手組屋敷の辻を曲がれば、すぐ先が正源寺である。弔問を終えた参列者たちが、列をなして治作のほうに歩いてきた。

だれもが、家紋入りの提灯《ちょうちん》を手にした供を連れている。弔問客の様子からも、桔梗屋の大店ぶりがうかがわれた。

山門が見え始めたとき、治作は歩みを止めた。羽織のたもとに手を入れて、香典を確かめた。包みは確かめられたが、治作の顔つきが険しくなっていた。

供を連れずにきた、おのれの不手際に思い至ってのことである。これまでさまざまな人物に扮装《ふんそう》してきた治作だが、大店のあるじの弔問客には化けたことがなかった。

それでも通夜の様子を思い描き、身なりも五つ紋の喪服で調えた。履物にも足袋にも気を配り、派手さを抑えた上物で揃えた。

手には濃紺無地の合切袋《がっさい》を提げた。袋の紐も、黒紐に取り替えたほどに気を配った。

そこまで気を回した治作だったが、肝心の供を連れて出向くことに抜かった。どれほど巧みに扮装しても、治作は本物の大店のあるじではない。それゆえに、供にまでは気が回らなかった。

おれとしたことが、供を連れずに出向いてきたとは……。

山門手前の暗がりで、おのれの手抜かりをののしった。

治作の手落ちは、もうひとつあった。足元を照らす提灯である。大店のあるじは、おのれの手で提灯を持ったりはしない。供が提げて先を歩き、あるじの足元を照らすのだ。

供を抜かった治作には、提灯もなかった。

山門下では、桔梗屋の半纏《はんてん》を着た者が提灯に明かりを入れていた。二十匁の細身のろうそくが、小田原提灯用である。

喪主は、ろうそくを惜しげもなく差し出すことで、通夜の見栄を張った。猪之吉が差配した通夜である。ろうそくの手配りにも目が行き届いていた。

あるじといえども、焼香は供なしである。治作ひとりで焼香しても、人目をひくことはない。しかし山門下で提灯がなければ、目立つことおびただしい。

夜道を行くのが分かっている通夜の参列に、提灯を忘れる者はまれである。まして大店のあるじなら、明かりもなしに夜道を歩く無用心な真似は、断じてしない。

万にひとつ、供の者が忘れてきたとしたら、屋号を名乗り出て提灯を借り受けるのが、商人の定法である。通夜の場には、貸出しの提灯が数多く用意されていた。

治作は五つ紋の羽織を着ている。

この身なりでは、急場しのぎの供の役回りはできない。供はだれもが、屋号を染め抜いた半纏を着ているからだ。

さりとて提灯なしで、山門を素通りすることもできない。通夜の接客役が、明かりなしのままで弔問客を送り出すことは、ありえなかった。

わずかな間のなかで、治作はさまざまに思案を巡らせた。そして、このまま焼香に向かおうという答えに行き着いた。

どこかで、猪之吉の手の者が弔問客を見張っていると治作は断じた。これまでの成り行きから判じても、猪之吉が通夜に無縁とは思えなかったからだ。

桔梗屋に騙りの手が伸びていることを、猪之吉は摑《つか》んでいると、治作は読んでいる。渡世人も仕掛け人も、裏の世渡りをする稼業だ。それゆえに、猪之吉の考えそうなことには察しがついた。

猪之吉は弔問客を見張っている。

治作は山門の手前で、あらためてそれを強く感じた。

どの道、正体はばれる。それなら供だの提灯だのを気にせずに、焼香に行けばいい。勝負は山門を出てからだ。あとをつけてくる者相手なら、どうとでも始末ができる。

こう肚をくくり、治作は弔問客の列に並んだ。どこにでもありそうな、当たり障《さわ》りのない屋号を記帳して、香典を差し出した。

「ごくろうさまでございます」

記帳役の若い男は、治作に深くあたまを下げた。気を抜かずに焼香に向かったが、格別に人目を感じないままに終えた。

本堂裏で香典返しを受け取る段になって、治作は首筋にひとの視線を感じた。

首筋で異変を感じ取るのは、治作が生まれつきに持っている技である。この技のおかげで、いままで何度も、窮地にはまるのを防いできた。

あるじらしい所作で、治作はゆるやかに振り返った。ところが、ひとに見詰められたときならではの違和感が、どこにも感じられなかった。

治作はふうっと大きな息を吐いてから、しばらくその場にたたずんだ。もう一度、首筋に気配を感じ取りたかったからである。

ひとが何人も通り過ぎた。

話し声が続き、あたりの気配が大きく揺らいだ。

が、首筋はなにも感じなかった。

あまり長く立ち止まっていては、人目に立つだけだ。息を深く吸い込んでから、治作は山門に向けて歩き始めた。

歩き出すと、首筋にざらりとした感じが生じた。あるじらしくもない振舞いだが、治作は素早く振り返った。後ろを歩いていた男が、驚いて息を呑んだ。

「背中に羽虫が入った気がしましたので、とんだご無礼をいたしました」

その場を取り繕いながら、首筋のあたりを叩《はた》いた。

「それは災難ですな」

男は不審顔を消さぬまま、治作のわきを通り抜けた。相手に会釈をしながら、治作は気を張り詰めた。

一度なら思い違いも考えられた。しかし二度までも、首筋の感覚が過ちをおかすはずがない。それほどに、治作はおのれの触感を信じていた。

それなのに振り返ったときには、なんの気配も伝わってこないのだ。立ち止まって振り返るまでのわずかな間に、相手は身を隠したとしか考えられなかった。

こんなことは、一度もなかった。

意を決して歩き始めると、首筋がざらりとした。治作は取り合わずに山門に向かった。

「お供の方はどちらに」

接客役が問いかけてきた。

「明かりを頂戴《ちょうだい》して、先を歩いておりますので」

接客役はいぶかしげな顔つきで、治作の言い分を受け入れた。山門をくぐった先で、首筋の違和感が消えた。

治作は仕掛け人稼業を通じて、初めて敵に不気味さを覚えた。永代橋に続く通りまで出たあと、右に折れて仲町の火の見やぐら下に向かった。やぐら下の辻の、提灯屋を目指してだ。

通夜の始まりから、治作はめずらしくおのれがしくじりを重ねた。いまはまだ、大店のあるじの身なりである。この格好のままで、提灯なしで夜道を歩いては、さらに過ちを重ねかねない。

隠れ家に、ツキのわるさを持ち帰るのはご法度《はっと》である。いままで不ツキな日に遭ったときは、飲み屋や一膳飯屋などに立ち寄り、厄払いをしてから日本橋へ帰った。

厄落しのつもりで立ち寄った提灯屋だったが、さらに面倒なことに出くわした。

「あいにくありものは、これ一張しかございませんので」

提灯屋が差し出したのは、夏祭りで使うこども用の提灯だった。油紙が黄色に塗られており、真ん中には赤鬼が描かれている。

「ほかにはないのか」

治作は身なりを忘れて、声を荒らげた。

「あとはこれから張替える段取りの、破れ提灯だけでございます」

客の剣幕に驚いた提灯屋は、ぺこぺこと辞儀を繰り返した。紙屑屋に化けて町を回っている治作だが、大川の東側はさほどに通じてはいない。

ときはすでに、六ツ半（午後七時）を過ぎている。猪牙舟《ちょきぶね》を仕立てることも考えたが、十月初旬の六ツ半では、ときが遅すぎた。

「仕方がない。こども提灯でも、ないよりはましだ」

「これでよろしいので？」

提灯屋に念押しされて、治作はさらに怒りを募らせた。客の顔色が変わったのを見た店主は、大慌てでろうそくに火をともした。

「お気に染まないと存じますので、気持ちだけでもお代を安くさせていただきます」

店主はろうそく代込みで、七十二文でいいと言う。半端な額が、値引きをあらわしていた。

治作は紙入れから、一匁の小粒銀を取り出した。銭に直せば、八十三文である。

「帳場を閉めましたので、つり銭がございません……」

店主がまたもや、あたまを何度も下げた。

「つりはいい」

言い置いた治作は、こども提灯を手にして歩き始めた。ろうそくの灯で、赤鬼がくっきりと浮かび上がっていた。

三十四

治作が日本橋を渡ったのは、五ツ半（午後九時）近くだった。

昼間は橋板が見えないほどの賑わいだが、五ツ（午後八時）を過ぎると橋からも大通りからも、人影が消えた。

道幅が広いだけに、通りの闇は深い。

黄色いこども提灯を手にした治作は、首筋に気を集めてゆっくりと歩いた。辻が近くなるたびに、わざと歩みを変えた。あとをつける者の息遣いを、背後の気配から感じ取ろうとしてである。

仲町の辻を出てから日本橋まで、わざと遠回りしながらも一度も後ろを振り返らなかった。異様な感じが伝わってこなかったがゆえだ。

日本橋を渡りきったときには、ふうっと小さな吐息を漏らした。ここまでくれば、各町は治作の庭も同然だ。自分の縄張りに戻った心安さが、ひと息をつかせた。

「なんでえ……おめえさん、紙屑屋のとっつあんじゃねえか」

気をゆるめて歩いていたら、若い男に呼びかけられた。

いつもなら、ないことだが、このときの治作は背後にのみ気を集めていた。前方からのひとと出くわすとは、考えてもいなかったからだ。

男は提灯を手にしておらず、間近に迫るまで気づかなかった。

「どなた様かと、見間違いでしょう」

気の乱れを相手に感じさせないように、治作は落ち着いた声で応じた。同時に、提灯の火を吹き消した。

「なんでえ、火を消したりしてよう」

暗闇のなかで、男が顔を近づけた。

「おれだよ、とっつあん。富沢町の信三《しんぞう》だ。五日に一度はつらあ合わせてんだ、忘れるほど耄碌《もうろく》しちゃあいねえだろうがよ」

もちろん治作には、相手がだれだかは分かっていた。治作が暮らす裏店《うらだな》近くの、乾物屋の三男坊だ。

二十代半ばになっても、家業を手伝うわけでもなく、箱崎町《はこざきちょう》の渡世人のあとについて遊んでいる放蕩《ほうとう》息子である。

父親も兄ふたりも、信三に手を焼いているが、兄弟のなかで一番大柄な三男には意見もできずにいた。

治作は右手に提灯を提げており、左手には香典返しの風呂敷包みと、合切袋を持っていた。両手とも使えず、当て身を食わせて立ち去ることもままならない。

「めかしこんで、こんな夜道をどこに行こうてえんだ。人違いだなどと、すっとぼけやがってよう」

返事をしない治作に焦《じ》れて、信三が声を荒らげた。

治作は胸のうちで大きな舌打ちをした。

通夜といい、仲町の提灯屋といい、今夜は不ツキの極みだ。しかも駄目押しのように、町内の厄介者と出会った。

箱崎町の渡世人の素性は、始末した目明しの芳蔵から聞かされて、治作は知っていた。自分で『まむしの二吉《にきち》』と二つ名を名乗っているが、親分を持たない半端者だ。信三をこのまま放したら、ことが二吉に伝わり、治作の素性が割れかねない。

「ひとに言えないわけがありましてねえ」

紙屑屋の顔を取り戻した治作は、おもねるような調子で信三に話しかけた。

「にいさんに出会えて幸いだ」

「なにが幸いだというんだよ」

いきなり下手に出られて、信三は戸惑ったようだ。堅気の三男坊の物言いに戻っていた。

「通りで話せることじゃありません。ちょいとだけ、あたしに付き合ってくれませんか」

「いまからかよ」

「なにか急ぎのご用がありますか」

「箱崎町のあにさんと、仲町に繰り出す段取りなんだ」

「だったら、なおさら好都合です」

治作が目元をゆるめた。相手の油断を誘い出す、紙屑屋ならではの笑い方だ。

「あたしの手伝いをしてくれたら、仲町で遊ぶ小遣いを差し上げられます」

「へぇえ……小遣いとは、しゃれたことを言うじゃないか」

信三がまんまと乗ってきた。

大川につながる堀沿いに明かりはなく、人影もまるでなかった。治作は箱崎町に向かって歩く途中で、小さな稲荷神社に入った。

小網町《こあみちょう》の商家十二軒が寄進しあって建立した稲荷で、神主もいない神社だ。内証話には打ってつけと思ったのか、治作を年寄りだと舐めてかかったのか、信三は鼻歌まじりで境内に入った。

灯籠《とうろう》もない神社は、闇に包まれていた。目を凝らせば、赤い鳥居が闇の中にぼんやりと黒く浮かんで見えるぐらいだ。

「どうした、とっつあん。まさか、賽銭《さいせん》どろぼうの片棒を担げというんじゃないんだろうに」

信三が軽口を叩いている。玉砂利に手荷物と提灯を置いた治作は、唇に指を立てて黙らせた。

「もう少し、近くに……」

小声で呼ばれた信三が、雪駄で玉砂利を踏みながら間合いを詰めた。闇のなかで、治作のこぶしが信三の鳩尾《みぞおち》に叩き込まれた。

息が詰まった信三の身体が、ふたつに折れた。こぶしを手刀に変えた治作は、狙い澄ました一刀を、信三の首筋に打ち下ろした。

骨にぶつかり、鈍い音がした。信三が玉砂利の上に崩れ落ちた。首の血筋に指を当て

て、様子を確かめたあと、治作は信三から離れた。

「無益な殺生をさせやがって」

周りに落し物や忘れ物はないか、治作は念入りに確かめた。なにもないと確信したのち、足音を忍ばせて境内から出た。

住吉町の隠れ家に戻ったのは、秋の夜が更《ふ》けた四ツ（午後十時）間際だった。

くぐり戸から入るなり、治作は天龍を呼びつけた。

「清めの塩を、たっぷり振りかけろ」

「へい」

知恵の足りない天龍は、加減が分からない。言われるまま、手のひら一杯の塩を治作に向かって振りまいた。

相撲取り崩れの大男が、思いっきり撒いた塩である。治作のあたまに降りかかり、自慢の黒髪が白髪になった。

治作はこれで厄落しだとおのれに言い聞かせて、天龍には腹を立てなかった。が、座敷で香典返しを開いたときには、一気にあたまに血を上らせた。

黒白の不祝儀水引で結ばれた箱には、雪駄が一足収められていた。鼻緒は祝儀・不祝儀のそれぞれ二本が、すげられずに載っている。

雪駄をひと目見るなり、治作のこめかみに血筋が浮かんだ。表に用いたいぐさも、底に使っている革も、すべて治作の手下が手配りした材料である。

「差しを持ってこい」

言いつけられた天龍は、どすどすと足音を立てて、三尺の物差しを持ってきた。ひったくり取るなり、治作は雪駄に差しを当てた。

台の寸法は十文《ともん》。

もはや、紛れもなかった。治作が騙りのタネに用いた雪駄が、香典返しで配られていた。

猪之吉のやろう……。

行灯ひとつの薄明かりのなかで、治作の両目が怒りの炎で燃え立った。

察しのよくない天龍にも、あるじの不機嫌が伝わったらしい。動くに動けず、大きな背中を丸めていた。

「安之助を呼んでこい」

治作が怒鳴った。機嫌がわるくても、怒鳴ったことのない治作だ。丸まっていた天龍の背中が、ピンと張った。

「木戸が閉じるころだがね」

天龍の返事におおいかぶさるように、石町《こくちょう》が四ツの捨て鐘を撞《つ》き始めた。

四ツで江戸の町木戸は閉じられる。ひとたび大木戸が閉まると、行き来をするのは相当に面倒だ。

わけを話せば木戸番が通してくれることもあるが、もっともらしい言いわけを天龍にさせるのは無理だ。

腹立ちまぎれにことを急《せ》いては、ろくなことにならない。歯軋《はぎし》りをしながら、治作は思いとどまった。

「酒だ」

「へい」

天龍が勢いよく立ち上がった。

不機嫌なあるじの前から離れられるのが、なによりも嬉しそうだ。台所に向かう足取りは、治作の不興とは裏腹に、みょうに軽やかだった。

三十五

桔梗屋太兵衛の通夜は、猪之吉の目配りで滞りなく執り行われた。

十月五日は、前夜の働きをねぎらうかのような柔らかな陽が昇って、夜明けを迎えた。明け六ッ（午前六時）を過ぎると、佐賀町百本桜並木の商家は、一軒ずつ順繰りに目覚める。

いつもの朝なら、桔梗屋は六ツの鐘で店の雨戸が開かれた。しかし十月五日は、鐘が鳴り終わっても、静まり返っていた。

猪之吉は四日の通夜を乗り切れば、翌日は一日の骨休みを与えると奉公人に約束した。店の雨戸には忌中札と、『勝手ながら本日休業とさせていただきます』の報せ札が、二枚並べて張られていた。

桔梗屋の中庭は、季節ごとに朝日の届く場所が異なる。

十月初旬は泉水の石灯籠の屋根と、その奥の欅の古木に陽が差して一日が始まった。

通夜の準備と後始末で夜なべが続いた奉公人たちは、六ツ半（午前七時）を過ぎても起きてこない。昨夜の真夜中近くにすべての片づけを終えたとき、頭取番頭の誠之助が、五日は好きなだけ眠っていいと言い置いたからである。

五ツ（午前八時）の手前で、猪之吉が桔梗屋の奥玄関に顔を出した。女中はすぐさま、泉水が見渡せる客間に案内した。

座ってから間をおかず、内儀が顔を見せた。茶を運ぶ奥女中があとに続いた。

太兵衛は朝餉《あさげ》を終えたあとの茶を、この客間で飲むのを好んだ。格別の用がない限り、太兵衛に並んで、しずも茶を味わった。

季節ごとに陽の色と生垣の花とが、彩りを変える。こどものいないふたりには、朝餉のあとの茶が、かけがえのないひとときだった。

格別に何かを話し合ったわけではない。日々、移ろい変わる眺めを見ているだけで、ともに至福を覚えていた。

「去年のいまごろは、今朝と同じような気持ちのよい朝が続いておりました」

湯呑みを手にしたしずが、陽を浴びてまだら模様に光っている、欅の幹に目を向けた。

「庭の眺めも、朝日の差し加減も、同じに見えますのに……」

太兵衛がこの場にいないのが、去年とは違うと、しずは言いたかったのだろう。口にせずに呑み込んだ言葉を、猪之吉は胸のうちの耳で聞いた。

互いに無言で茶を飲み干したあと、猪之吉が口を開いた。

「昨晩の顔ぶれで、こちらの親戚衆は全員だったので」

「さようでございます」

うなずくしずの顔には、朝の光のなかにいるにもかかわらず、陰りがあった。

「桔梗屋さんほどの大店にしては、驚くほどに親戚の数が少なかったが」

「太兵衛の直系は、いずれも子宝にはあまり恵まれませんでしたので」

しずは努めて、普通の物言いをした。しかし猪之吉は、訊いたことを悔いた。

親戚と跡取りのことは、子宝の授からなかったしずには、針で刺されるような痛みを覚える話だった。


桔梗屋先代夫婦が授かったのは、死去した太兵衛ただひとりである。ゆえに太兵衛には兄弟がいなかった。いまの桔梗屋の親戚は、いずれも先代血筋の又従兄弟《またいとこ》四家である。

村越屋新兵衛《むらこししんべえ》は、神田和泉町《いずみちょう》で乾物屋を営んでいる。当年五十二歳で、息子の陽太郎《ようたろう》は二十五歳だ。

三年前に太兵衛が養子に迎えようとしたのが、この陽太郎である。太兵衛が養子縁組を断わって以来、両家はずっとぎくしゃくした付き合い方を続けている。

このたびの通夜においても、猪之吉の差配をもっとも声高に非難したのが、村越屋当主だった。

「渡世人ごときに、桔梗屋の葬儀を任せるなどは沙汰の限りだ。あんた、それでも桔梗屋の嫁か」

血相の変わった村越屋に詰め寄られても、しずは微動だにしなかった。

「桔梗屋太兵衛の遺言でございます」

しずがきっぱりと言い切り、村越屋も渋々ながら折れた。

河野《かわの》屋五右衛門《ごえもん》は、本所割下水《わりげすい》で呉服屋を営んでいる。割下水には、御家人の屋敷と、日本橋大店の隠居所が集まっていた。

大川からの川舟が、屋敷前まで着けられる便利さに加えて、両国橋や吾妻橋までも、年配者の足でもわけなく行ける。その地の利のよさを買われて、隠居所が多く集まった。

河野屋は奉公人七人の小さな呉服屋だが、得意先に恵まれて商いは繁盛している。客から履物の誂えを頼まれると、すべて桔梗屋に話を通してきた。

商いの付き合いが緊密なことに加えて、河野屋は娘はいるが跡取り息子がいないという、桔梗屋と同じ悩みを抱えている。それゆえに、太兵衛とはほどのよい付き合いが続いていた。

当年六十一歳で、親戚中で最年長者だ。

しかし家督を譲れる者がおらず、いまだに河野屋当主である。親戚筋のなかで、子宝を授からなかったしずの痛みを理解しているのは、河野屋ただひとりである。

親戚の三家目は、深川の山村流踊りの師匠、山村捷六《しょうろく》である。捷六の父親捷市《しょういち》は、芸者遊びと博打《ばくち》に明け暮れて、桔梗屋を除く親戚中から絶縁を言い渡された。

親の残した小さな三味線屋も、博打のカタで人手に渡った。捷市の連れ合いは、店を失ったその日に離縁状をせがみ、身の回りの品をまとめて出て行った。

捷六は父親と、芸者の間に授かったひとり息子である。六の数字が好みだった捷市は、おのれの捷に六を加えて、こどもに名づけた。こどもが授かったと大喜びしたが、捷六誕生後、一年も経ずに他界した。

芸者を続けた母親は、一切の男出入りを断ち、捷六を育て上げた。そして江戸ではさほどに名の通っていない山村流の踊りを稽古させ、名取にまで就かせた。

母親が山村流にこだわったのは、辰巳《たつみ》芸者の多くがこの流派の弟子だったからだ。芸者は歳を重ねるごとに、お茶を挽《ひ》く日が多くなる。実入りが減る中で、捷六の稽古謝金の工面に追われた。

桔梗屋先代は、折りにふれて二両、三両のカネを捷六の母に届けさせた。一度に大金を包まなかったのは、母親の誇り高さをわきまえてのことである。三両のカネは、受け取った者がほどこしとは感じずにすむ、ぎりぎりの額だった。

苦労して育った割には、五十四歳のいままでも、捷六は粋人である。ふたおやの血を色濃く引いてのことだろう。治作の隠れ家を見張った折り、宿の手配りをしたのが捷六である。

苦しいときに先代から示された恩を、捷六は忘れていなかった。

四家目は川島屋《かわしま》八兵衛《はちべえ》、高橋《たかばし》の道具屋である。道具屋といっても骨董《こっとう》を扱うわけではなく、職人が使うかんな、のこぎり、のみ、玄翁《げんのう》などの小売屋だ。

扱う品物が硬いだけに、人柄も生一本だ。仕入れる道具の目利きに長《た》けており、職人はここ一番の道具が欲しいときには、迷わず川島屋をたずねるほどである。

桔梗屋の職人が使う道具も、多くは川島屋から買い求めていた。

生一本といえば聞こえがいいが、五十三歳になりながらも、人柄は練れていない。

桔梗屋の職人が道具を誂えても、ただの一文も値引きをしない。愛想もない。

それでも職人たちが店をおとずれるのは、扱う道具の質が他所よりも抜きん出ているからだ。

桔梗屋の親戚は、この四家である。

養子縁組に乗り気だった村越屋のほかは、どこも家業がそれなりに栄えていた。それだけに、桔梗屋の相続に色めき立つこともなかった。

ただ一家、村越屋は事情が違っていた。

当主の新兵衛は、家業の乾物屋には物足りなさを感じている。

「わしが桔梗屋を切り盛りすれば、身代が大きくなるのは目に見えている……」

常々、息子を前にしてこれを広言した。三年前、太兵衛から養子縁組を打診されたときには、新兵衛は舞い上がった。

頼まれもしないのに毎日桔梗屋に出向き、細かなことばかり、あれこれと指図を始めた。

「なんだい、あのひとは」

「所詮は乾物屋の旦那さ。うちのような大店の仕組みが分からないんだろうさ」

当初は陰口で済んでいたが、番頭にまで指図を始めたことで、太兵衛が出入りを断わった。そして養子縁組も破談となった……。

「親戚の数は、四家と驚くほど少ないが、だれもがここには、跡取りのいないことを知っている」

あぐらをかいて話をする猪之吉を、しずはわずかに斜めから見詰めた。連れ合いを亡くして間もない今は、男をまともには見たくないのかもしれない。

「このたびの二千足の騙りを、もしもおれが後ろで糸を引くとしたら、太兵衛さんの急死はなによりの仕掛けどきだと判ずる」

「それは……親戚筋との間で、揉め事が起きるということでしょうか」

物静かだが、さすがは大店の内儀である。しずは猪之吉が驚くほどの、察しのよさを示した。

「桔梗屋と親戚筋とを揉めさせる、と言い替えたほうが合っている。どっちにしても、ここから先は、一段と肚《はら》をくって立ち向かうしかねえでしょう」

「よろしくお願いします」

しずが上品な所作で、あたまを軽く下げた。

「誠之助とここで話をしてえんだが、ようござんすかい」

「どうぞ。わたしは仏間におりますので」

しずが出て行くのと入れ替わるように、誠之助が顔を出した。猪之吉はねぎらいの言葉も口にせず、本題に入った。それほどに、誠之助の人柄と器量を買っていた。

「仕掛け人の紙屑屋が、手荒なことを始めた。この先は、よほどに用心がいる」

しずに余計な心配をさせないように、猪之吉はこのことを聞かせていなかった。

「手荒なこととおっしゃいますと？」

「ゆうべの通夜帰りに、あの男は小網町でひとを殺《あや》めようとした」

「へっ……」

荒事とは無縁に勤めてきた頭取番頭は、殺めるという言葉を身近に聞いて息を呑んだ。

「あの男にしてはめずらしい手抜かりだろうが、止《とど》めを確かめきらずに場を離れた。よほどに正源寺の通夜で、気を高ぶらせたんだろう」

誠之助と話をしながら、猪之吉は昨夜の治作を思い返していた。

治作が焼香を始める前に、猪之吉は手の者から、紙屑屋が顔を出したと耳打ちされた。

「供も連れねえで、五つ紋を着てひとりで来やした」

通夜の始まりに先立ち、猪之吉は賭場の若い者のなかから、後追いに長けた者を五人選《え》り抜いていた。

「ひとりだと」

「へい……提灯も持っておりやせん」

「大方、大店のあるじのとむらいには、出たことがねえんだろう」

「あっしもそうだと思いやす」

おのれが場違いな場所にきた気がしているのか、紙屑屋は、みょうに気を高ぶらせていると伝えた。

「男の隠れ家は突き止めてある。寺を出てからだれに会うか、どこに行くかを、抜からずに見届けろ」

猪之吉は三人を治作に張りつけ、残るふたりは船で小網町の桟橋に先回りさせた。途中で見失ったとしても、最後は住吉町の隠れ家に行くと断じての手配りだった。

焼香を終えた治作は、香典返しを受け取るなり、ゆっくりとした動きで後ろを振り返った。見張りのふたりは肝を潰した。

ふたりは古木の陰に隠れており、治作とは四半町（約二十七メートル）の隔たりがあった。しかも、明かりの乏しい寺の庫裏《くり》わきである。

そんななかで、治作は見張りに気づいた。まさかと思いつつも、ふたりはさらに隔たりを開いた。それでも治作に感づかれた。

「あの男には、獣のような勘働きが備わっているかもしれやせん」

手下から顚末を聞いた猪之吉は、思い出そうとしても出てこなかった名前が、ふいに浮かんだ。

「仕掛け人は治作だ」

どれほど離れて後追いしても、かならず見破る男として、裏稼業では名を知られた男である。猪之吉は、それを思い出した。

「治作が相手じゃあ、後追いは無理だ。おめえたちも、小網町の河岸に先回りしろ」

聞いた話では、治作は首筋でなにかを感じるということだった。だとすれば、先回りして前から見届ければいい。

治作と分かって、指図を変えた。

猪之吉の読み通り、治作は五ツ半（午後九時）を過ぎたころ、提灯を手にして日本橋を渡り始めた。

「なんでえ、あの提灯は」

桟橋の暗がりで、見張りのひとりが呟いた。が、すぐに顔つきが引き締まった。橋を渡って少し歩いたところで、様子がおかしくなり始めた。

いきなり提灯が消えて、治作ともうひとりの男とが、桟橋に向かって歩いてきた。

五人の男が、堀の石垣にへばりついた。

あたまをわずかに出して見張っていたら、ふたりは目の前の稲荷神社に入った。後ろからは近寄るなと、きつく指図されていた五人は、石垣から動かなかった。

神社に入ってからあまり間をおかず、治作がひとりで出てきた。

見張り役は、五人とも渡世人である。

ふたりで入って、ひとりだけ出てきたことの謎は、すぐに解いた。

男が辻を曲がって見えなくなるなり、神社に駆け込んだ。玉砂利に男がひとり、うつ伏せに転がっていた。見張りのひとりが、男の背中に耳をくっつけた。

「まだ生きてる」

顔を見合わせた五人は、倒れた男を抱き上げると、桟橋に舫った船に乗せた。そして平野町の賭場に担ぎ込んだ。

信三の首が、図抜けて太かったことが幸いし、治作の手刀を叩き込まれても骨は折れていなかった。

「敵は香典返しを見て、騙りがばれたと察したはずだ。いまごろは、次の手立てを講じている」

「次の手立てとは……まだなにか、仕掛けて参りますので」

「できのわるい親戚をたらしこんで、揉め事を持ち込むだろう。おれが桔梗屋の乗っ取りを企んでいるぐらいは、吹かすはずだ」

どの親戚が狙われやすいかと、誠之助に問いかけた。

「村越屋です」

ひと息もおかず、迷いのない答えが返った。

「おれは太兵衛さんのなきがらに、桔梗屋を守ることは約束したが、跡取りについては黙っていた」

「お内儀さまのお身内から、ひとを招くのが最適かと存じます」

常から思案をしていたのだろう。誠之助の答えには淀みがなかった。

「あの内儀《ひと》が、聞き入れるかどうかは、おれには分からねえが……まずは当面の厄介ごとを片づけるしかねえ」

「いよいよ、始まりましたか……」

誠之助が小声でつぶやいた。

物言いは沈んでいるように聞こえたが、目は強く光っていた。

三十六

十月五日の朝五ツ半（午前九時）。

治作の隠れ家で朝飯が始まった。大きな仕掛けに取りかかるとき、治作は縁起を担いで朝飯を豪勢にした。

南向きに障子戸を構えた十畳間には、深まった秋の朝日が差し込んでいる。その柔らかな光が、膳に塗られた漆を艶々と照り返らせていた。

神田和泉橋たもとの漆器屋、加賀松本屋で買い求めた膳、椀、皿を朝飯に用いるのは、治作が本気の勝負を仕掛けるときだ。

治作に仕えて二十年になる安之助は、膳の器を見て頭領の決意のほどを察した。仕えてまだ日の浅い与一郎は、朝日に映える漆黒の器の美しさに見とれていた。

勝負に臨む朝飯の折りには、治作は子飼いの女中を呼び寄せるのを決め事としている。

十月五日の朝も、紺無地に赤いたすきがけのお仕着せ姿の女中が給仕についた。

飯炊きと料理は、天龍が担った。

治作は炊き上がった飯を納める櫃《ひつ》にも、膳や什器《じゅうき》同様に気を配っていた。櫃は、木曽の椹《さわら》を用いた別誂えである。

椹は檜《ひのき》の仲間で、水や湿気に強く、しかも香気が少ない。炊き上がった飯の、余計な水分をうまく吸い取りながらも、飯に香りを移さない。櫃にはお誂えの材質である。

治作は炊き上がりの熱々を好むことを、女中は充分に心得ている。座敷に運んできた櫃のふたをとるなり、強い湯気が立ち上った。

漆塗りの膳には、生卵と、小鉢に入った金山寺《きんざんじ》味噌が載っている。女中が飯をよそい始めたのを見て、治作は生卵を割った。頭領をまねて、安之助と与一郎も卵を手に取った。

治作の膳に炊き立ての飯が供されたとき、焼きあがったアジの干物を盆に載せて、天龍が入ってきた。

「いい炊き上がりだ。飯粒が立っている」

治作が天龍の飯炊きを褒めた。

「米が新米でねえもんで、火加減を変えてみましただ」

天龍が、いかつい顔を崩した。女中は治作に続けて、安之助と与一郎にも飯を給仕した。生卵をといた治作は、下地をひと垂らししてから飯にかけた。

箸で飯をかき回し、卵をよくからませてから口に運んだ。

言葉は口にしなかった。が、目が炊き上がりの飯の美味さを褒めている。治作の満足げな顔を見てから、天龍が干物を膳に載せた。

アジの皮には、きれいな焦げ目がついている。皿を見た治作は、下地もかけずにアジの身を箸でほぐした。焦げ目のついた皮と一緒に口にしたあと、おだやかな目で天龍を見た。

「おまえの目利きは大したものだ」

治作はしっかりと干物の味を認めた。天龍が大きな背中を丸めて喜んだ。

治作の指図で、ひとを殺める荒事を顔色も変えずにしてのける天龍である。その男が、庖丁を器用に使い、治作好みの料理を拵えた。

相撲部屋の下積み時代、毎日料理番を言いつけられて磨いた腕である。

「味噌汁は、おかしらが好きなしじみが買えただ」

飯と干物に満足した治作が、天龍の顔を見てうなずいた。立ち上がった天龍は、胸を張って味噌汁の仕上げに戻って行った。

昨日の治作は、お店《たな》のあるじの身なりで出かけた。四ツ（午後十時）近くになって帰ってきたときには、手に風呂敷包みを提げていた。

羽二重の羽織の前が乱れており、太い紐がゆるんでいた。

「清めの塩を、たっぷり振りかけろ」

くぐり戸を入ってきたときから、治作は機嫌がわるかった。手のひら一杯の塩を振りかけたとき、治作の目元が歪《ゆが》んだ。が、天龍は知らぬ顔で奥に引っ込んだ。

機嫌のよくないときの治作には、余計なことを話しかけないのがなによりだと、天龍なりに心得ていた。

物差しを持ってこいの、酒を出せのと用を言いつけられたときには、大きな身体を敏《びん》捷《しょう》に動かした。用が済むなり、すぐさま台所に引っ込んだ。

ひとりで酒を続けていた治作の手が鳴ったのは、真夜中の手前だった。座敷に顔を出すと、三本の徳利が空になっていた。

治作は酒豪である。三合ぐらいの酒では、顔に朱もさしてはいなかった。

「木戸が開いたら、安之助とおひさを呼んでこい」

おひさとは、用があるときに呼び寄せる、治作のわけあり女中である。勘働きのよくない天龍だが、朝からおひさを呼ぶと聞いて勝負の朝飯だと察した。

「安之助さんとおひささんを呼んだ帰り道に、魚河岸さ顔を出しますだ」

こと料理にかかわることなら、天龍の薄い知恵は二歩も三歩も先を行く。治作は感心した様子も見せず、天龍の言ったことを受け止めた。

明け六ツ（午前六時）の鐘と同時に宿を飛び出した天龍は、足を急がせて安之助の長屋に顔を出した。十月初旬の江戸は、明け六ツ過ぎではまだ暗い。

「安之助さんよう……」

声を潜める知恵のない天龍は、腰高障子戸をガタガタさせながら呼びかけた。二度目の呼び声で、土間に安之助がおりてきた。

「朝からでけえ声を出すんじゃねえ」

睨みつけられても、天龍は平気である。治作に叱られるほかに、天龍には怖いものはなかった。

「五ツ半まえには顔を出せと、おかしらが言ってるだ」

寝起き顔の安之助に用向きを伝えた。

「ご用はなんでえ」

「おらには分からね」

問うても無駄だと知っている安之助は、分かったと返事をして、天龍の鼻先で障子戸を閉じようとした。その戸を、天龍の大きな手が押さえた。

「いまからおひささん呼んで、魚河岸に買出しに出るだ。飯に遅れちゃなんねだぞ」

おひさ。魚河岸の買出し。

ふたつのことを聞いて、安之助は事情を察したようだ。

「与一郎はどうする」

「もちろん、おかしらは呼ばってるだよ」

「もう伝えたのか」

「それは、おめの仕事だ。おかしらは、おらには言いつけなかっただ」

「だったら、はなからそう言うんだ。おれが問わなけりゃあ、与一郎にはつなぎがつかなかっただろうが」

安之助は目を怒らせて、障子戸を乱暴に閉じた。天龍は気にした様子も見せず、長屋の木戸を出た。おひさの宿に回り、さらに魚河岸へと足を運んだ。

アジの干物もしじみも治作の好物だが、この朝はどちらもいい品が手に入った。干物は朝の薄明かりのなかでも、皮が青く光った。大島村《おおじまむら》で取れたばかりのしじみは、大粒で色艶もいい。

勝負の朝飯に欠かせない卵は、魚河岸の卵屋から生み立てを仕入れた。持ち重りのする卵の殻には、幾つも小さな粒がついている。

重さと殻の手触りとで、天龍には品物のよさが目利きできた。場内の味噌屋で、甘味の利いた金山寺味噌を買い込んだときには、天龍の目尻が下がっていた。

思い通りの買い物ができたあとは、生き生きとした動きで朝飯の支度に取りかかった。美味いものを拵えれば、治作から褒められる。褒め言葉が出たときには、かならず小遣いがもらえた。

まずまずの気に入り方なら、小粒をひと粒。大いに気に入ったときは、一分金がもらえた。ひと粒が六十分の一両の小粒と、四分の一両の一分金とでは、十五倍の開きがある。

飯が炊き上がったときには、今朝は一分金がもらえると、天龍は確信していた。

「桔梗屋親類の調べは、抜かりなくついただろうな」

「へいっ」

朝飯を食べ終えた安之助が、前の膳をわきにどけてにじり出た。その動きを険しい目で止めて、治作は女中を呼び寄せた。

「膳を片づけてくれ」

話に入る前に、治作は三人分の膳を片づけさせた。これも治作が担ぐ縁起のひとつである。うっかり話を始めようとした安之助は、慌てて元の座に戻った。

膳が片づき、三人の膝元に茶が出された。茶請けは塩瀬《しおぜ》の『志ほせ饅頭《まんじゅう》』である。大和芋の皮で小豆餡《あずきあん》を包んだ薯蕷《じょうよ》饅頭は、酒好きの治作も口にした。

味うんぬんではなく、用いた大和芋の粘りに縁起を担いでのことである。

「上首尾に終わるまでは、粘り強く仕掛け続ける」

その粘りを、治作は塩瀬の饅頭を口にして身体のなかに取り込んだ。

「始めてくれ」

饅頭一個を食べ終えたところで、治作が安之助の口を促した。安之助が治作のほうに膝をずらした。

「おかしらから探りの指図をいただいて、まだ、さほどに日が経ってはおりやせん」

安之助は言いわけから話を始めた。治作はまばたきもせずに、手下を見詰めた。

「今朝までのところで分かっておりやすのは、桔梗屋には跡取り息子がいねえことと、江戸に四軒の親類がいるてえことでやす」

安之助が口を閉じた。

「言うことはそれだけか」

治作の物言いは、気味がわるいほどに静かである。へいっ、と返事をした安之助が、息を吸い込んで身体をこわばらせた。

「桔梗屋に跡取りがいないことも、親類が四軒あることも、おまえに探りを指図したときには、およそのことが知れていたはずだ」

湯呑みをわきにどけた治作は、煙草盆を引き寄せた。キセルに刻み煙草を詰めながら、治作が盆を見詰めた。

気働きのある与一郎は、治作の顔つきから火種がないことを察したようだ。

「火をもらって参ります」

きつい顔つきの治作から、与一郎は離れていたかったのだろう。言いつけられもしないのに、座から立ち上がった。

「余計なことはしなくていい」

「はいっ」

与一郎が棒立ちになった。

「立っていると目障りだ」

返事もできないまま、与一郎が座った。背骨から音が立ちそうなほどに、背筋を張っていた。

治作が軽く手を打っただけで、女中が顔を出した。キセルを見て、用向きを察した女中は、台所から火桶を運んできた。

煙草を一服くゆらせた治作は、目つきを変えぬままに安之助を見た。

「四軒の親類の、あらましぐらいは分かっているのか」

「へい、ここに持ってきやした」

ふところから取り出した四枚の半紙を、治作に差し出した。調べ上げた親類のことが、一枚に一軒ずつ、別々に書かれていた。

『村越屋新兵衛。連れ合いの名はおみよ、息子は陽太郎。神田和泉町にて乾物小売屋を営む。町内には同業もなく、商いぶりは横着。おもな売り物は干椎茸《ほししいたけ》、干瓢《かんぴょう》、干物、鰹節《かつおぶし》。品物の目利きがわるく、地元の評判は芳《かんば》しくない』

『河野屋五右衛門。連れ合いの名はおちせ、ひとり娘はおしま。娘はすでに二十一だが、まだ縁付いてはいない。本所割下水にて、呉服小売屋を営む。武家に得意先が多く、商いは堅実。あるじの人柄も、地元では好まれている』

『山村捷六。深川門前仲町にて、山村流稽古場を営んでいる。弟子は辰巳芸者、料亭仲居など、およそ四十名。連れ合いもこどもも、おらず。地元の評判はわるくない』

『川島屋八兵衛。連れ合いの名はおてる、娘ふたりは上がおきぬ十八、下がおしの十六。いずれもまだ縁談はない模様。高橋にて道具小売屋を営む。品物の目利きに秀でており、得意先も数多い。あるじに愛想なし』

安之助が使った探り屋は、根が律義者らしい。桔梗屋の親類四家のあらましを、同じような字数で、かつ角ばった文字で書き記していた。

治作は半紙それぞれを斜め読みしただけで、安之助に突き返した。

「おれが知りたいのは、こんな武鑑《ぶかん》みたいに、表づらをなぞっただけのものじゃない。生身の者がどう生きているか、それを知らないままには、手立ての講じようがないだろう」

治作は伝法な物言いではなく、昨夜扮した大店のあるじのような言葉遣いである。このしゃべり方を耳にするたびに、安之助も与一郎も気が張った。ふたりを等分に見据えてから立ち上がった治作は、紙箱を手にして戻ってきた。

「中を見てみろ」

受け取った安之助は、ふたを開くなり息を呑んだ。わきからのぞき込んだ与一郎も同じように、うっ……と言葉を詰まらせた。

「おまえたちが、のんびりと探りを入れている間に、猪之吉は手早く仕事を進めている。そんな手ごわい相手に、いまの調子で勝てるつもりか……おい、安之助」

手下を呼ぶ声には、小便を漏らしそうになるほどの凄味があった。名指しをされた安之助のみならず、与一郎も引きつった顔を治作に向けた。

「箱の雪駄が、おめえたちを虚仮《こけ》にして笑ってるぜ。しかも、これだけの仕事を桔梗屋にさせたということは、野郎がしっかりと店に食い込んでいることのあかしだ」

話しているうちに、治作の声が荒々しくなっていた。腹を立てているのに、顔色は青白く見える。

頭領の様子が危ないところにきていると察した安之助は、唇を閉じ合わせることしかできなかった。

「猪之吉の差配したとむらいは、文句のつけようがないほどに見事なものだった。あの男と手が組めたら、さぞかし大仕事ができるだろうよ」

言葉を吐き捨ててから、治作は流し場へと向かった。一杯の水が飲みたかったからだ。

土間で治作の顔つきを見た天龍は、今回は小遣いはもらえないとあきらめた。

三十七

治作からこっぴどく脅かされて、安之助と与一郎は身体の芯から震え上がった。

治作の手元には天龍がいる。どんな指図を受けても、悩んだり戸惑ったりせずに、言われた通りに動く大男だ。

治作から疎《うと》んじられた目明しや下働きが、どんな末路をたどったか。十月一日以来、安之助は気味がわるくて、井戸端には近寄っていなかった。

「性根を据えて探りを始めるぜ」

朝飯のあと、安之助と与一郎は連れ立って探り屋の元締め、『すがめの八郎《はちろう》』の宿をたずねた。

朝飯を食べてすぐに、ふたりは足を急がせた。元締めの宿は、神田川に架かる和泉橋たもとの路地を入った突き当りである。治作の隠れ家からは大した道のりではなかったが、早足を続けたふたりは宿に着いたときには息が上がっていた。

稼業柄、八郎の宿には玄関がなかった。

陽の当たらない路地の突き当りには、使い古した酒の四斗樽と、しょうゆや味噌の一斗樽が積み重ねられている。傍目《はため》には無造作に積んであるように見えたが、四斗樽と一斗樽との間には、おとなひとりが真横になればすり抜けられる隙間があった。

しかし樽の重ね方が微妙で、うっかり触るとゴトンと大きな音が立つ。勝手に隙間をすり抜けようとすれば、樽に身体がぶつかってしまい、積み上げた全部が崩れ落ちた。

元締めの宿は、この樽の隙間を潜《くぐ》り抜けて、隠し戸を押した先に構えられている。樽が音を立てると、路地の向かい側から見張りの手下が飛び出してきた。

元締めの宿は、ひとに知られないように幾重もの仕掛けを構えていた。

桔梗屋親類の探りの手配りを任された安之助は、八郎ではなく、始末された芳蔵につながる探り屋を使った。八郎に頼むには、宿を訪れるだけでも面倒な手順がいる。しかもすべてが、治作の耳に筒抜けになる。

以前に一度、八郎の手の者を使ったことがあった。頼んでおきながら、安之助はいつも八郎と治作のふたりに見張られているようで、まるで気が休まらなかった。

それに懲りて、芳蔵の探り屋を使ったが、治作の気には染まず、手ひどく脅かされた。

すがめの八郎と治作とは、三十年の付き合いである。八郎の気性も腕のほども知り尽くしている治作は、誤解しようのない言葉で、八郎に頼めと指図した。

安之助はひとことの口答えもせず、頭領の指図を受け入れた。

陽が差し込まない八郎の宿は、まだ昼前だというのに瓦灯《がとう》（粗末な素焼きの照明器具）が灯されていた。

湿ってかび臭い部屋のなかに、五個の瓦灯が燃やす魚油のにおいが満ちている。しかも向かい合う男は、目がどこを見ているか分からない元締めである。

生臭いにおいと、十月だというのに身体にまとわりついてくる湿気。さらには部屋の薄暗さのなかで、不気味な目つきの元締めを前にしていることで、安之助と与一郎は尻が落ち着かなかった。

「おかしらは元気にしてるかい」

ひとことしゃべるたびに、八郎からはひどい口臭が流れ出てくる。安之助は顔をしかめないように気遣いつつ、元締めにうなずいて見せた。

「おめえさんとはずいぶん久しぶりだが、どうしたというんだ、こんなに急に」

「折り入っての頼みがあって、元締めのお力を借りにうかがいやした」

早く宿から出たい安之助は、手短に頼みごとの中身を伝えた。言い漏らしがないように、半紙に書いた四軒の屋号も手渡した。

八郎は半紙を受け取ろうとはしなかった。

「おめえさんが口にした村越屋、河野屋、山村捷六、川島屋の四軒は、どれも箱崎町の若いのが探りをやったばっかりだろう」

いきなり図星をさされて、安之助は返事に詰まった。

「どうでえ、お若いの……おれの言ったことに間違いはねえだろうが」

黙ったままの安之助に焦れた八郎は、与一郎に矛先を変えて問い質《ただ》した。わきにいる安之助に気を遣いながらも、与一郎は小さくうなずいた。

「おれと治作さんは、足掛け三十年の付き合いだ」

八郎が語気を強めた。

離れていた両目が真ん中に戻っていた。常人と同じになった八郎の目は、薄暗い部屋のなかでも強い光を放っている。

その目で睨みつけられて、あぐらをかいて座っていた安之助が、手を膝において居住まいを正した。

「ほかのやつの手垢《てあか》にまみれた探りを持ち込むてえのは、おれを虚仮にするも同然だ。治作さんに免じて話を聞くが、二度目はねえ」

脅し文句を口にしたあとは、八郎の黒目がまた両端に離れた。自在に瞳が動かせる男だと分かり、安之助はさらに元締めを不気味に感ずる心持ちを募らせた。

「銑太郎《せんたろう》」

元締めに呼ばれて、座敷の隅からいきなり男があらわれた。まるで気配を感じていなかった安之助と与一郎は、腰を浮かせて驚いた。

あらわれ方にも驚いたが、風貌を見てさらに安之助の目が丸くなった。前回元締めに探りを頼みにきたときには、銑太郎という名の手下はいなかった。

治作の下で仕掛けを差配してきた安之助は、少々のことでは驚いたりはしない、肝の据わった男だ。ところがこの日は、治作にも探りの元締めにも、脅かされ続けた。

おのれの軽さに腹を立てていたところに、またもや銑太郎という新手《あらて》の男に肝を冷やす目に遭わされた。

安之助は、驚きと腹立たしさとが混ぜこぜになった目で、銑太郎を見た。

背丈は五尺三寸（約百六十一センチ）、目方は十四貫半（約五十四キロ）見当の、どこにでもいそうな身体つきである。

安之助が驚いたのは、禿頭で、しかも眉毛が一本もない異形《いぎょう》に対してだった。

暗がりから出し抜けにあらわれたことで、その顔を見たときには息を吞んだ。が、目が慣れるにつれて、銑太郎の男ぶりのよさに安之助は感心した。

鼻筋がきれいに通っており、一重まぶたの両目は瞳が大きく、しかも潤いに満ちている。唇の厚みはほどよく、色味の美しさは瓦灯だけの暗がりでも、はっきりと分かった。

「本所割下水、高橋、深川門前仲町、神田和泉町の絵図がいる」

「分かりました」

部屋の湿気を払いのけるような、涼しげな声で返事をした銑太郎は、静かに立ち上がった。そしてあらわれたとき同様、いきなり姿を消した。

「たいした技を使う男でやすね」

安之助は心底から、銑太郎の動きに感心していた。

「あのあたまなら、町人でも武家にでも、医者も坊主もなんでもござれに化けられる。眉の引き方次第では、あいつは女もこなすぜ」

八郎が初めて目元をやわらげた。安之助と与一郎が、しきりにうなずいているとき、部屋の気配を揺らさずに、銑太郎が座敷に戻ってきた。

左手で四冊の分厚い帳面を抱え、右手には遠州行灯《あんどん》を提げていた。帳面を畳に置いた銑太郎は、瓦灯の灯心で行灯に火を点《つ》けた。

暗がりでは分からなかったが、帳面だと思っていたのは絵図だった。『本所』と書かれた絵図を開き、銑太郎は割下水の箇所を開いた。

有り物の版刷りではなく、手書きで帳面一杯に絵図が描かれている。驚いたことに、商家の箇所は屋号の下に、あるじ一家の顔ぶれ、奉公人全員の年齢と名前、敷地と間口の広さまでが詳細に書かれていた。

鉄太郎は四冊すべてを開き、探る相手の住居周りの詳細を読み進めた。

「これは毎年、書き替えられやすんで」

絵図の出来栄えに驚いた安之助が、元締めに問いかけた。八郎は返事はせず、首を横に振った。

「そりゃあ、そうでやしょうねえ。ここまでつぶさに調べたものを、一年こっきりで反《ほ》故《ご》にしたんじゃあ、あんまりもったいねえてえもんでさ」

「勘違いして勝手なことを言うな」

八郎が叱りつけるわきで、鉄太郎が小声で「半年ごとです」と言い添えた。

絵図をすっかり読み込んでから、鉄太郎が安之助と向き合った。

「四軒の、なにを知りたいのでしょう」

鉄太郎が潤みを帯びた目で、安之助を見詰めた。まともに目が合って、安之助はうろたえて顔を赤らめた。

咳払いをひとつしたあとで座り直し、自分からあらためて鉄太郎に目を合わせた。

「四軒それぞれの、隠しのない内証のほどを知りたいんでさ」

「なんのためにでしょうか」

八郎と鉄太郎に、隠し立てをする必要はない。桔梗屋のあらましを話した上で、安之助が付け入ることのできる、隙のある親類を一軒、選り抜いて欲しいと頼み込んだ。

「桔梗屋の後釜《あとがま》に座れると、相手に思い込ませるためですか」

「その通りでさ。こちらで一軒選り抜いてもらったあとは、あっしらが群れになってその男をたらし込みやす」

「分かりました。念入りに探りますので、三日後までお待ちください」

銑太郎の答えを聞いて、安之助と与一郎が顔を見合わせた。

「ときがかかり過ぎますか」

「とんでもねえこって」

安之助が大慌てで打ち消した。

「たった三日で調べてもらえりゃあ、こんなありがてえことはねえ」

ぜひともよろしくと、安之助があたまを下げた。

「はなからうちに来てれば、ときとカネの無駄遣いをせずに済んだものを」

八郎のつぶやきを耳にして、安之助の背中が丸くなっていた。

三十八

十月十日の江戸は、未明に降り始めた雨が五ツ（午前八時）には本降りになった。

神田川の川面に大粒の雨がぶつかり、無数の紋を描いている。安之助と与一郎は、ふたり連れ立って村越屋に向かっていた。

十月五日の朝、治作から手ひどく脅かされて以来、安之助は人任せにせず、おのれの目と足とで物事を進めている。いま村越屋に向かっているのも、そのひとつだ。

鉄太郎から聞き取った話を元に組み立てた騙りを、自ら動いて仕掛けるためにである。

神田川土手は、土がやわらかい。わずかな雨でも、すぐにぬかるみを拵えてしまう。

お店者に扮したふたりは、日本橋の鰹節問屋の半纏姿で、足元を気にして歩いていた。

年恰好から言っても、安之助は番頭の役回りがふさわしい。しかし今回は、ふたりとも手代に扮装して騙りを仕掛けに出向いていた。

和泉橋のたもとで足を止めた。

雨脚が一段と強くなっている。安之助と与一郎は、互いに半纏の背中を確かめ合った。

「でえじょうぶだ、岡田屋の文字がはっきりめえる」

「あにいも同じでさ」

ふたりが羽織っているのは、岡田屋と文字が染め抜かれた紺地の半纏だ。与一郎の屋号は白抜きだが、安之助の文字は紺地に赤文字である。

岡田屋は、古参の手代には赤文字の半纏を着させている。安之助はそこまで念入りに騙りの備えを調えていた。

　ふたりが確かめ合ったのは、雨に打たれた半纏の文字が流れ出していないかである。騙りに用いる半纏は、染めではなく、上絵師《うわえし》が生地に直接筆で描いた品である。

　わずか一枚か二枚の半纏を、染めに出すのは手間も費《つい》えも無駄だ。せいぜい数回しか使わない半纏は、仲間内の上絵師が屋号や家紋を筆で描いた。

　見た目には、いかにも店のお仕着せと同じ仕上がりだ。が、水に濡れると、描いた部分が流れ出す弱点があった。

　治作の怖さをあらためて目の当《ま》たりに見たふたりは、しくじりは『命取り』につながると骨身に染みている。半纏を確かめ合ったあとは、与一郎が提げている竹籠の中身をあらためた。

　昨日の昼過ぎに、与一郎が岡田屋で買い求めた土佐の極上鰹節、十節である。

　治作の隠れ家を出るとき、すでに雨は本降りだった。

「この雨に濡れて、カビが流れ出したら値打ちがねえ」

　安之助は雨に濡れても傷まないように、油紙に包んで与一郎に持たせた。

　ふたりがここまで鰹節を気遣っているわけは、銑太郎の探りに元があった。

「嵌《は》めるなら村越屋です」

　十月八日の四ツ（午前十時）に、銑太郎は元締めの薄暗い宿で言い切った。

「商いがうまく運んでいませんし、カネにも詰まっています」

十月五日からの三日間で、銑太郎は四軒すべての内証を見事に洗い出していた。

河野屋の商いは、一年でおよそ七千両。奉公人七人の所帯にしては、上々の売り上げである。

得意先も武家が多く、払いは堅い。武家は年中カネに詰まっていたが、本所割下水に居を構える武家は、世間体を気にする年配者が多かった。

派手な誂えはない代わりに、一年に二、三着ずつ、堅い注文が途切れなかった。

河野屋五右衛門が抱える悩みは、商いではなく、ひとり娘の縁談だった。

今年六十一になる五右衛門は、不惑になってようやく子宝に恵まれた。連れ合いのおちせは、五右衛門よりもひと回り年下である。それでも娘を授かったときには、三十路の一歩手前だった。

遅くに授かったひとり娘だけに、五右衛門は持ち込まれる縁談には、ことのほか厳しい吟味を加えた。

跡取りのいない五右衛門には、娘を嫁がせることは論外である。婿《むこ》取りをしたのち、小さな所帯とはいえ河野屋を継がせることになる。それゆえに、縁談相手の吟味には厳しかった。

河野屋と桔梗屋とは、商いでも互いに客を融通しあうほどに仲がよかった。五右衛門には、桔梗屋当主の後釜に座る気などは毛頭ない。すでに六十を越えた五右衛門は、河野屋の跡取りをどうするかに気を揉んでいた。

五十四歳の山村捷六は、弟子に恵まれていた。捷六の母親存命中は、弟子が減って暮らしのカネにも詰まっていた。

が、捷六の稽古のつけ方は厳しいなかにも温かみがある。門前仲町で、すでに三十年も稽古場を営んでいることも評判となって、いまでは辰巳芸者と料亭の仲居を合わせて、四十人の弟子がいた。

謝金はひとりあたり、月に銀五匁（四百十七文）である。毎月、銀二百匁の実入りがあれば、ひとり者の暮らしには充分に事足りた。

弟子が少なくて苦しかったころ、先代の桔梗屋太兵衛は入用なカネを用立ててくれた。それを恩義に感じている捷六は、桔梗屋を助けることはあっても、弓を引く気遣いは皆無だった。

高橋の川島屋八兵衛には、娘がふたりいた。偏屈な父親とは異なり、ふたりとも、気立ても器量もすこぶるいい。

八兵衛には、商いの愛想はかけらもなかった。しかし父親の無愛想を、娘ふたりが充分に補っていた。

川島屋が繁盛しているのは、娘のおかげだけではない。商う道具は、造りがどれも確かだった。仕入れるあるじの目利きのよさを、道具を買い求める職人連中は知り尽くしている。それゆえの繁盛だった。

桔梗屋の職人たちも、川島屋に顔を出した。親類でありながらも、八兵衛は一文の値引きもしない。買い求める職人に、礼も言わない。

それでも客のほうから押しかけるのは、品物のよさと、買ったあとに生ずる不具合の修理の確かさに裏打ちされてのことだ。

月の商いは五十両、一年で六百両の売り上げである。川島屋の粗利益は売り上げの三割、一年で百八十両の儲けだ。

さほどに大きな商いではないが、奉公人もいない家族だけの商売には、充分過ぎる儲けと言えた。

桔梗屋の職人たちは、一年に五十両近い道具を川島屋で買い求めた。愛想はないが、八兵衛には卑しい心根もない。たとえ商売がいきなり傾いたとしても、桔梗屋の後釜に座る気はかけらもなかった。

村越屋新兵衛は生臭い男である。

家業の乾物屋には身が入らず、いつも佐賀町の桔梗屋の様子を気にしていた。そんな調子の商いぶりでも成り立っているのは、町内に同業の乾物屋が一軒もなかったからだ。

それに、もうひとつ。商売に身が入っていない割には、息子の陽太郎がつける売り物の値段には、しっかりと気が配られていた。

つまり、ほどほどに安値だった。

それが評判で、新兵衛の横着な商いぶりでも、客足が途絶えることはなかった。

とは言っても、所詮は乾物の小売屋である。商い額は一年で百両そこそこ、三割儲けても三十両の実入りだ。蓄えも大してなく、カネには詰まり気味だった。

その村越屋に、大きな商いが芽吹きそうだった。町内に新しくできた割烹《かっぽう》料理屋が、村越屋から乾物を仕入れたいと言ってきたのだ。

「日本橋の問屋から引くよりは、同じご町内のお店から買わせていただくのが筋でしょうから」

割烹の女将《おかみ》は、上物の鰹節を毎日十節ずつ納めて欲しいと切り出した。

「うちの板長は、上方で修業してきた者です。割烹はダシが命が口ぐせの男ですから、板長の得心する鰹節を納めてくださいな」

銑太郎が探りをいれているさなかに、村越屋にはこの誂えが舞い込んでいた。

治作と話し合った上で、安之助は日本橋の鰹節問屋手代に化けることに決めた。極上の土佐節を選り抜き、小売値で買い求めた品を三割値引きして卸値で村越屋に納める。

新兵衛を焚きつけて、桔梗屋に乗り込ませるまでに、二十日との腹積もりをした。

岡田屋が土佐から一手に仕入れている鰹節は、櫟《くぬぎ》や樫《かし》の薪で燻《いぶ》して仕上げた、堅い鰹節である。

薪で燻す鰹節は、他国の品にもあった。

土佐ではこの燻乾《くんかん》法で固めた鰹節に、腐敗防止と、中に閉じ込められた水分を吸い出して日持ちさせるため、あらかじめカビをつける製法を編み出した。

これにより、節と節とを打ち合わせると、カンカンと乾いた音を発するほどに堅い鰹節が仕上がった。

江戸でこの土佐節を扱っているのは、日本橋岡田屋だけである。鰹節にかかわる詳細すべては、銑太郎が調べ上げていた。

「ごめんくださいまし」

村越屋の店先で、与一郎が声を投げ入れた。本降りの雨を嫌ったらしく、客はひとりもいなかった。

「なにかご用ですかね」

半纏姿の男ふたりを見て、乾物を買う客ではないと判じたらしい。顔を出した新兵衛の物言いは、億劫《おっくう》そうだった。

雨粒まみれの番傘を畳んだ与一郎は、いかにも手代らしい笑顔を拵えた。

「てまえは日本橋の鰹節問屋、岡田屋の手代で与一郎と申します」

半纏の屋号が見えるように、与一郎は竹籠を土間におろすふりをして、わざと新兵衛に背中を向けた。

新兵衛の顔つきが変わっていた。

三十九

村越屋新兵衛がせかせかした足取りで桔梗屋に顔を出したのは、十月二十五日の昼前だった。

「あたしが来ていると、奥にそう伝えてきなさい」

店先の小僧に、横柄な口調で指図をした。小僧は奥には行かず、三番番頭の正三郎に伝えた。

「なにかご用でもございましょうか」

店先に出てきた正三郎は、ていねいだが親しみのかけらもない物言いで、新兵衛に問いかけた。

「なんだい、その口ぶりは」

紋付姿の新兵衛が、土間で声を荒らげた。

「奉公人のおまえに、ご用かと問われる筋合いはない。奥につながないなら、あたしは勝手に上がらせてもらうよ」

新兵衛の剣幕にうんざりした正三郎は、小僧を見張りにつけてから帳場に戻った。話を聞かされた頭取番頭の誠之助は、村越屋が来ていることを奥に伝えた。

「猪之吉さんがいないときに、会いたくはありません。ご用があるなら、日を変えて出直していただきなさい」

しずは面談を断わるようにと、きっぱりとした口調で誠之助に言い置いた。もとより村越屋をこころよく思っていない誠之助は、しずの指図を正三郎に伝えた。

誠之助も村越屋に会う気はなかったからだ。

「うけたまわりました」

村越屋を追い返せるのが嬉しいらしく、正三郎は軽い足取りで店先に戻った。

「どういうことだ、会えないというのは。あたしを、だれだと思っているんだ」

しずの返事を聞かされた新兵衛は、こめかみに血筋を浮かせて怒鳴りだした。

「親類といえども、礼儀だと思って都合を聞いたまでだ。会うの会わないのと、おまえごときから聞かされる覚えはない」

履物を脱ぎ捨てた新兵衛が、店の座敷に上がり込んだ。両腕を突き出して、正三郎が相手を押し戻そうとした。

「いい加減にしろ」

帯に挟んでいた扇を引き抜いた新兵衛は、力任せに正三郎のひたいを打った。正三郎はそれでも手出しをせず、新兵衛の身体を両手で押した。

「店の差配をなさる、猪之吉さんが不在です。ご用があるなら、猪之吉さんの都合に合わせて出直してください」

「ばかを言うんじゃない。渡世人に、桔梗屋を好き勝手にされてたまるか」

新兵衛がもう一度、扇を振り上げた。が、振り下ろす前に、その手を強く摑まれた。

「だれだ、無礼なことをするのは」

血相の変わった新兵衛が、後ろを振り返った。土間に立った猪之吉が、左手で新兵衛の右手首を摑んでいた。

四十

「いつまでも突っ立ってねえで、そこに座りなせえ」

桔梗屋の奥座敷で、先に座った猪之吉が村越屋新兵衛に座布団を勧めた。

「あんたから、そんな指図を受ける筋合いはない」

十二畳の客間の敷居わきに立ったまま、新兵衛が猪之吉を睨《ね》めつけた。

「座りたければ、言われなくても座る。そもそも、あるじでもないあんたが、どうしてそこに座るんだ」

目尻を吊り上げた新兵衛が、猪之吉の座った場所を指差し、声を荒らげた。

「おれがここに座っているのが、気に入らないのかね」

床の間を背にした猪之吉が、低い声で問いかけた。新兵衛は答えぬまま、さらに目つきを険しくした。

「あんたの所帯程度じゃあ、ここの軸を背にして座るのは居心地がわるいだろう」

猪之吉は相手を見下す口調ではなしに、さらりと言ってのけた。村越屋と桔梗屋とでは、身代の大きさというよりも、商いの格が違う。

猪之吉の背後の床の間には、大和《やまと》絵の山水画が掛かっていた。

桔梗屋太兵衛は軸に凝っていた。

掛物《かけもの》を鑑賞するのは、桔梗屋初代からの、当主のたしなみとされてきた。

いま床の間に掛かっているもののほかに、桔梗屋には十九幅《ふく》の掛物があった。雪舟《せっしゅう》の一幅をのぞいた十九幅は、多くが唐土《もろこし》から到来した軸である。

桔梗屋初代は出入りの道具屋の勧めで、対幅《ついふく》の唐絵《からえ》花鳥画を買い求めた。以来、桔梗屋代々の当主は、初代が求めた花鳥画を上回る出来栄えの軸を求めた。

二代目は書の軸が気に入りだった。

なかでも茶人の南坊宗啓《なんぼうそうけい》が、師匠の千利休から聞き書きした茶道書、『南方録《なんぼうろく》』の写しを表具したという一幅は、桔梗屋の家宝とされている。

雪舟の水墨画を求めたのは、逝去した太兵衛である。太兵衛は唐絵でも書でもなく、見ているだけで気持ちが落ち着くと言って、山水画を好んだ。

桔梗屋の蔵には、唐絵、大和絵、画賛物《がさんもの》（画に詩句などを書き添えたもの）、詠草《えいそう》（和歌や俳句の草稿）、色紙、短冊などの掛物が納められている。

桔梗屋代々の当主が集めた二十幅の掛物は、江戸のみならず、京の道具屋にも値打ち物として知れ渡っていた。

村越屋をのぞく桔梗屋の親類は、掛物のことには興味を持っていない。軸は当主が集めたもので桔梗屋家宝であり、自分たちにはかかわりがないと思っているからだ。

新兵衛は違った。

どの軸でも、一幅が百両を下らないといわれる値打ち物ばかりである。少なくとも一幅は貰い受けて当然だと、新兵衛は思い込んでいた。

渡世人が桔梗屋の後見に立っていることに、神経を尖《とが》らせているわけのひとつは、掛物を処分されると恐れてのことだった。

掛物を引き合いに出されて、新兵衛の我慢が切れた。

「渡世人のあんたに、桔梗屋の掛物を好き勝手にされてたまるか」

なにより気がかりなことが、新兵衛の口をついて出た。

思ってもみないことを言われて、猪之吉は相手の顔をまじまじと見た。新兵衛は息を乱して猪之吉を睨みつけている。が、目がときどき床の間の山水画に泳いだ。

「四の五の言ってねえで、用があるなら座りなせえ」

猪之吉の物言いには、相手を従わせる凄味があった。敷居のそばで息巻いていた新兵衛は、羽織の袖を手で払ってから猪之吉と向かい合わせに座った。

桔梗屋内儀のしずは、居室から出てくる気がなさそうだ。新兵衛は膝元に出された茶に、いまいましげな顔のままで口をつけた。

「掛物がどうのと鼻息を荒くしていたが、あんたの用向きは、桔梗屋の軸をどうにかしたいてえことかね」

「ばかなことを言うんじゃない」

新兵衛が乱暴な手つきで、湯呑みを茶托《ちゃたく》に戻した。置き方が強すぎて、茶が畳にこぼれた。

備前《びぜん》（岡山県南東部）のいぐさを用いた、極上の畳表である。羽織のたもとから、新兵衛は小さな手拭いを取り出した。そして、こぼれた茶を拭った。

大店《おおだな》のあるじなら、間違って粗相をしたときでも、おのれで畳を拭いたりはしない。懸命に手拭いを使う姿を見て、猪之吉は新兵衛の器量をあらためて見切った。

「畳なんざ、どうでもいい。掛物がどうこうでねえと言うんなら、用向きはなんでえ」

相手をはっきりと値踏みした猪之吉は、口調がすっかり変わっていた。ぞんざいな物言いをされて、新兵衛は手にしていた手拭いを強く握り締めた。

「桔梗屋は、雪駄二千足の騙りに遭っているそうじゃないか」

猪之吉に目を当てたまま、新兵衛はふところから袱紗《ふくさ》を取り出した。開くと、一枚の短冊が出てきた。

『履き替えに
　二千を持ちて旅立てば
　西国の旅　遠きをいとわじ』

短冊は、猪之吉が香典返しに収めた、太兵衛の辞世の歌である。光斎《こうさい》が気持ちを込めて書いた文字は、いま見ても見事な筆遣いだった。

「これはほんとうに、太兵衛さんが自分で詠んだ歌なのかね」

「妙な訊き方をするじゃねえか」

「はぐらかさずに答えてくれ」

新兵衛が身を乗り出して、答えろと迫った。

「辞世というのは、当人が詠むと相場は決まってるぜ」

猪之吉の目に強い光が宿されている。上体を乗り出していた新兵衛が、身体を引いて座り直した。

「太兵衛さんが詠まねえで、だれが詠むんでえ」

「そんなことは決まってる」

気を取り直した新兵衛が、猪之吉を睨み返した。

「なにが決まってるんだ」

「あんたの差し金で、この短冊を拵《こしら》えたんだろう。そう考えれば、二千足の履き替えなどと、妙な数を辞世の歌に詠み込んでいることにも得心が行く」

「数を詠むのがおかしいかね」

「当たり前だ。そもそも、太兵衛さんが辞世の歌を詠むほど、和歌にたしなみがあったとは、これまで聞いたことがなかった」

猪之吉は答えなかった。

そのさまを見て、新兵衛は相手が言葉に詰まったと思い違いをしたらしい。またもや身を乗り出すと、嵩《かさ》にかかって猪之吉を責め始めた。

「あたしは、あんたが騙りの黒幕だと睨んでいる。この怪しげな辞世の歌という代物《しろもの》も、あんたが騙りの一味に首尾を伝える、合図のようなものだろう」

気を高ぶらせた新兵衛は短冊を手に取り、ひらひらさせながら猪之吉に突き出した。猪之吉は相手にせず、目の光を消して見詰め返していた。

「黙ってないで、なんとか言ったらどうだ」

動じない猪之吉のさまに焦れた新兵衛は、部屋の障子戸を突き抜けるほどの怒鳴り声をあげた。

「黙っているのは、あたしに図星をさされて、ぐうの音も出ないからだろうが」

新兵衛は、上体を激しく動かして迫った。勢いが強くて、座布団がずれた。

「小さな所帯だと虚仮《こけ》にしてくれたが、あたしはれっきとした乾物屋の当主だ。それがあかしに、町内にできた料亭が上物の鰹節誂えを、わざわざあたしに頼んでくるほどだ」

歯止めが利かなくなった新兵衛は、取引が始まったばかりの割烹料亭の一件まで持ち出した。

「ここの奉公人やら内儀やらは、あんたのこわもてで丸め込めたのかもしれないが、あたしの目はごまかせない」

怒鳴り続けて、喉が渇いたらしい。腰をおとした新兵衛は、湯呑みに残った茶を飲んだ。

「二千足の騙りで桔梗屋を脅して、身代ごと乗っ取る気だろうが、あたしの目が光っている間は、勝手な真似はさせない。次第によっては、あたしは番所に訴え出る気だ」

「そんなことをしたら、村越屋さんが恥をかくだけです」

いきなりしずの声を聞いて、新兵衛が腰を浮かせて振り返った。

「いつの間に入ってきたんだ」

「村越屋さんが、見当違いの怒鳴り声をあげておられるさなかにです」

新兵衛の背後に立っていたしずは、前に回って猪之吉に並んで座った。

「うちが二千足の騙りに遭ったなどと、村越屋さんはどちらでお聞きになったのですか」

しずは抑えた口調で問いかけた。

「あたしがどこで耳にしたかは、あんたらにはかかわりのないことだ」

「桔梗屋の暖簾《のれん》にかかわることです。聞き捨てられることではありません」

「問い詰めるのは、よしなせえ」

黙っていた猪之吉が、しずに目を移して口を開いた。

「どんないきさつで出会った相手かは知らねえが、あんたに見当違いの話を吹き込んだ者こそが、騙りの張本人だぜ」

「ばかばかしい」

即座に新兵衛が、言葉を吐き捨てた。

「あたしに話したのは、日本橋の乾物問屋の手代だ」

「ほんとうかね、それは」

猪之吉の物言いは、新兵衛の言ったことをまるで信じてはいなかった。

「大店の手代は、まことかどうかも分からないうわさを、ぺらぺらとよそでしゃべったりはしねえもんだ」

「なにをえらそうに……商人《あきんど》でもないあんたに、したり顔で言われたくはない」

気に染まないことを言われると、新兵衛はあたまに血を上らせる男らしい。猪之吉に煽《あお》られて、口のたがが外れた。

「うちはその大店から仕入れた極上の土佐節を、料亭に納めている」

新兵衛は『大店』に力をいれた。

「村越屋は、大店がわざわざ鰹節を納めにくるほどの、暖簾の重たい店だ。手代の口が軽いわけじゃない。うちが桔梗屋とは縁戚だと知っているがゆえに、声を潜めてあたしに聞かせたんだ」

「そいつあ知らなかったぜ。大店の手代が納めにくるとは大したもんだ」

新兵衛の話に引っ掛かりを覚えた猪之吉は、相手を持ち上げるような物言いをした。

「渡世人のあんたでも、日本橋の大店が鰹節だけの注文をわざわざ納めにくるのが、いかにうちを大事に思っているかは分かったのかね」

勝ち誇ったような顔つきで、新兵衛が立ち上がった。

「なにひとつ話は片づかなかったが、今日のところはこれで帰る」

「お構いもいたしませんで」

しずの物言いは、ていねいだが、ぬくもりがなかった。

「言っておくが、あたしはこの先も抜かりなく、桔梗屋の動きを見張っていく。少しでも妙な振舞いが見えたら、すぐにも番所に訴え出るぞ」

座ったままの猪之吉に向かって、精一杯に凄《すご》んだ。

「でえじな話をあんたの耳に入れた、手代によろしく伝えてくれ」

「だれが言うもんか、そんなことを」

新兵衛は畳を蹴るようにして、座敷から出て行った。

新兵衛を見送りもせず、しずは猪之吉と向かい合わせに座り直した。

「いよいよ、江戸のひとの耳にも騙りのことが聞こえているのでしょうか」

しずがわずかに顔を曇らせた。

「そうとも限りやせんぜ」

「村越屋さんが、あてずっぽうを口にしたということですか」

猪之吉は、それは違うと首を振った。

「村越屋には、そんな知恵はありやせん。あの男は、日本橋の乾物問屋の手代だという者に聞かされたままを、口にしたまででやしょう」

ただしそれは、大店の手代ではなく、騙りの一味の者だと猪之吉は読みを聞かせた。

「うちの賭場にも、日本橋や尾張町の大店のあるじは、幾らも遊びにくる」

話しながら猪之吉は、浜町河岸の鼈甲《べっこう》問屋、柳屋庄之助の顔を思い浮かべた。このところ、賭場から足が遠くなっている。柳屋の連れが桔梗屋の振出した為替切手を両替したのが、いわば今回の騒動の始まりだった。

「大店の連中は……桔梗屋さんも同じだろうが、町場の村越屋ぐらいの店には、いちいち納めに出かけたりはしねえでしょう」

「わたしもその話を、奇妙な思いで聞いておりました」

「鰹節を注文してきた店があるてえのは、まことの話でやしょう」

鰹節の大店というのは、眉唾《まゆつば》だと猪之吉は判じた。

「騙りの連中を束ねる治作は、物事を念入りに調べて動く仕掛け人だ。桔梗屋に揉め事を起こすには、親類のだれを煽り立てりゃあいいかは、先刻調べ済みでやしょう」

村越屋に目をつけたとなれば、そこの商いの内証まで調べ上げたに決まっている。

猪之吉は迷いなく言い切った。

「すまねえが、裏にいる若い者を呼んでくだせえ」

「かしこまりました」

立ち上がったしずは、猪之吉の配下を呼ぶようにと女中に言いつけた。

「今日のことで、親類のだれを相手にすればいいかが分かりやした。この先は、四六時中、村越屋にうちの者を張りつけやす」

しずが、気持ちを込めてあたまを下げた。

庭に、若い者の足音が聞こえた。

四十一

村越屋新兵衛が、深川佐賀町から神田和泉町に帰り着いたのは、十月二十五日の九ツ半（午後一時）ごろだ。

新兵衛が店の土間で履物を脱ごうとしたところに、岡田屋の半纏を着た与一郎が顔を出した。

「毎度ありがとうございます」

与一郎は岡田屋で買い求めた、土佐節が二十五本ずつ入った竹籠を、両手に提げていた。

「ご注文の土佐節五日分を、お納めに参りました」

与一郎は、上がり框《がまち》に竹籠を置いた。

「あんたから聞かせてもらった話は、桔梗屋で大いに役に立ったよ」

与一郎が顔を出したので、新兵衛は土間に立ったままである。与一郎の顔に、追従笑いが浮かんだ。

「お役に立てれば、なによりでございます」

「渡世人に向かって、おまえが黒幕だろうとあたしは言い切った。あんたにも、あのときの顔を見せたかったよ」

「渡世人と、直談判《じか》をされましたので」

手代に扮している与一郎は、わざと目を見開いて、さも驚いたような顔を拵えた。

「大事な親類が、渡世人に乗っ取られるかもしれない瀬戸際だ。相手がだれだろうが、怯《ひる》むものじゃない」

「村越屋さんに、その調子で図星をさされたら、さぞかし渡世人も驚いたことでございましょうね」

与一郎が目一杯に煽り立てた。羽織を着た新兵衛が、自慢げに胸を反らした。

「いま、桔梗屋さんからお帰りになりましたので？」

「あんたが入ってきたとき、あたしは外出の雪駄を脱いでいたところだ」

「お帰り早々で申しわけございませんが、このまま、てまえにご同行ねがえませんでしょうか」

「同行って……どこにだね」

「てまえどものあるじが、ぜひ村越屋さんにごあいさつをさせていただきたいと申しております」

「岡田屋さんがかね」

与一郎は、新兵衛の目を見てうなずいた。

「村越屋さんとは、ぜひとも末永いお取引をたまわりたいと申しております。ご面倒とは存じますが、ご都合のほどはいかがでございましょう」

「今日の今日で、いきなり言われても、あたしにも都合があるからねえ」

新兵衛がもったいをつけて、返事を渋った。

「あるじの言いつけで、和泉橋たもとに屋形船を着けてございます」

「なんだい、屋形船とは」

「船のなかで、あるじがお待ち申しておりますので」

屋形船と聞いて、新兵衛が物欲しげな顔つきになった。同じ屋根つきの船でも、屋根船と屋形船とは大きく違う。

屋根船は屋形船よりもはるかに小さく、部屋に入れるのは、せいぜい三人だ。夏は簾《すだれ》、冬は障子で囲って川遊びを楽しんだ。

使い道は、おもに逢瀬《おうせ》である。

日暮れたあとに漕ぎ出す屋根船は、客の求めに応じて、手ごろな岸辺に舫《もや》った。祝儀をもらった船頭は陸《おか》に上がり、一刻から半刻の間、客だけにした。

てっとり早く逢引を楽しむには、陸の出合い茶屋のほうが手軽で、しかも安かった。出合い茶屋の料金が一刻二百文であるのに対し、屋根船は五割増の三百文だ。それに船頭への祝儀銀一匁を加えると、ほぼ倍の料金になる。

それでも屋根船に人気があったのは、人目につかずに船に乗り降りができたからだ。

新兵衛は、いまでも年に何度かは屋根船を使っている。が、屋形船は初めてだった。

屋形船に拵えられた『屋形』は、大きい船だと二十畳の広さがあった。卓や脇息《きょうそく》などの調度品も揃《そろ》っており、船尾には料理を拵える流し場や、厠《かわや》までが備えられていた。

新兵衛は、神田川を行き交う屋形船は何度も見ていた。大川の川開きとなる五月下旬からは、彩りに富んだ提灯を軒先に吊るした屋形船が、毎晩のように大川に向かって走って行く。

一度は乗ってみたいと思ってきたが、誂えるには料理代、仲居や船頭への祝儀を含めて、屋形船一杯で二両はかかる。わずか一刻ばかりの川遊びに、二両のカネは新兵衛には遣えなかった。

与一郎から屋形船が待っていると聞かされて、気持ちが大きく動いた。元々、格別の用があったわけではなかった。

「ここで断わったりしたら、屋形船を誂えてくれた岡田屋さんに申しわけがない」

いきなりの話だが、今回に限り受けさせていただきましょうと新兵衛は答えた。

「無理な頼みを聞き入れてくださり、ありがとうございます」

与一郎が、深々とあたまを下げた。

「間のいいことに、あたしは外出の身なりのままだ。このままうかがっても、岡田屋さんには失礼ではないだろうね」

新兵衛が羽織の紐を結び直した。

「もちろん結構でございますとも」

そのままの身なりでご一緒くださいと言い、与一郎が先に村越屋を出た。

十月も二十日を大きく過ぎている。日差しは降り注いでいるが、冬を迎えた天道《てんとう》は勢いがいまひとつだ。

和泉橋のたもとに出ると、神田川からの強い川風が吹いてきた。新兵衛が身体を震わせて羽織の前を閉じ合わせた。

「玄猪《げんちょ》もとうに過ぎておりますので、船にはこたつが用意されております」

「そいつはなによりありがたい」

新兵衛が顔をほころばせた。

十月最初の亥《い》の日を『玄猪』という。この日に江戸町民は、牡丹餅《ぼたもち》を食べて無病息災を願った。

そして、仕舞っておいたこたつを取り出し、炭団《たどん》を入れて暖を取り始めた。

初めて乗船する屋形船には、こたつの備えがあるという。新兵衛は足取りを弾ませて、和泉橋たもとの船着場へと降りた。

和泉橋の上からは、猪之吉の手下、久助《きゆうすけ》と元吉《げんきち》が船着場に降りる新兵衛を見張っていた。

「あにい、どうしやしょう」

元吉が久助の指図を仰いだ。背丈は元吉のほうが久助よりも二寸（約六センチ）は高い。が、三歳年上の久助に、元吉は常に指図を仰いだ。

「相手は図体のでけえ屋形船だ。少々離されたところで、見失う気遣いはねえ」

久助は船着場の周りを見回した。屋形船の対岸に、何杯かの猪牙舟が舫われていた。

舳先《へさき》は屋形船の向きとは反対の、水道橋方面を向いている。が、拍子のいいことに、船頭がひとり、猪牙舟のわきで煙草を吹かしていた。

「あの船頭に、屋形船を追っかけてくれと掛け合ってこい」

「がってんでさ」

元吉が船着場へと駆け出した。

そのとき、屋形船の舫い綱がほどかれた。船頭が神田川に長い棹《さお》をさした。潮は下げ潮である。流れに乗った屋形船が、ゆっくりと大川に向かって動き出した。

船着場から半町（約五十五メートル）ほど屋形船が離れたとき、元吉が手を振って久助を呼んだ。

橋の上から屋形船の走る先を見定めてから、久助は船着場に向かって足を速めた。

四十一

和泉橋の船着場を離れた屋形船は、柳橋を潜《くぐ》った先で大川と交わった。船は南に舵を取り、両国橋の下を走り抜けた。

下げ潮に乗った屋形船は、気持ちよく川面を滑っている。船が大きくて、はしけや猪牙舟とすれ違っても、横波を受けて揺れることがない。

逆に屋形船の立てた波が、小さな物売り舟を左右に揺らしていた。

大川に出るまでは、岡田屋当主に扮した治作は、通り一遍のあいさつをしただけだった。船頭が棹から櫓《ろ》に取り替えたところで、治作があらためて名乗った。

「てまえどもの与一郎がごひいきにあずかっておりますそうで、厚く御礼申し上げます」

こたつで向かい合わせのまま、治作が軽くあたまを下げた。ていねいに礼を口にしながらも、あたまは大してては下げない。治作の所作は、いかにも日本橋大店のあるじだった。

「ただいま酒肴を調《ととの》えておりますので、いましばしお待ちください」

与一郎が畳に手をついている後ろで、天龍が器用に庖丁を使っていた。隠れ家近くの魚市場で仕入れた鯛である。

下ごしらえは住吉町を出る前に終えていた。分厚い松前の昆布にくるまれた鯛は、ちょうど食べごろに締まっている。天龍は三枚におろした鯛の昆布締めを、もっとも旨味を感じる厚みに切った。

七輪では、かぶと煮ができつつあった。真っ二つに割った鯛のかぶとが、細ごぼうと一緒に煮られている。下地と砂糖をぜいたくにおごったかぶと煮の鍋が、甘からい香りを放っていた。

酒は灘の下り酒、龍野桜である。

佐賀町の酒問屋、稲取屋が江戸で一手に扱う酒は辛口で、味の濃い料理にはうってつけである。

江戸に回漕される途中、龍野桜は遠州灘で散々に揉まれた。その揺れが、酒をひと味美味いものに仕立てている。

屋形船には、龍野桜が一斗樽のまま積まれていた。燗《かん》づけのために徳利に移すとき、酒は樽に用いられた杉の香りも一緒に漂わせた。

新大橋の手前で、船頭は櫓を上げた。下げ潮にまかせて、船は静かに流れている。揺れが少なくなったところで、天龍は酒と作りをふたつの卓に運んだ。

「まずは一献、お受けください」

治作が熱燗の徳利を差し出した。大店のあるじと手代から、新兵衛は散々に持ち上げられている。すっかりその気になっており、片手で持った盃を治作に突き出した。

治作は顔色も変えず、徳利を傾けて新兵衛の盃を充たした。

「いやあ、これは美味い酒だ」

新兵衛がいつも呑む越後の酒とは、味が大きく違っていた。

文政年間に入ってからは、越後に灘の杜氏《とうじ》が何人も流れて、味がよくなったとの評判が立った。晩酌に呑む越後の酒に、新兵衛は充分に満足していた。

ところが本場の灘酒は、越後酒とはまるで違う味だった。辛口なのに、酒の奥には言葉にできない旨味と、ほのかな甘味が感じられる。

甘さを含んだ辛口の酒。

灘酒を初めて呑むわけでもないのに、新兵衛は龍野桜の美味さに舌を巻いた。

「気に入っていただけましたかな」

こたつの向かい側から、治作が笑いかけた。立て続けに盃を重ねて、新兵衛はすでに酔いが回り始めている。

屋形船のゆったりとした揺れが、新兵衛に酔いを促した。徳利二本が空いたころには、新兵衛ひとりが赤ら顔になっていた。

「桔梗屋にいる猪之吉という渡世人は、まったくけしからんやつだ」

灘酒の酔いが、新兵衛の話し声を大きくしていた。

「桔梗屋に入り込んでいるのは、猪之吉という名ですか」

治作の導き出しは巧みである。

禿頭で大柄、野太い声をした、猪之吉の風貌のあらまし。

桔梗屋の商いぶりと、身代の大きさ。家宝として蔵に仕舞われている掛物の本数。

頭取番頭、誠之助の風貌と器量。奉公人たちの働きぶり。

内儀しずの、立ち居振舞いと声音。

治作が知りたかったことを、新兵衛は余さずに話していた。

「うかがえばうかがうほど、桔梗屋さんの身代は大したものだと分かります」

治作が桔梗屋を褒めた。

「江戸でも一、二の履物問屋だ。値打ち物の軸が二十幅あるのも当然です」

訊かれもしないのに、新兵衛はおのれが気がかりな、掛物のことに話を持って行った。

「桔梗屋に後見人顔で居座ろうとしている猪之吉は、とんだ食わせ者だ」

「そんなにいけませんか」

問いかける治作の目が細くなっている。獲物を仕留める前の、けだものの目に似ていた。

「あたしに対する物言いと振舞いが、ぞんざいで、無礼極まりない。えらそうに床の間を背に座って、あたしに桔梗屋の座布団を勧める始末だ」

「それはよろしくありませんなあ」

短い答え方だが、治作は相手を巧みに煽り立てた。

「えらそうなだけなら、所詮は渡世人の見栄だと思って笑っていればすむが、あの男は知恵が足りない。大男総身に知恵が回りかねとは、ほんとうによく言ったものだ」

「渡世人は、悪知恵が回るというのが通り相場ですが……」

新兵衛の言い分に、治作はわざと逆らうような物言いをした。おのれの言ったことに疑問を挟まれたと思ったのか、新兵衛の顔つきが険しくなった。

「岡田屋さんは、あたしの言うことに得心が行かないようだが、あの男が能無しなのは、はっきりしている」

「それはまた、どういうことですかな」

「与一郎さんから聞かされた騙りの話を、あたしは桔梗屋の内儀と猪之吉に聞かせた」

「ふたりを前にして、ということですか」

新兵衛は話を先に進めたくて、うなずくのももどかしげだった。

「聞き終わった猪之吉は、あろうことか、その話をあたしに聞かせた男が、騙りの張本人だなどと、見当違いを言いおった」

新兵衛を見る治作の目が、さらに細くなっている。新兵衛は気にもとめずに話を続けた。

「したり顔で、見当違いもはなはだしいことを言う猪之吉に、腹が立って仕方がなかったものだから、そんなことを言うあんたこそ、騙りの一味だろうと言い返した」

新兵衛は手酌で充たした盃を、ひと息で呑んだ。

「ことと次第によっては、あたしが番所に訴え出ると言ったら、猪之吉は顔をこわばらせて震え上がったよ」

新兵衛は高笑いをしたあとで、もう一度盃を充たそうとした。徳利が空になっている。

船尾の天龍に向かって、徳利を振った。

「がつがつ呑むのは、その辺でやめておけ」

岡田屋当主の仮面を脱ぎ捨てた治作が、きつい調子で新兵衛を叱りつけた。

相手が豹変《ひょうへん》したのが、新兵衛には呑みこめないらしい。治作に言われても、徳利を振り続けた。

船尾から畳を鳴らして歩いてきた天龍が、新兵衛の手から徳利をもぎ取った。

「なにをするんだ」

新兵衛が怒鳴った。酔いが回った声は、甲高《かんだか》くて聞き苦しい。

「大川の水に浸けて、行儀のひとつも教えてやれ」

治作の指図を嬉しそうな顔で受け止めた天龍は、片手で新兵衛をつまみ上げた。そのまま船頭のわきに出ると、新兵衛の両足を掴み、あたまを大川に浸けた。

天龍が得意とするいたぶりである。新兵衛が苦しがって暴れた。着物と羽織がまくれ上がり、下帯がむき出しになった。

幾らも浸けずに、天龍が引き上げた。

わずかな間でも、酒が回った新兵衛にはきつい。しかも五十二歳と、歳も重ねている。

引き上げられた新兵衛は、気を失ってぐったりとしていた。

背中にひざを当てた天龍は、力を加減して活を入れた。川水を吐き出して、新兵衛が正気に戻った。

屋形のなかに担ぎ入れた天龍は、畳の上に投げ落とした。凍えた川水でずぶ濡れ、畳は水びたしである。新兵衛は、文句を言う気力もなくしていた。

「酔いは醒めたか」

問われても、返事もできないほどに怯《おび》え切っている。

「猪之吉が見抜いた通りだ」

治作が凄味のある笑いを浮かべた。

「騙りを仕掛けたのは、おれだ。猪之吉の眼力はさすがだぜ」

新兵衛は、屋形の障子戸に身体を押しつけて震えていた。治作が手招きしても、障子戸の桟《さん》にしがみついて動こうとしない。天龍がその手を引き剝《は》がし、抱え上げて治作のそばに移した。

「ここから先は、おれの指図通りに動いてもらう。上首尾にやりおおせたら、おまえが欲しがっている桔梗屋の掛物を、そっくりくれてやる」

震え続ける新兵衛は、治作が言葉を区切っても、うなずくこともできなかった。

「分かったら、はっきりと返事を聞かせろ」

「はっ……は、い……」

水に浸けられたのに、新兵衛の口の中はカラカラに渇いているらしい。舌がもつれて、返事がのろかった。

「いままで通り、与一郎がおまえにつなぎをつける。与一郎の言うことは、おれの指図だ。ぐずぐず迷ったり、今日のことをひとに話したりしたら、どこにいようが天龍が顔を出す。それを肝に銘じておけ」

天龍が歯茎を見せて笑いかけた。またもや、新兵衛の身体が震え出していた。

四十三

屋形船は、浜町河岸に着けられた。辻駕籠が一挺呼ばれて、新兵衛が押し込まれた。

「余計なことを言うんじゃねえぜ」

与一郎は、脅しの言葉を添えて新兵衛を河岸から押し出した。そしてなに食わぬ顔で、浜町河岸をのんびり歩いた。

入り組んだ路地を見つけると、素早く身体を潜ませた。息を詰めて路地の先を見詰めた。

治作が見抜いた通り、ひとりの男が駕籠を追いかけて河岸から出て行った。

ざまあみやがれ……。

通りに出た与一郎は、駕籠のあとを追った男に向かって唾を吐いた。

「猪之吉なら、この船をつけている」

新兵衛の話を聞いたあと、治作は猪之吉の動きを推察した。屋形のなかに船頭が呼び込まれた。

「船についてきている、猪牙舟はないか」

「半町離れて、妙な動きをする一杯がついてきてやす」

「妙な動きとはなんだ」

「船頭しかめえねえんですが、あっしの見たところ、舟に寝そべってる野郎がいやす」

治作が雇った船頭は、遠目が利いた。

「おまえと新兵衛は、浜町河岸で降りろ」

与一郎への、治作の指図は明確だった。

「猪之吉は、新兵衛の動きを張っている。駕籠に乗せて、神田和泉町まで帰せ」

あとを追う者を見届けてから、隠れ家に戻ってこいというのが、治作の指図だった。


ざまあみろい……。

猪之吉の先を読む治作の知恵に、与一郎は心底から感心した。駕籠を追って駆け出した男を見届けてから、与一郎は住吉町に向かった。

与一郎を、久助がつけた。それには気づかずに、与一郎は隠れ家のくぐり戸を開いた。

座敷に上がると、治作、安之助、銑太郎の三人が待っていた。

「今日から三日の間に、桔梗屋の頭取番頭の探りを進める」

すでに指図を受けている銑太郎が、静かにうなずいた。

「ここからは猪之吉の先回りをして、ことを運ぶのが肝心だ。あの男は新兵衛の動きから、おれとのかかわりを探り当てようとするはずだ」

それを逆手に取って、猪之吉にひと泡吹かせようというのが、治作の考えだった。

「誠之助の仔細《しさい》が分かったら、番頭の身柄を押さえる」

「かどわかし、でやすか」

与一郎がなぞり返した。治作が一番嫌う振舞いである。きつい目で睨まれて、与一郎は口を閉じた。

「おまえは、囮《おとり》だ。いままで通り新兵衛の店をたずねて、見張りの動きを引っかき回せ。その間に、安之助と天龍とで、番頭をさらう」

治作の指図を受けて、それぞれが持ち場についた。

十月晦日《みそか》の四ツ（午前十時）過ぎ。

桔梗屋に血相の変わった女が駆け込んだ。

「番頭さんの誠之助さんをお願いします」

猪之吉はまだ平野町から顔を出していない。手代は用向きも訊かずに頭取番頭に伝えた。

誠之助が、急ぎ足で店先に出てきた。

「あたしにご用だとうかがいましたが」

「おきぬさんが、急に胸が痛むと言って倒れたんです。いま近所の玄徳《げんとく》先生が往診にきてくれていますが、すぐに帰ってください」

おきぬ。胸の痛み。玄徳先生。

どれも、鉄太郎が調べ上げたことである。

誠之助の連れ合いの名は、おきぬ。胸に持病を抱えていた。そして、かかりつけの医者は、同じ町内の吉川《よしかわ》玄徳である。

誠之助は疑いもしなかった。

「急ぎ家に戻る。様子が分かり次第、ひとを使って報せる」

手代たちに言い残した誠之助は、女と一緒に桔梗屋を出た。

日暮れになっても、誠之助から報せはなかった。

四十四

永代寺が深夜の鐘を撞《つ》いて、日付けが変わった。天保二（一八三一）年十一月朔日《ついたち》。

新月で、月明かりはほとんどなかった。

月に邪魔をされない星は、互いに光を競い合っている。星のまたたきは、冬が江戸の近くに迫っていると教えていた。

なにごともない者には、美しく晴れ渡った夜空に思えただろう。頭取番頭がかどわかしに遭った桔梗屋の奉公人には、嫌味にも思える夜空の眺めだった。

佐賀町百本桜の並木通りに並んだ商家は、どこも固く戸締りをして寝静まっていた。

桔梗屋も、杉板の雨戸をしっかりと閉じ合わせている。が、広い売り場座敷には、二十本の百目ろうそくが灯されていた。

土間も同じで、ろうそくが惜しげもなく灯されている。桔梗屋の土間に燭台《しょくだい》が置かれるのは、一年の中で正月二日の初売りだけだ。

時季外れのろうそくの明かりを浴びて、土間の土は居心地がわるそうだった。

座敷には桔梗屋の奉公人と、猪之吉の手下が、それぞれ顔を揃えていた。広い座敷といえども、九十人を超える者が座ると、さすがに狭い。

座敷に上がりきれない履物職人たちは、土間に立ったまま、座敷の様子に目を凝らしていた。

前日の十月晦日に、頭取番頭の誠之助が人攫《ひとさら》いに遭った。夜になっても、どこからもなにも言ってこない。

猪之吉は異変を知るなり、手下全員を四方に飛ばして聞き込みをさせた。が、誠之助の行方を知る手がかりはなにひとつ得られなかった。

「誠之助をかどわかした連中は、雪駄二千足の騙りを仕掛けてきた一味に間違いはない」

奉公人と、おのれの手下を前にして、猪之吉は揺るぎのない物言いで見当を伝えた。

「やつらの狙いは、桔梗屋の乗っ取りだ。後ろで糸を操っている黒幕の見当は、太兵衛さんが口にしていた」

猪之吉はこのとき初めて、鎌倉屋鉦左衛門の名を明かした。江戸でも名の通った油問屋で、身代三十万両といわれる大尽だ。

奉公人がうろたえないようにと、固く名を秘してきた。相手がなりふり構わぬ手段に出たいまは、猪之吉も遠慮はしなかった。

「ことを長引かせるつもりはねえ。明日の夜までには誠之助を助け出すし、桔梗屋に仇《あだ》をなす連中は叩き潰す」

猪之吉が野太い声で言い切った。聞いている全員が、思わず背筋をまっすぐに伸ばした。

「ここには探りの玄人《くろうと》を、十人呼び集めている。これから夜明けまでの三刻（六時間）、おまえたちが知っていることを、順に話してもらう」

猪之吉が玄人と言った十人が、立ち上がって奉公人たちを見回した。

「なにが大事で、なにが不要かを判ずるのはこの十人だ。おまえたちは問われたことを、てめえで限りをつけずに、知っていることを余さずに話せ。分かったか」

「分かりました」

座敷と土間を埋めた者が、きっぱりとした返事を口にした。

十一月朔日の未明に、猪之吉は治作と鎌倉屋に戦《いくさ》の始まりを告げた。

四十五

十一月朔日の朝日が昇り始めたころ。

猪之吉が連れてきた十人の探り屋たちは、奉公人からの聞き取りを終えた。

売り場座敷を衝立《ついたて》で仕切り、十人それぞれが別個の奉公人から聞き取りをした。そして聞き取った話を探り屋同士が突き合わせた。辻褄《つじつま》が合わない部分が出ると、その都度呼び出して、何度でも訊き直した。

三刻の間、桔梗屋の奉公人たちは同じ話を繰り返した。話しているうちに、思い違い、覚え違いをしていたことに気づいた奉公人が、何人も出てきた。

明け六ツ（午前六時）の鐘が流れてきたときには、聞き取った話に含まれていた、あやふやな部分はひとつ残らず潰されていた。

猪之吉、代貸の与三郎、桔梗屋内儀のしずの三人が、横並びに座っている。探り屋たちが書き留めた詳細を聞くためだ。

「頭取番頭を呼びに、本物の女がひとりできました」

女がひとりできたということは、誠之助が出て行くのを見届けた奉公人たち全員が口を揃えていた。

分かりきったことから話をしているようだが、猪之吉の顔は引き締まっている。なによりも最初に猪之吉が知りたかったのは、女が本当に女だったのかということだった。

百両の捨て金を投じて、大掛かりな騙りを仕掛けてきた治作である。判断を狂わせるために、役者を仕込んで女に化けさせるぐらいは平気でしでかすと、猪之吉は読んでいた。

聞き取った連中は、互いに書き留めた中身を突き合わせて、女は本物の女だったと断じた。猪之吉も得心し、先を促した。

「長屋の女房のような身なりでしたが、どこか崩れた様子が感じられました」

「白粉《おしろい》が強くにおっていました」

「履物が駒下駄ではなくて、上物の塗り下駄でした」

三人の探り屋が、それぞれ迷いなく言い切った。女を見たわけでもないのに、物言いはきっぱりとしている。それだけ、抜かりなく聞き取っているがゆえだろう。

しずは両手を膝に載せて、身じろぎもせずに話を聞いていた。探り屋の仕事ぶりに感心したような目の色になっていた。

「巌助《げんすけ》……」

猪之吉は、九人を束ねる首領格の男に呼びかけた。巌助は夜通し聞き取りを続けたにもかかわらず、着ている紺の細縦縞結城綿には、しわひとつできていなかった。

「女は玄人か」

「そうです」

巌助の答えは短いものだった。

「女の素性の見当はつくか」

「つきます」

首領は半紙を差し出した。

『九分九厘、柳橋の咲哉』

半紙に書かれた名前を見て、猪之吉がわずかなうなずきを見せた。猪之吉も同じ女に目星をつけていたのが、うなずき方にあらわれていた。

奉公人たちへの聞き取りに先立ち、猪之吉はここまでの顛末《てんまつ》を巌助に余さず聞かせた。より正しい見当をつけさせるために、である。

猪之吉は、咲哉の名も出した。

しかしそれは、柳屋庄之助の囲い者としか言ってなかった。庄之助が賭場《とば》に連れてきたことは話したが、間男がばれて庄之助に追い出されたことは話さなかった。

厳助の眼力を試すために、猪之吉は毎度のように大事な部分にわざと穴をあけた。その穴を厳助は埋めて、猪之吉と同じ見当をつけていた。

「咲哉だと見当をつけたわけを聞かせろ」

猪之吉の物言いが厳しい。あたかも、見当が違っていると咎《とが》めているかのようだ。深い息を吸い込んでから、厳助は猪之吉に目を合わせた。

「親分の賭場で、三井の為替切手で駒札を買った者は、咲哉が連れてきた男です」

「おれがおまえに聞かせたことだ」

猪之吉は、にべもない口調で突き放した。

「親分は言いませんでしたが、その男は咲哉の間夫《まぶ》です」

三井の為替切手で、賭場から二百両を騙し取った男の素性を、厳助は見抜いていた。

「カネをかすめた間夫のその後には、親分はひとことも触れませんでした。おそらくは治作の手で始末されたのでしょう」

厳助は猪之吉の目をのぞき込んだ。おのれの見当が正しいはずだと、厳助の目が強く語っていた。

猪之吉が間夫のその後に触れなかったのは、厳助同様に、その男はすでに始末されたと判じていたからだ。

二百両を本気で取り返す気であれば、猪之吉はあらゆる手立てを使って、男の行方をあぶり出しただろう。しかしそうする前に、太兵衛の口から鎌倉屋鉦左衛門との因縁話を聞かされた。

江戸でも名うての大尽が、桔梗屋の地所を狙っていた。

猪之吉の手の者が、もしも為替切手を三井両替店に持ち込んだとしたら……。

渡世人の手に切手が渡ったという悪評が、江戸中に知れ渡ることになる。仕掛け人の狙いは、まさにその一点にあると、猪之吉は断じた。

二百両は大金だが、猪之吉はカネよりも太兵衛との信義を取った。それゆえに、切手は手元で握り潰し、間夫のことも捨て置いた。

桔梗屋におかしな動きがないかと目を配っているさなかに、雪駄二千足の騙りが仕掛けられてきた。調べのなかで、治作の存在が浮かび上がった。

三井両替店の為替切手悪用も、治作の仕掛けの一部だと察した猪之吉は、間夫はすでに始末されたと判じた。

「間夫が始末されたことは、咲哉も知っているはずです。頭取番頭をおびきだすように命じられれば、治作の怖さを肌身で分かっているだけに、素直に従ったでしょう」

咲哉だと見当をつけた仔細を、厳助が静かな口調で語り終えた。

「脅されてのことなのか、てめえから身を寄せてのことなのかは、おれはまだ判じてはいねえが……」

治作の手先で動いているのは咲哉だと、猪之吉が断じた。

「治作の隠れ家は摑んでいる」

初めてそのことを耳にしたしずは、糸口が見えたと思ったらしく、猪之吉を見る目に力がこもった。しかし猪之吉は、しずの望みを言葉でさえぎった。

「治作は、したたかで抜かりのない男だ。おれが隠れ家を突き止めていることは、織り込み済みだろう」

屋形船での治作と村越屋の密会を見定めたあとは、猪之吉は村越屋の見張りを解いた。そして張り番につけた久助と元吉を、治作の隠れ家の見張りに回した。

誠之助がかどわかしに遭ったあと、猪之吉は二度、久助の元に使いを出した。隠れ家に変わった動きがないかと問い質したが、答えは二度とも『動きなし』だった。

見張られているかもしれないと思っている治作が、かどわかした誠之助を隠れ家に連れ込むはずもなかった。

「与三郎」

「へいっ」

猪之吉から名指しをされて、代貸が目に力を込めた。

「気の利いた若いのを、柳屋に飛ばせ」

この短い指図だけで、猪之吉がなにをさせようとしているかを代貸は察した。あるじの庄之助から、咲哉のいまを訊き出せということだ。

体面を重んずる庄之助から、若い渡世人が話を訊き出すのは、容易ではない。しかも知りたいのは、庄之助が虚仮《こけ》にされた囲い者の話である。

差し向ける者をだれにするかで、与三郎が思案顔を見せた。

「正三郎を一緒に行かせましょう」

しずが口を開いた。柳屋と咲哉とのかかわりを、しずは猪之吉から聞かされていた。

「うちの三番番頭相手であれば、柳屋さんもぞんざいな扱いはしないでしょう」

「妙案だ」

言うなり猪之吉は、半紙に用向きを書き始めた。

庄之助が妾宅から咲哉を追い出したのを、猪之吉は摑んでいた。あえて使いを差し向けるわけは、咲哉の行き先を柳屋が知っているかもしれないと思ってである。庄之助はまだ咲哉に未練を残していると、猪之吉は読んでいた。

柳屋に宛てた文を猪之吉が書いているとき、代貸が正三郎を座敷に連れてきた。探り屋十人と、猪之吉、それに内儀がいる座敷である。正三郎の顔がこわばっていた。

「誠之助の行方を知る手がかりが、得られるかもしれません」

くれぐれも粗相のない応対をするようにと、静かな物言いで内儀が言い置いた。

「かしこまりました」

深く辞儀をして、正三郎が座敷から下がろうとした。それをしずが呼び止めた。

「誠之助は、桔梗屋にはかけがえのない頭取です」

しずの物言いには、いささかの揺るぎもなかった。

「おカネで助け出せるのであれば、蓄えをすべて遣います。わたしの思いをしっかりとおまえの胸に刻んだうえで、柳屋さんのお話をうかがってきなさい」

「はい……」

言葉に詰まった正三郎は、畳にひたいがつくほどに深い辞儀をした。顔を上げたときには、潤んだ目が強く輝いていた。


六ツ半（午前七時）には、朝食の支度が調った。

いつもの朝よりも、何十人もひとが多い朝食である。猪之吉の手下と探り屋たちには、来客用の器で朝餉《あさげ》が供された。

桔梗屋の奉公人全員が、昨夜から一睡もしないで夜明かしをした。くたびれ果てているはずだが、小僧にいたるまで動きは敏捷で、目には強い光が宿っている。

しずが口にしたことを、正三郎は奉公人に話していた。

助け出すためなら、蓄えをすべて遣う。

内儀が奉公人をそこまで大事に思っていると知って、小僧も手代も番頭も女中も、だれもが徹夜の疲れを吹き飛ばしたようだ。

桔梗屋が、ひとつに堅くまとまった。

四十六

正三郎と若い渡世人のふたり連れが桔梗屋に戻ってきたのは、四ツ半（午前十一時）過ぎだった。

晴れているとはいっても、すでに十一月だ。大川を渡って桔梗屋に流れ込む川風は、木枯らしの前触れを告げている。しかし正三郎も渡世人も足を急がせたらしく、ひたいに汗を浮かべていた。

「柳屋さまは、咲哉がどこにいるか、本当にご存知ないとのことでした」

ひたいの汗を拭う正三郎が、無駄足になったと口惜《くや》しがった。

「柳屋が本当に知らないのを確かめたくて、出向いてもらったことだ。決して無駄足ではねえぜ」

胸のうちの思いとは違うことを口にして、口惜しがる三番番頭をねぎらった。

正三郎に持たせた文に、猪之吉はこのたびの異変のあらましを書いた。咲哉について知っている限りを話せということと、他言無用をきつく記した文である。

もしも咲哉の居場所を庄之助が知っていたら、猪之吉はすぐに探り屋を差し向ける腹積もりだった。が、知らないという柳屋の返答を、猪之吉は信じて受け入れた。

首尾よく運ばなかったが、猪之吉は顔色も変えずに正三郎をねぎらった。渡世人を束ねる男の器量であったし、猪之吉は別の思案を思いついて、すでに手配りを終えていた。

「覚《さ》まし屋の首尾を見てこい」

正三郎と若い者を下がらせてから、猪之吉は代貸に指図をした。

「がってんでさ」

与三郎は裏庭の納屋に向かった。

覚まし屋とは、物の怪《け》にとり憑《つ》かれて正気を失くした者を、現世に連れ戻す呪《まじな》い師である。与三郎が納屋の戸口に立ったとき、なかではまだ覚まし屋が、低い声で呪文を唱え続けていた。

太兵衛の通夜からの帰り道。

日本橋を北詰に渡った治作は、乾物屋の三男坊、信三と出くわした。紙屑屋として長年暮らしている、富沢町の庄助店《しょうすけだな》の近所に住む男だ。

正体がばれると判じた治作は、信三の首筋に手刀を叩き込んだ。いつもの治作なら、止《とど》めを刺してから場を離れた。猪之吉が差配した通夜の見事さに接して、そのときの治作は尋常な心持ちではなかった。

仕留めたと思い込み、止めを刺さずに隠れ家へと急いだ。

あとをつけていた猪之吉の手下は、息の残った信三を船に乗せて、平野町まで運び込んだ。賭場の若い者に介抱された信三は、なんとか一命を取り留めた。が、首を強打されてから、救い出されるまでの間は、血の巡りが止まっていた。

身体に傷みはなかったが、おのれがだれであるかすらも思い出せなくなった。

「治作とかかわりのある男だ。正気に戻ったときには、役に立つかもしれねえ」

猪之吉は信三を手元に置き、快方に向かうのを待っていた。

事態は、猪之吉の読みよりも速く動き出した。

「信三に物覚えを取り戻させろ」

正三郎が柳屋に出るなり、猪之吉が代貸に指図をした。平野町の宿に駆け戻った与三郎は、覚まし屋と信三を桔梗屋に連れてきた。そして覚まし屋に納屋を与えて、信三の覚ましを言いつけた。

呪い師は納屋の品物を外に出して、十畳大の板の間を作り出した。差し渡し五尺（約百五十二センチ）の円を描き、真ん中に置いた腰掛に、信三と向かい合わせに座った。ふたりの間に四角い火鉢を置き、真っ赤に熾《お》きた炭火に薬草をくべた。戸がしっかりと閉じ合わされた納屋に、強い香りを含んだ煙が立ち昇った。

いぶされた信三が、激しく咳き込んだ。

覚まし屋は相手が苦しそうな様子を見せるたびに、声を張り上げて呪文を唱え、太い数珠《じゆず》をこすり合わせた……。

勝手に戸を開けるなと、覚まし屋からきつく言い置かれていた。首尾を見てこいと与三郎は指図を受けたが、納屋に入ることはできない。

信三が咳き込んだり、うめき声をあげたりしている。

様子が知りたくて、与三郎は納屋の雨戸に耳をくっつけた。

低い声で唱える呪文と、数珠をこすり合わせる音が聞こえた。数珠の音が大きくなれば、信三の咳き込みが激しくなる。

覚まし屋が気合を込めて、ひときわ大きな声を発した。数珠が板の間に叩きつけられたらしく、木と木がぶつかる音がした。

その刹那《せつな》、信三が腰掛から転がり落ちた。

呪文がやんで、納屋から物音が消えた。

四十七

「どうだ、番頭の様子は」

与一郎に問いかける、治作の目つきも声音も厳しい。

「気を失ったまま、転がっておりました」

「見張りは？」

「天龍が、わきについておりますので」

「長屋の壁は薄い。両隣に、気づかれはしないだろうな」

「元締めの戒めが、骨身に染みているはずですから……」

与一郎が口元だけをゆるめて、薄い笑いを浮かべた。気を失って畳に転がされている、誠之助をあざわらっているようだ。

「それがおかしいか」

治作に睨まれた与一郎は、慌てて薄笑いを引っ込めた。

「あの番頭は、おまえよりもはるかに年上だ。もう、六十に近い」

それなのに、身体をいたぶられても口を割らずに踏ん張った。治作は、誠之助の根性を認めていた。

「おまえの身体を天龍に任せたとき、番頭のように踏ん張れるかどうか」

「そんな……」

「そんなじゃない。おまえの薄笑いを見るたびに、おれは本気で試したくなるぞ」

治作の物言いには、与一郎に対するぬくもりはかけらも感じられなかった。

咲哉は言葉巧みに、仙台堀と大川とが交わるたもとまで、誠之助をおびき出した。

「ここまで、猪牙舟《ちょきぶね》を仕立ててきましたから」

猪牙舟と聞いて、誠之助が初めて咲哉にいぶかしげな目を向けた。誠之助が暮らす町に急いで帰るなら、駆け足か駕籠だ。町には堀など流れてはおらず、猪牙舟が着けられる桟橋もない。

「あたしの宿に帰るのに、猪牙舟とはまた、どういうことでしょう」

咲哉に詰め寄ろうとしたとき、背後に潜んでいた天龍が、誠之助を羽交い絞めにした。

大男だが、相撲の稽古を数年続けた天龍は、身体の動きが敏捷だ。

腕力にも、身体を使ういさかいごとにも、誠之助はまるで慣れていない。天龍の大きな手で口をふさがれた誠之助は、あらがう間もなしに気絶させられた。

仙台堀は、木場に向かうはしけが行き交う水路である。誠之助の自由を奪った天龍は、橋のたもとに舫った屋形船に、手早く誠之助を押し込んだ。

船頭も船も、先日村越屋を乗せたときと同じである。治作の息がかかった船宿の持ち物で、治作はこの日一日、船と船頭を借り上げていた。

小さな流し場まで造作された屋形船である。大男の天龍と、素人女に扮した咲哉と、気を失ったままの誠之助が乗っても、船内にはまだたっぷりとゆとりがあった。

大川を横切った屋形船は、箱崎町の中洲《なかず》桟橋に横着けした。周りは大名屋敷ばかりで、昼間でもほとんど人通りがない。

船着場には、紙屑屋の身なりの治作が待っていた。人目がないことを確かめてから、治作が乗り込んだ。

「お約束通り、あたしはここまででお役御免でよござんすね」

治作は咲哉を見据えて、小さくうなずいた。

「そいじゃあ、これで」

「船を降りたあとは、どうする気だ」

「どうしたもんでしょうかねえ……」

咲哉は返事を濁した。

「またもや柳屋を、たぶらかす気だろう」

「そんなこと、するもんですか」

咲哉が媚びるような笑いを浮かべて、治作を見た。あけすけな咲哉の科《しな》を、治作は相手の胸元を射《こ》ぬくような目で弾き返した。

「障子戸を開けて、岸壁を見てみろ」

治作の目を見た咲哉の顔には、怯えが浮かんでいる。慌てて障子に手をかけると、小さく開いた。船着場上の石垣には、釣り糸を垂れる男が腰をおろしていた。

「あいつは見張りのひとりだ」

「見張りって……あたしの見張りということですか」

咲哉の問いには答えずに、治作が障子戸を閉めた。

「ほかにも見張りはいる。行儀のわるいことをしたら、天龍がおまえのところに顔を出す」

息を呑んで、咲哉が凍りついた。

「猪之吉は、遠からずおまえが番頭をおびき出したと見抜くはずだ」

「そんな……あたしの拵えを見てくださいな。どこから見ても、素人女にしか見えないでしょうに」

さきほどの怯えを忘れて、咲哉が口を尖らせた。

「世の中の男は、柳屋やおまえの間夫だったような者ばかりじゃない。舐《な》めてかかると、いずれ大火傷《やけど》を負うぞ」

妙な動きが少しでも見えたら、その日のうちに天龍を差し向ける……強い言葉で脅してから、治作は咲哉が下船するのを許した。

「おめえにつなぎがあるまでは、隠れ家にも近づくんじゃねえぜ」

伝法な物言いをされて、咲哉は肩を震わせながら船着場に降りた。

咲哉が降りると、治作は天龍にあごをしゃくった。立ち上がった天龍は、船頭に船を出せと指図した。

大川に棹が差されて、屋形船が動き出した。

十月晦日に、川遊びをする酔狂者はいない。大川を向島まで上ったときには、川面から船影が消えた。

周りに一杯の船もいないことを確かめてから、誠之助を正気に戻せと天龍に命じた。

息を吹き返した誠之助を前にして、治作は矢継ぎ早に問いを発した。

猪之吉は、なにを狙って桔梗屋に居座っているのか。

猪之吉と、死んだ太兵衛とは、どんな付き合いをしていたのか。

猪之吉は、桔梗屋からカネを受け取っているのか。

仕入れた雪駄の残り千足を、桔梗屋はどうさばく気なのか。

猪之吉は内儀をたぶらかしているのか。

問い詰められても、誠之助はひとことも口を開かなかった。

目配せされた天龍は、誠之助の首筋を摑んで大川に顔を押し込んだ。

髷《まげ》がよれて、唇が紫色に変わっても、誠之助は頑として口を割らない。焦《じ》れた治作は、おのれの手で誠之助を張り倒した。

「好きなだけ、あたしをいたぶるがいい」

誠之助は、初めて開いた口で言い放った。

「あたしを殺《あや》めてくれて結構だ」

「なんだと」

治作が怒りを剝《む》き出しにして、誠之助を睨《にら》みつけた。天龍ですら震え上がる睨み方だが、誠之助は動じなかった。

「あたしをいたぶっても、口は開かないし、殺められたら、猪之吉さんが仇討ちをしてくれるだろうよ」

誠之助があごを突き出した。湧き上がる怒りを抑えきれなくなった治作は、誠之助のあごをしたたかに蹴り上げた。

またもや誠之助は気を失った。

「中洲に船を戻せ」

気を失って横たわった誠之助を、治作は青ざめた顔で見詰めた。怒りが強すぎて、顔から血の気がひいていた。

堅気の番頭の、口を割らせることができなかった怒り。

殺められても、かならず猪之吉が仇討ちをしてくれると信じていることへの、敗北感。

このふたつが重なり合って、治作はわれを忘れて誠之助を痛めつけた。気絶したままの男を見て、治作は虚《むな》しさにさいなまれた。

天龍と目を合わせないまま、治作は中洲で下船の支度を始めた。

「夜になったら、富沢町の裏店《うらだな》にこいつを運び込んでおけ」

「分かりましただ」

治作の凄まじい怒りを目の当たりにして、天龍はていねいな返事を口にした。

「正気に返りそうになったら、こぶしを叩き込んで眠らせろ」

「へい」

「やり過ぎて、殺めるな」

言い残して下船した治作は、背負った空の竹籠が重たそうだった。

「銑太郎に会いに行け」

与一郎に指図をする治作の目には、尋常ではない光が浮かんでいる。与一郎は、余計な問いをせずに腰を上げた。

「桔梗屋の奉公人を、あと四、五人かどわかす。その手伝い人を今日中に都合しろと、銑太郎に言いつけてこい」

治作が指図を言い終えると同時に、石町の鐘が鳴り始めた。

鐘は正午を告げていた。

四十八

「おれは富沢町の乾物屋のせがれで、信三てえ名めえなんで」

覚まし屋は、見事に信三の物覚えを取り戻していた。

「あんたの名が、信三だというのは分かっている」

猪之吉の口調がきつかった。堅気の者が、中途半端な渡世人風の物言いをするのが、気に障ったのだ。

しかし物覚えを取り戻した信三は、治作にかかわる大事な手がかりを持っているかもしれない。きつい口調だが、猪之吉の顔つきは穏やかだった。

「あんたを殺めようとした男だが」

「治作てえ名の、紙屑屋でさ。あのくそ親爺、今度会ったら、ただじゃあおかねえ」

「会いたければいつでも会わせてやるが、治作の宿はどこだ」

「富沢町の庄助店でさ。木戸を入った三軒長屋の真ん中で、障子戸に紙屑屋の絵が描いてありやす」

まくし立てる信三を黙らせた猪之吉は、探り屋の厳助に目配せをした。わずかにうなずいた厳助は、仲間を従えて桔梗屋を出た。

「あんたは平野町にけえって、快気祝いをやってくれ」

なにが起きているのか、知りたくてたまらない様子の信三に若い者をつけて、賭場に追い返した。

探り屋が戻ってきたのは、出かけてから一刻を過ぎた八ツ（午後二時）前だった。

「親分の見当は図星です」

庄助店に大男と誠之助がいるのを、厳助たちは見定めていた。

まだ陽が高いのに、探り屋たちは屋根に上ってなかの様子を探った。庄助店の差配に、二両の黙り賃を支払ってのことである。

厳助は、部屋の見取り図まで描いていた。

六畳ひと間に、一坪の土間。江戸のどこにでもある長屋の拵えだ。

「誠之助さんは、手足も縛られずに畳に転がされていました」

縛らずに転がされているのは、誠之助が気を失っているからだ。しずに余計な心配をさせぬために、猪之吉は細部の問い質しをしなかった。

「長屋には何人残してあるんだ」

「庄助店に三人、木戸の外に三人です。動きが出れば、すぐにつなぎがきます」

猪之吉たちが出かけるときのことを考えて、巌助はつなぎの者が桔梗屋に向かう道筋を定めていた。

「誠之助の見張り役は、隠れ家にいた相撲取り崩れだろう」

住吉町の隠れ家を見張っている者から、相撲取り崩れが留守番役を務めていると聞かされていた。

「昼日中に、長屋で仕留めるのは厄介だが、お前に手立てはあるか」

「あります」

巌助の受け答えは、いつも短くて迷いがなかった。

「この煙をかいだら、どんな大男でも眠りこけます」

赤と紫とがまだら模様になった薬草を、巌助が手にしていた。

「この葉を乾かしたものを燻して、袋に詰めます」

その煙を細い竹筒で、宿のなかに吹き込むという。巌助たちは、これまでに何度も同じ手を使っていた。

「見張りの大男は、夜通しの疲れが出て居眠りをしていました。薬は、いつも以上に効きます」

厳助の言い分を受け入れた猪之吉は、配下の者全員を集めた。

「相手が仕掛けてきたことだ、正面から買うほかはねえだろう」

猪之吉の顔つきが変わっていた。

桔梗屋の座敷に座って差配するときは、大店のあるじのごとくに振舞った。いまは、若い者三十人を束ねる、貸元そのものの顔である。

しずは猪之吉の変わりようを、まばたきもせずに見届けていた。乱暴な物言いを聞いても、しずの顔つきはいささかも変わらない。猪之吉を、信じ切っていればこそだった。

「細かな指図は、代貸から受けろ。おれからおめえたちに固く言いつけるのは、ひとつだけだ。今日の出入りに、道具はいらねえ。分かったか」

「分かりやした」

全員の返事が、乱れなく揃った。

道具を使わず、素手の出入りを決めたことには、ふたつのわけがあった。

ひとつは相手が渡世人ではなく、騙りの連中であることだった。追い詰められた治作たちは、道具を手にして向かってくるかもしれない。しかし出入りについては、騙り屋と渡世人とでは、踏んだ場数が違っていた。

いわば、堅気を相手にやり合うようなものだ。素人相手の出入りに道具を使うことを、猪之吉は固く禁じていた。

もうひとつは、桔梗屋の暖簾に傷をつけないための心遣いである。

誠之助をかどわかした連中である。きつい仕置きは必要だが、道具で生き死にの目に遭わせることは無用だと、猪之吉は断じた。

やり過ぎると、かならず桔梗屋に跳ね返りが生じる。死人を出したら、捕り方の目にも留まるし、相手の恨みも背負い込んでしまう。

恨みが猪之吉に向かう分には、どうとでも対処ができた。が、桔梗屋に恨みが向かっては、食い止める手立てがない。

二度と桔梗屋に仇をなさぬよう、懲りさせながらも、ほどほどの仕置きにすると、猪之吉は決めていた。

「身体の芯まで、呑み込みやした」

指図から一歩もはみ出さないと、代貸が貸元に約束をした。破れば、おのれの命で償う約定を、与三郎が口にした。

十一月朔日の、午後の穏やかな日差しが佐賀町に降り注いでいた。猪之吉をあたまに、三十人の渡世人が桔梗屋の勝手口に揃った。

「わたしもこの場に、ご一緒させてください」

桔梗屋の内儀が、渡世人たちの前に顔を出した。猪之吉の手下は、だれもが出入りに臨む身なりである。道具こそ持ってはいないが、真新しいさらしを腹に巻き、銘々が木綿のたすきがけで、尻端折りの出立《いでた》ちだ。

猪之吉の女房は、燃え立つような赤丹《あかに》色の木綿長着に浅緋《あさひ》色のたすきがけである。組の者が出入りに向かうときは、この身なりが決まりだ。赤丹色は見た目の激しさが、勝負の勝ちを呼び込む縁起のいい色とされていた。

女房に並んで立ったしずは、濃紺無地の紬である。しずは大店の内儀とも思えない、たすきがけの身なりを拵えていた。たすきは猪之吉の女房と同じ、浅緋色である。この身繕いをすることで、しずは猪之吉一家への恩義の気持ちをあらわしたのだろう。

猪之吉の女房が、鑽《き》り火《び》を打ちかけた。

佐賀町の船着場に、永代寺から八ツ（午後二時）の鐘が流れてきた。

終章

誠之助の救出は与三郎に任せて、猪之吉は五人の手下のみを連れて、まっすぐに住吉町の隠れ家に向かった。

踊りの師匠の宿の前で、久助と元吉が猪之吉を出迎えた。

「一味のひとりが出て行きやしたが、治作はなかにおりやす」

久助が、ここまでの動きを伝えた。

「出て行ったのは、どんなやつだ」

「先《せん》に、村越屋と一緒に屋形船を降りた若い男でやす」

「そうか……」

猪之吉は連れてきた五人に、久助、元吉を加えた七人を目の前に集めた。

「ここから出て行った若いやつは、治作の言いつけで用足しに出向いたはずだ。やつは、かならずここにけえってくる。見かけたら、おめえたちで押さえ込んでおけ」

「がってんでさ」

七人それぞれが、戻ってくる男を待ち受けるために身を潜めた。ひとりで隠れ家に向かう猪之吉を、案ずる手下は皆無である。若い者はだれもが、猪之吉の力量をわきまえていたからである。

「ごめんなせえ」

隠れ家の玄関で、猪之吉はおとないの声を投げ入れた。

わざわざ、来訪の声を投げ入れるような客がくる宿ではない。治作の右腕役の安之助が、険しい目つきのまま顔を出した。

「治作に会わせろ」

前置きもなしに、猪之吉は相手を呼び捨てにした。まさか猪之吉当人が顔を出すとは、安之助は思ってもいなかったようだ。

大柄な猪之吉が仁王立ちになっていた。

紺無地の羽二重に、共布で拵えた紋なしの羽織を着ている。足袋は厚手の紺足袋で、太兵衛の通夜に配った寸法違いの雪駄を履いていた。

どう見ても、出入りの装束ではない。目の光を消した猪之吉は、禿頭でなければ大店のあるじにも見えただろう。

ところが安之助は、猪之吉を真正面から見た驚きなのか、玄関先で腰砕けになった。

「そんな様子じゃあ、治作につなぐこともできねえだろうよ」

きつい言葉を投げつけてから、猪之吉は雪駄を脱いだ。初めてたずねた宿だが、猪之吉は構わずに奥へと向かった。廊下の突き当り左側に、ふすま仕切りの部屋が見えた。

ふすまの前で足を止めた猪之吉は、なかの気配をうかがった。

「おかしら、ふすまの前に猪之吉が……」

一時のうろたえがひいて、安之助に忠義心が戻ったらしい。玄関先に座り込んだまま、大声で治作に伝えた。

猪之吉は、ふすまの前から動かなかった。

部屋のなかで、ひとの動く気配がして間もなく、ふすまが静かに開かれた。

「誠之助は、けえしてもらったぜ」

与三郎と厳助の働きを信じている猪之吉は、番頭を取り返したと言い切った。

「それはご苦労なこった」

猪之吉と治作は、背丈に五寸（約十五センチ）の差があった。治作は猪之吉を見上げながらも、静かな口調で応じた。

「桔梗屋にわるさをするのは、今日を限りにしてもらおう」

猪之吉が一歩を詰めた。治作は、後ずさりをしなかった。

「鎌倉屋は無駄なゼニを遣ったが、ここまでで幕引きをするなら、とやかく詮議はしねえ。それを、あんたから伝えてくれ」

治作は返事をせずに、猪之吉の目を睨みつけている。

「あんたが苦労して龍野から取り寄せたなめし革は、二千足をそっくり使わせてもらった」

治作は口を閉ざしたままだ。が、猪之吉を睨む目がわずかに動いた。

相手の動揺を、猪之吉は見逃さなかった。

「千足はあんたも知っての通り、とむらいの香典返しに誂えた」

猪之吉が一歩前に出た。治作はあとずさりもせず、その場に踏みとどまった。

「残る千足は、うちらの祝儀ごとに使わせてもらう。だれが吟味したかは知らないが、なめし革はなかなかの出来だったぜ」

ふうっと大きな息を吸い込んだ猪之吉は、左右のこぶしを治作の鳩尾《みぞおち》に叩き込んだ。

治作が身をかわす間もない、凄まじい速さの打ち込みだった。

治作がその場に崩れ落ちた。

「誠之助からの、あいさつ代わりだ」

それだけ言うと、猪之吉は安之助が腰を抜かしたままの上がり框に戻った。

「おめえも長生きしろよ」

へたりこんだままの安之助に向けて、くさい屁を一発放ってから雪駄を履いた。


十一月二日の朝五ツ半（午前九時）。

桔梗屋の内儀と猪之吉とが、ふたりだけで向かい合っていた。

「誠之助の容態は？」

「三日の間、滋養のつくものを口にして静養すれば、どこにも傷みは残らないそうです」

「そいつあ、なによりでさ」

言ってから、猪之吉は目元を引き締めた。

「このたびの騙りの絵図を描いた治作は、おのれの面目を命よりも大事に思う男でしてね」

しずを見詰めたまま、猪之吉は音を立てて茶をひと口すすった。むずかしい話を切り出すときの、猪之吉のくせである。猪之吉がずるっと音を立てて茶を飲むと、代貸の与三郎といえども背筋を張った。

が、そのくせがまだ分かっていないのか、しずは身じろぎもせずに猪之吉の目を受け止めていた。

「このまま、あっさりと引っ込む男とは思えやせん。それは鎌倉屋も同じでやしょう」

気負いのない物言いだが、猪之吉はきつい見通しを口にした。

しっかりと聞き取ったはずなのに、しずは顔つきも変えない。猪之吉はあとの口を閉じて、桔梗屋内儀を見詰めた。

「太兵衛は目を瞑《つむ》る前から、猪之吉さんを信じて心底から頼りにしておりました。わたくしも、まったく同じです」

きっぱりと言い切ったあと、しずがめずらしく目元をゆるめた。

「この先になにが待ち構えておりましても、ご迷惑とは存じますが、桔梗屋には猪之吉さんが後見に立ってくださっているものと……かように信じております」

なにも心配はしていない……猪之吉を見詰める目で、しずはそれを訴えているようだ。

空《から》の咳払いをした猪之吉は、引き受けたと目で応じた。しずは軽い会釈を返した。

ふうっと小さな吐息を漏らしたあと、猪之吉は膝元に戻した湯呑みに手を伸ばそうとした。羽織のたもとが揺れた。

「これを出すのを忘れてやした」

羽織のたもとから取り出したのは、太兵衛と初めて会った日に船宿からくすねた湯呑みだった。

「ゆうべたずねてきた小僧さんが、これを持ってきてほしいと言ってたが……」

「その通りです」

しずが久しぶりに笑顔を見せた。

「生前の太兵衛が、これを欲しがっておりました。仏前に供えますので、お譲りくださいますか」

「ほかでもねえ太兵衛さんの頼みだ。聞かないわけにはいかねえでしょう」

猪之吉が、わざともったいをつけた。その物言いがおかしくて、しずが口元を押さえて笑い声をあげた。

「厚かましい言い方かもしれねえが、こちらの職人衆が使っている欅の切り株と、取替えっこてえことにしてくだせえ」

「それは構いませんが、なににお使いになりますの」

「高さを加減すりゃあ、香りのいい枕になりそうでやすから」

猪之吉が真顔になっていた。

「いつも身近に、太兵衛さんがいるような気がしやすんでね……」

猪之吉が、ひとりごとのようにつぶやいた。

流れ込んでくる川風は、凍えが強くなっている。が、座敷に満ちたぬくもりに触れたあとは、ぬるくなって庭に流れ出て行った。

解説　深川者の友情物語

川本三郎

「士は己《おのれ》を知る者のために死す」という言葉がある。司馬遷の「史記」にある。「男は自分のことをきちんと認めてくれた人のためには命がけで尽す」という意味。男どうしの深い友情をあらわしている。

山本一力の傑作『欅しぐれ』は、まさにこの言葉の物語である。江戸の深川にある大店の履物問屋の五代目当主、桔梗屋太兵衛と、深川の渡世人である霊巌寺の猪之吉が、ともに相手に惚れこみ、堅気とやくざ者というまったく違った世界に住む二人のあいだに信頼と友情が生まれる。

病いを得て亡くなった太兵衛の店が、乗っ取りの危機にあった時に、渡世人の猪之吉が、身体を張って主なき桔梗屋を守ってみせる。まさに、「士は己を知る者のために死す」。友情であり、男気である。

冒頭、二人は、町の書道塾で偶然、机を並べる。太兵衛が粗相をし、猪之吉の書を汚す。太兵衛はすぐに丁寧に詫びる。猪之吉はその礼儀ある態度に惹かれる。

友情は瞬間である。二人とも、大人の男。長い人生でいくつも修羅場をくぐってきた筈。だから人を見る目には自信がある。太兵衛のいう「ひとの目利きには、それなりの覚えがあります」に重みがある。若者の友情とは違う。厳しい人の世で苦労を重ねてきた大人の男にしかありえない「ひとの目利き」である。いわれた猪之吉も瞬時に、太兵衛の、長い人生のあいだに磨き抜かれてきた誠実な人となりを感じとったに違いない。

大人の男にとって友情は瞬間であり、直感である。くだくだした会話も、定め合いも必要ない。瞬時に相手を見抜く。目の前にいる男が「己を知る者」だと直感する。

友情は瞬間である。これは、高知県に生まれ、若き日に上京し、新聞配達をしながら苦労して生きてきて、一九九七年、四十九歳の時に「蒼龍」がオール讀物新人賞を受賞するという遅いデビューをはたした苦労人である山本一力のまさに身体に沁みこんだ信念だろう。

まっすぐに生きたいと思っている者であれば、渡世人も堅気も違いはない。大事なのは法の定めよりも人の情である。最後に頼りになるのは正義というより、「己を知る者」のために尽したいという情であり、献身である。

渡世人が実直な堅気の商人《あきんど》のために、男気を見せる。この型は、直木賞受賞作『あかね空』でも描かれた。通常の法の世界では、渡世人と堅気が触れ合うことはない。しかし、情の世界では、違う世界の二人のあいだに友情が生まれうる。

きれいごとの堅気の世界にも、当然、裏の汚れた世界がある。そこに渡世人が関わってくる。世の中は、決して白か黒、正か邪では割り切れない。中間の灰色の領域のなかにこそ人の世はある。これもまた苦労人の山本一力の、世間とぶつかりながら傷だらけになって思い定めた確信だろう。

『欅しぐれ』が力強く読者に迫ってくるのは、そうした山本一力の強く、優しい、個としての信条が芯になっているからだ。

山本一力は時代小説作家ではあるが、その作品には、まず剣豪や英雄は登場しない。そうした仰々しいヒーローより、山本一力が愛するのは、江戸市井の庶民である。江戸時代の身分制度、士農工商でいえば、山本一力の描く世界は、『あかね空』の豆腐屋がそうだったように「商」が主人公であることが多い。サムライより、商人《あきんど》たちの物語である。そこに山本一力の大きな特色がある。

一文一銭をないがしろには出来ない「商」の世界。剣豪小説や英雄譚から見れば、小さな、ささやかな世界かもしれない。しかし、苦労人の山本一力は、その「商」の世界にこそ、市井の人々の実直で慎ましい美しさを見る。

しかも、本書の太兵衛の店が、履物問屋であることでわかるように、そこは、「商」の世界であると同時に、下駄や雪駄を作る律義な職人がいる「工」の世界でもある。

山本一力は、この「商」と「工」の世界を大事にしている。山形県の農家に生まれた藤沢周平が「農」を基本に置いたのとも、天下国家を論じる司馬遼太郎が「士」に惹かれたのとも、そこが少し違う。

「商」と「工」。『欅しぐれ』は、そのふたつが巧みに組み合わせられている。金で動く「商」と、技を大事にする「工」。ふたつの違った世界が溶け合っている。

「騙り屋」と呼ばれる、現代でいえば「企業の乗っ取り屋」たちは、ただ金だけで動く。桔梗屋を乗っ取ろうとする商人は、現代のホリエモンや村上ファンドに似ている（その意味では、この小説は現代のＩＴバブルを予見していたといえる）。

本書の圧巻は、太兵衛が亡くなり、その通夜を、猪之吉が仕切って大々的に行なうくだりだろう。

山本一力は、この通夜の様子を実に克明に描いてゆく。通夜は、多人数の弔問客を考えて店ではなく近くの菩提寺で行なう。絵師を呼んで故人の似顔絵を描いてもらう。故人の辞世の歌を用意し、書の師匠に何枚も書いてもらう。香典返しには雪駄を用意する。この雪駄は、騙り屋たちが注文したもので、それを香典返しにすることは、騙りの一味への挑戦状になる。猪之吉のすることは万事にわたって抜かりがない。

弔問客にはまんじゅうと特上の焙じ茶を出す。「しっかりと焙じられた茶は、煎茶よりも高値だった」。普通、通夜では清めの酒や精進料理を出すが、それは出さない。「茶とまんじゅうに留めておけば、長居はできない」。なるほど。

それでも、茶とまんじゅうだけでは物足りないと思われては、と香典返しには趣向をこらす。辨松の強飯に名物の玉子焼き。灘の下り酒。清めの塩は、赤穂の上物。山本一力は、太兵衛の通夜というい わば一大イベントを細部にわたって丁寧に描き込んでゆく。その夜の様子が目に浮かぶ。深川の粋であり、見栄である。ここでは、通夜をみごとに仕切る猪之吉が、渡世人というより、「商」の世界と「工」の世界を併せもった大店の主人のように見えてくる。

細部の充実といえば、山本一力は、食についても、描写に手を抜かない。それが物語を豊かにしている。

太兵衛が猪之吉を柳橋の料亭に誘うところでは「膳の料理も器も、ともにあざやかな彩りを見せている。(女将が)太兵衛に気遣ったのか、分厚い鉢は深い桔梗色の笠間焼だ。／焼物の色味が、千切り独活《うど》の白さを引き立てていた」と器の描写も忘れない。

太兵衛と猪之吉は月に一度、この料亭で会い、酒を酌み交わすようになる。九月十日の膳はとみると、太兵衛の膳には、いんげんの白和《しらあ》えと菊の花のおひたしが出されている。前日、九月九日は、重陽の節句、観菊の日である。女将が太兵衛の膳に菊の花のおひたしを出したのは、胃を患う太兵衛の快方を祈念してのことだとわかる。このあたりの女将の心くばりが実にうまく伝わってくる。相手への気遣いは山本一力作品の隠し味になっている。猪之吉が太兵衛のために、食がすすむようにと焙じ茶を用意したり、精がつくようにと猪肉《ししにく》を取り寄せたりするのも同様に相手を気遣っている。まさに情の世界である。

この小説の舞台は、隅田川の東の深川（現在の江東区）。『あかね空』も、『深川黄表紙掛取り帖』や『まとい大名』も深川。山本一力のいわば第二の故郷ともいうべき土地である。そこでは「商」と「工」が生き生きと暮している。旗本や大名の屋敷もあるが基本的には庶民の町である。そこには、確かな情の世界がある。

だから、悪党である筈の騙り屋の治作でさえ、桔梗屋乗っ取りを企む鎌倉屋鉦左衛門に思わずいう。「深川者を舐めてかかったら、大火傷を負う」と。治作が悪党とはいえ、心の底に自分もまた「深川者」だという矜持を持っているのが面白い。

最後、治作を追いつめた猪之吉が、治作を殺さないで終るのが、この小説の後味をよくしているが、猪之吉がそうしたのは、治作を同じ「深川者」と見たからなのだろう。その意味で本書は、温かい深川讃歌にもなっている。

（かわもと　さぶろう／評論家）

解説

縄田一男

山本一力さんの作品にしばしば描かれるのは、越境する交誼《こうぎ》、すなわちよしみ、いやそれより重いもの、命懸けの信義である。

越境すると書いたのは、信義を結ぶ男同士がまったく別の世界に生きていて、にもかかわらず厚い想いを通わせるからである。

本書における二人とは、履物問屋・桔梗屋の主の太兵衛と渡世人の猪之吉である。二人が、それぞれそれを見定めるきっかけも巧みなら、柳橋吉川の二階屋敷で大川を見ながら酒肴に興じる場面も抜群の冴えである。

二人はこの時の会話でお互いの生業《なりわい》が命懸けで行われていることを語り、それを承知する。この時、「猪之吉は、凄味を帯びたままの目で太兵衛を見詰め」ており、会話であるといっても、読んでいるほうも気が抜けない。やっと一息つくのは猪之吉が「これからは、五分の付き合いをさせてもらおう」と言って湯呑みを置いた時である。

この良い意味での緊張感は、一力さんの作品の中でも群を抜いていると言っていい。

それから間もなく、猪之吉は、自分が留守にしている間に、桔梗屋が振出した二百両の為替切手の両替を目的として賭場に来た半端者の客がいたことを知る。

三月の出会い以来、太兵衛と猪之吉は毎月十日に吉川で盃を交わしていた。ところがひどかった太兵衛の咳が一段とひどくなっている。猪之吉は太兵衛を案ずる一方で桔梗屋に何が起こっているのか、それを調べるのに余念がない。猪之吉は、為替切手の謎を追ううちに浜町の芳蔵という目明しから江戸中に網の目を張ることのできる意外な黒幕に辿り着く。

ここで特筆すべきことがある。一力さんがしばしば作中で描いているのは、江戸を舞台にしていながら松本清張ばりの経済犯罪ではないだろうか。そして犯罪の輪郭は見えてきたが、ことがはっきりしないうちは太兵衛さんも訴え出る訳にはいかないだろうと判断した猪之吉は「今日からは、おれも助《す》けさせてもらおう」とはっきり言い放った。

これは余談だが、たびたび思うのは、四国は高知の産の一力さんが、何故こうまで気《きっ》風《ぷ》が良い江戸っ子を見事に描けるのかという点だ。もっとも高校からは東京だから、それ以降の人生でそうした人たちに出会ったのかもしれない。さらにもう一つ言えば、経済犯罪は人間の最も醜い部分をさらけだしがちで、〝わるいやつら〟の見本市となっている。

そんな中、太兵衛の命は旦夕《たんせき》に迫っている。その中で太兵衛は猪之吉に、自分が逝った後は桔梗屋の後見に立ってくれと申し出る。しかし猪之吉は「堅気の大店におれのような渡世人が乗り込んだら、乗っ取られると大騒動が持ち上がる。それでもいいのか」と答える。

案の定、太兵衛が頭取番頭の誠之助にこのことを打ち明けると、「旦那様のお指図であれば、どのようなことでも、ためらうことなく従いますが、もしも旦那様がお亡くなりになったあと、渡世人から桔梗屋の舵取り指図を受けると思っただけで、虫唾《むしず》が走ります」と吐き捨てる。そして誠之助が、これだけは承服いたしかねますと涙を流した時、ふすまが開き「しっかり聞かせてもらったぜ」と猪之吉が屋敷に入って来るくだりは本書の中の名場面と言えよう。

一力さんは誠之助の両目に、恩義を思う感謝の色と、筋を曲げられない男の矜持とが入り混じった色が宿っていたと記している。

猪之吉はここにまた一個の命懸けの男を見たのである。そしてまた誠之助も猪之吉の深く、澄み切っていた目と、まっすぐ自分を見詰めていた大きな瞳を捉えたのである。作者は書く――「猪之吉のように深く澄んだ瞳の男は、大店の番頭のなかにも覚えがなかった」と。

そして誠之助は、自分でも思いもよらなかったことだが、よろしくお願いしますと、賭場の親分に頭を下げるのである。

ドロドロした人間の欲望に勝てる唯一のものは、損得勘定抜きの男たちのよしみしかない。

この解説を先に読んでいる方は、是非とも本文のほうに移っていただきたいが、今、桔梗屋を襲っているのは、お店乗っ取りの陰謀だ。その陰謀の主体となっているのが、二千足の雪駄誂《あつら》え注文。千両の商いであるが、これが実は騙《かた》りなのだ。

相手が初めに描いた絵図は、紙切れ同然の為替切手をつかませて、桔梗屋に猪之吉を怒鳴り込ませ、その様を世間に見せつけ、桔梗屋の信用を貶《おとし》めるというものだった。だがそれは猪之吉を舐《な》めていたと言えよう。

この丁々発止《ちょうちょうはっし》とした真剣勝負の中で、桔梗屋の側は鉄壁の布陣を見せる。現実の世界のことは知らぬ、だが小説の世界ではこうでなければならないだろう。猪之吉は太兵衛のことを「こどももおらず、ひとり残される連れ合いを安心させようとして、無念の思いを押し隠した器量の大きな男」であると信じ、「命にかけて、太兵衛さんの頼みを引き受けさせてもらいやしょう」と命懸けでお店を救う決心をするのだ。

正味でものを言う男たちのなんと清々《すがすが》しいことか。

ここからが猪之吉の腕の見せどころで——もう解説のほうを先に読んでいる人はいませんね——彼は狂歌師に即興で詠ませた辞世の歌、

『履き替えに
　二千を持ちて旅立てば
　西国の旅　遠きをいとわじ』

と共に、一発逆転を狙うのだ。

敵側の黒幕は、己れの陣営の不利を悟り、「首尾よく桔梗屋が乗っ取れたとしても、（深川の）佐賀町の百本桜並木に居を構えている連中は、相当に手ごわい」と相手の力量を認めて言う。

さらに一力さんの小説のうま味は小道具の使い方や、食の描写にも及んでいる。

後者について言えば、一力さんは、大の池波正太郎ファンであり、池波亡き後、一力さんほど美味しそうな食の場面を書ける時代小説作家はまずいないと言っていいだろう。

そして最後に、いま一度念を押しておきたいのは、嫌なニュースがあふれる中、私たちは山本一力さんの小説のページを繰れば、正味でものを言ってくる奴、損得勘定のできない奴、自分が言った一言に命を懸ける奴――そんな男たちにいつでも出会うことができるということだ。

人はそれを、

〝しあわせ〟

と言うのではあるまいか。

（なわた　かずお／文芸評論家）

欅《けやき》しぐれ　新装版《しんそうばん》

朝日文庫

2023年5月30日　第1刷発行

著　者　山《やま》本《もと》一《いち》力《りき》

発行者　宇都宮健太朗
発行所　朝日新聞出版
〒104-8011　東京都中央区築地5-3-2
電話　03-5541-8832（編集）
03-5540-7793（販売）

印刷製本　大日本印刷株式会社

Published in Japan by Asahi Shimbun Publications Inc.
定価はカバーに表示してあります

ISBN978-4-02-265098-6

落丁・乱丁の場合は弊社業務部（電話 03-5540-7800）へご連絡ください。

送料弊社負担にてお取り替えいたします。